寻路者

孙郁 著

天津出版传媒集团

百花文艺出版社

图书在版编目（CIP）数据

寻路者 / 孙郁著. -- 天津：百花文艺出版社，
2022.1
ISBN 978-7-5306-8144-2

Ⅰ.①寻… Ⅱ.①孙… Ⅲ.①散文集–中国–当代
Ⅳ.①I267

中国版本图书馆 CIP 数据核字(2021)第 261376 号

寻路者
XUNLUZHE

孙郁　著

出 版 人：薛印胜
责任编辑：王　燕　装帧设计：郭亚红
出版发行：百花文艺出版社
地址：天津市和平区西康路 35 号　邮编：300051
电话传真：+86-22-23332651（发行部）
　　　　　+86-22-23332656（总编室）
　　　　　+86-22-23332478（邮购部）
网址：http://www.baihuawenyi.com
印刷：山东临沂新华印刷物流集团有限责任公司
开本：880 毫米×1230 毫米　　1/32
字数：150 千字
印张：10.375
版次：2022 年 1 月第 1 版
印次：2022 年 1 月第 1 次印刷
定价：65.00 元

如有印装质量问题,请与山东临沂新华印刷物流集团有限责任
公司联系调换
地址:山东省临沂市高新技术产业开发区新华路 1 号
电话:(0539)2925659
邮编:276017

目 录

狂士们

1

民国的人与事,有许多在今天都不可思议。我有时翻阅彼时的报刊,见读书人的种种文字,心甚向往,觉得今人已不复有那时的冲荡了。中国的历史,六朝与唐宋时的士人有几分傲骨,给时光留下了诸多亮色,后来的读书人就难见那样的气象了。唯有民国初年前后,风气大变,狂士辈出,遗绪一直延续多年。我记得鲁迅在一篇文章中就写过那时的风尚:

> 但这是当时的风气,要激昂慷慨,顿挫抑扬,才能被称为好文章,我还记得"被发大叫,抱书独行,无泪可挥,大风灭烛"是大家传诵的警句。(《集外集·序言》)

鲁迅那一代人,是曾崇尚血气的,"尚武"在那时连女子也曾有过。秋瑾的故事似乎可以证明这一点。周作人在回忆录里谈到过绍兴人的孤傲,鲁迅那个"戛剑生"的笔名,倒可想见当年的情形。你能想到他骑着马在南京城奔跑的样子吗?若是能看到那时的神采,史学家们不知又要生出怎样的感慨了。

鲁迅喜欢以"狂人"的形象隐喻所经历的人生。不过要谈人的放荡不羁、独往独来,鲁迅、周作人就要退避三舍,将这美誉让给陈独秀。陈独秀的狂表现在多方面,不像同代的友人做人谨慎而文章放荡。陈氏做人不守旧规,为文亦傲气袭人。"五四"

前后，有癫狂之态者很多，但像陈氏那样倜傥的人，却不多见。我们现在谈那段历史，当惊异于陈氏的奇特之举。中国读书人的狂放之风，在他那里可谓达到了极致。

几年间我搜集陈独秀的照片、信札，翻阅相关的史料，被其风采所吸引。他是个硬朗的汉子，一生做的都是奇事。言行举止，非儒学化，有点离经叛道。别人不敢做的事，他往往能行。有一段故事，大概可看出他的个性。1902年秋，陈独秀第二次赴日时，和留日学子黄兴、陈天华、邹容等人有过诸多交往。那时鲁迅也来到了东京，正在学习日语。不过鲁迅与人交往不多，像个静静的看客，没有什么过激之举。陈独秀和邹容却已显出个性，不久就演出了一场恶作剧。大概是1903年春，因为陆军学生监督姚昱恶气扰人，陈独秀遂与友人伺机报复。有一天夜里，陈氏与邹容等偷袭姚昱的住所。他们把姚昱抱住，陈独秀拿出剪刀，将其辫子剪了下来。此举在留学生中传出，一片喝彩。但陈独秀却因此不得不回国了，因为惹怒了官方。这一故事后来成了留学生久传的段子，鲁迅想必是颇为兴奋的。那时的留学生，大多留着辫子。凡被剪辫者，或被疑为偷了人家的女人，是奸夫；或被看作"里通外国"，被视为"汉奸"。姚昱的被戏弄，其实是对该人的惩罚。鲁迅对"姚昱事件"的过程，应当是清楚的。他的同学许寿裳，当时就跑到留学生会馆看过热闹。现在推断，鲁迅与陈独秀在东京碰面的概率很高，只不过没有材料证实，不好妄断。其实即使见面，也难有什么特别的印象，因为那时候他们还都没有什么名气。

陈独秀每次赴日，都待很短的时间。所以不可能与鲁迅发生直接联系。不过 1907 年春他再次赴日时,在《民报》馆里曾见过周氏兄弟的几位同学。当时周氏兄弟、钱玄同等人正随章太炎读书。陈氏到《民报》馆时,周氏兄弟并不在场。有传记作者曾说周作人那时就见过陈独秀,大概是搞错了。按周作人自己的说法,第一次见到陈氏是在 1917 年,并非十年之前,《知堂回想录·北大感旧录二》写得很清楚:

> 要想讲北大名人的故事,这似乎断不可缺少黄季刚,因为他不但是章太炎门下的大弟子,乃是我们的大师兄,他的国学是数一数二的,可是他的脾气乖僻,和他的学问成正比例,说起有些事情来,着实令人不能恭维。而且上文我说与刘申叔只见到一面,已经很是稀奇了,但与黄季刚却一面都没有见过,关于他的事情只是听人传说,所以我现在觉得单凭了听来的话,不好就来说他的短长。这怎么办才好呢? 如不是利用这些传说,那么我便没有直接的材料可用了,所以只得来经过一番筛选,择取可以用得的来充数吧。
>
> 这话须还得说回去,大概是前清光绪末年的事情吧,约略估计年岁当是戊申(1908)的左右,还在陈独秀办《新青年》进北大的十年前,章太炎在东京民报社里来的一位客人,名叫陈仲甫,这人便是后来的独秀,那时也是搞汉学,写隶书的人。这时候适值钱玄同(其时名叫钱夏,字德潜)、黄季刚在座,听见客来,只好躲入隔壁的房里去,可是只隔着两扇纸的拉门,所以什么都听得清清楚楚的。主客

谈起清朝汉学的发达,列举戴段王诸人,多出于安徽江苏,后来不晓得怎么一转,陈仲甫忽而提起湖北,说那里没有出过什么大学者,主人也敷衍着说,是呀,没有出什么人。这时黄季刚大声答应道:"湖北固然没有学者,然而这不就是区区,安徽固然多有学者,然而这也未必就是足下。"主客闻之索然扫兴,随即别去。十年之后黄季刚在北大拥皋比了,可是陈仲甫也赶了来任文科学长,且办《新青年》,搞起新文学运动来,风靡一世了。这两者的旗帜分明,冲突是免不了的了,当时在北大的章门的同学做柏梁台体的诗分咏校内的名人,关于他们的两句恰巧都还记得,陈仲甫的一句是"毁孔子庙罢其祀",说的很得要领,黄季刚的一句则是"八部书外皆狗屁",也是很能传达他的精神的。

周作人这一段文字,被后人演绎出诸多故事,有的竟有一点小说的意味,陈独秀与黄季刚的性格也由此点染出来,颇为生动。人们把陈氏的旧事写成小说一类的文字,也证明了某种传奇性。那是一个新旧交错、偶像破坏的时代,留日学生诸多狂妄之举,今天看来亦让人玩味再三。陈独秀是表里如一的硬汉,鲁迅好像有点内向,不愿与生人讲话。陈氏的狂显露在外表的时候多,动辄身体力行。鲁迅却仿佛在修炼着内功,把孤傲内敛于学术与译著上。1903 年,《苏报》案发,章太炎、邹容入狱,对陈、鲁二人都有不小的刺激。陈独秀与章士钊等人创办了《国民日日报》,继续《苏报》的工作,发表了诸多抨击时弊的文章。鲁迅则默默地翻译域外小说,以此作为寄托。许寿裳的回忆录说,

寻路者

《苏报》案后不久,鲁迅就送来一篇译文《斯巴达之魂》。小说借着异域的尚武意识,倾诉复仇的观念,精神的深是一眼就可看出来的。那时候他就与陈独秀显示了路向的不同。不是办报、从事地下活动,而是靠艺术的思索去完成一种夙愿。这里,鲁迅呈现了一种寓言化的趋向,他借着西方古老的故事,来暗示内心的企盼,组合着一种新梦。留日时期的许多译作和论文,其实都有这一特点。后来,他一直保留着这种与世界对话的方式——以艺术的、形象的和寓言的表达方式,与自己的时代交流。我读他的书,在和陈独秀的文本对照时,就感到一种反差。后者几乎已失掉审美的魅力,而前者却仍在动感中变化着,随着不同阅读者在不同时间的阅读,而涌出新意。理解陈独秀不能仅依靠他的文本,你必须了解他的身世、故事,才会被那激昂的文字吸引。而鲁迅则完全相反,浏览他的文字就足够了。那个世界的奇异、幽远、玄妙,都非语言可以表达。文学家就是文学家,有时是不可与政治家简单类比的。

2

有一个现象是颇值得注意的:鲁迅交往的人物,有几位都和陈独秀有关系,个别的关系还非同寻常。比如苏曼殊、章太炎。还有一位,鲁迅后来痛恨的人物章士钊,和陈独秀竟是老友,且一度亲密无间。不过这几个人物与鲁迅多是文字关系和学术上的交往,与陈氏则不同了,有的过从甚密,乃至于同吃同住。陈独秀和苏曼殊、章士钊的往来都在早期,很有些旧式怀才不遇的士大夫气。他们之间的诗词唱和,亦带明清读书人的遗风。比如苏曼殊,他与鲁迅、陈独秀的交往,也能看出当时狂士的风尚。这位带有传奇色彩的人物,每每被后人追忆,都有些趣味儿,像他那样柔情万种、放浪形骸者,的确是难得一见的。

苏曼殊1884年生于日本,父亲是中国人,母亲乃日本人,可谓是混血儿。大概是1907年,鲁迅结识了他。增田涉《鲁迅的印象》云:

> 他(指鲁迅)说他的朋友中有一个古怪的人,有了钱就喝酒用光,没有钱就到寺里老老实实地过活,这期间有了钱,又跑出去把钱花光。与其说他是虚无主义者,倒应说是颓废派。又说,他到底是日本人还是中国人不很清楚,据说是混血儿……我问道,他能说日本话吗?回答说,非常好,跟日本人说的一样。实际上,他是我们要在东京创办的《新生》杂志的同人之一。问那是谁?就是苏曼殊。

鲁迅他们要办的《新生》,预想得很好,大有一番抱负。但是因资金的原因,最终流产了。何以吸引曼殊来,由谁介绍,都没有文字记载。只是鲁迅在一篇名叫《杂忆》的文章里,谈到了彼此的相通之处:都喜欢浪漫的诗人。那文章的开头写道:

> 有人说G.Byron的诗多为青年所爱读,我觉得这话很有几分真。就自己而论,也还记得怎样读了他的诗而心神俱旺……

苏曼殊先生也译过几首,那时他还没有做诗"寄调筝人",因此与 Byron 也还有缘。但译文古奥得很,也许曾经章太炎先生的润色的罢……

苏曼殊的汉语本来不行,后因陈独秀、章太炎、章士钊诸人指点,长进很快。鲁迅那时欲与其联合,大约也是看到了其间的奇气。他后来写的小说、诗,都有一点悲怆,是颇有诱力的。鲁迅之前,小说写得很有张力的作者,应当说非曼殊莫属。苏曼殊的许多作品风靡一时,陈独秀还为其写过序文,可见当时的影响力。有趣的是,还是在 1903 年,鲁迅埋头于译雨果的随笔《哀尘》等文时,苏曼殊则同时译了雨果的《惨社会》(现通译为《悲惨世界》)。该译文经陈独秀修改润色,发表于《国民日日报》上。周作人回忆说,鲁迅看了那译文,印象很深,对苏曼殊自然有了好感。苏曼殊在 1903 年后译的一些作品,大多为鲁迅所喜爱,1907 年,当他出现在鲁迅身边时,立即被吸纳到同一营垒里是必然的,说其为同路人也未尝不可。他与鲁迅的交往很短,远不如与陈独秀的友谊那么久远。苏氏与陈氏相识于 1902 年,直到"五四"前一年去世,与陈独秀的关系时断时续。《新青年》创刊后,还能在该刊读到他的小说,那是陈独秀所邀的。陈独秀对苏曼殊的浪漫生活和率真性格颇为欣赏,有时谈及其学问,也有赞佩的时候。这在陈独秀是少见的。1907 年,看了苏曼殊所译的《梵文典》后,陈氏赋诗一首云:

千年绝学从今起,愿罄全功利有情。

罗典文章曾再世,悉昙天语竟销声。

众生茧缚乌难白,人性泥涂马不鸣。

本愿不随春梦去,雪山深处见先生。

(《曼上人述梵文典成且将次西游命题数语爱奉一什丁未夏五》)

　　曼殊的颓废、浪漫、好学,以及诗人气质,都深得陈氏喜欢。后来两人渐渐疏远,有些道不同的缘故。但陈氏对他的真性情却念念不忘,晚年的时候念及曼殊的一生,常有动情之处。台静农追述说,陈氏念及这位亡友,神色黯然。也可见他对亡友的挚意。

　　追记那个时代,文人多感伤和复仇的意识,浪漫的东西自然很多。苏曼殊的小说《断鸿零雁记》《绛纱记》《焚剑记》《碎簪记》等,就气韵不凡。苏氏的小说除感伤的东西外,个人主义的因素历历在目。比如写暗杀,画贫弱之人,都是陈独秀所关注的内容。他好像在这位友人的笔墨间,感受到了相近的体验。文学作品,往往有文人的某种寄托,曼殊多感伤,用情亦专,所以小说写得让人心热。我们看那个时代的风气、社会心理,有时就不得不在文人的墨迹里驻足。骚客与狂士提供给人的想象与暗示,实在是太多太多了。

3

　　晚清的狂士,身上多少带一点旧式文人的侠气,这种新旧参半的特点,陈独秀、苏曼殊都有一点。侠义之中,有苦味,有悲愤,这是自古亦然的。观陈独秀、苏曼殊的诗文,均喜引用旧典谈论己身,豪放之气诱人。细细品味,也有感伤的成分,所以侠气与哀情,有时是一对兄弟,如果看不到其间的隐忧,那大概是不得窥其全的。

陈独秀早年的诗中,就有才子与侠客的痕迹。看他1909年写给苏曼殊的诗,就可嗅出内心的孤苦与豪放。

> 湘娥鼓瑟灵均法,才子佳人共一魂;
> 誓忍悲酸争万劫,青衫不见有啼痕。
>
> 丹顿裴伦是我师,才如江海命如丝;
> 朱弦休为佳人绝,孤愤酸情欲语谁?(《本事诗》)

苏曼殊也有几首旧诗,常被后人引用,其中《以诗并画留别汤国顿二首》就写得悲烈不已。

> 蹈海鲁连不帝秦,茫茫烟水着浮身。
> 国民孤愤英雄泪,洒上鲛绡赠故人。
>
> 海天龙战血玄黄,披发长歌览大荒。
> 易水萧萧人去也,一天明月白如霜。

诗写得溅血、壮怀,很有风骨。不过看他写的小说,又会坠入别样氛围——有些缠缠绵绵,哀情万状。苏曼殊的小说以言情者为主，多写青年男女婚恋的不幸。作品直指悲剧的源头，对旧的礼教诸多嘲讽。他的《焚剑记》《碎簪记》以传奇笔法，勾勒世道人心，比先前的才子佳人小说多了一种讽世意识。曼殊乃多情善感之人，对人间苦难颇为敏感，每每下笔泪水涟涟。小说情节并不复杂，然而有仗剑归去、佳人难得的孤愤，这情调，甚得陈独秀等人的赏识。陈氏在《为苏曼殊〈碎簪记〉作后叙》中写道：

> 余恒觉人间世，凡一事发生，无论善恶，必有其发生之理由；况为数见不鲜之事，其理由必更充足，无论善恶，均不当谓其不应该发生也。食色性也，况夫终身配偶，笃爱之情耶？人类未出黑暗野蛮时代，个人意志之自由，迫压于社会恶习者又何仅此？而此则其最痛切者。古今中外之说部，多为此而说也。前者吾友曼殊造《绛纱记》，秋桐造《双枰记》，都是说明此义，余皆叙之。今曼殊造《碎簪记》，复命余叙，余复作如是观，不审吾友笑余穿凿有失作者之意否耶？

相当长的时间，陈氏一直觉得曼殊的小说颇可一阅，对国人大有价值。待到鲁迅出现，新风吹来，他的看法便有所变化，对鲁夫子的癫狂与笑傲群雄之举，很是惊异吧？坦率地说，苏曼殊只是个抒情诗人，还像个少男，跳不出个人恩怨与情感的圈子。文章固然精秀善雅，也不过侠客与佳人的旧梦新唱，与现代人的情怀还有差别。鲁迅作品的规模与气象，都非前人可比。倘将《呐喊》诸篇与曼殊全集对比，优劣立判，明暗顿出。鲁迅写人写事，不拘于儿女情长，内中多伟岸之气。他写婚恋之不幸，穷人之落魄，故事隐曲之外还多哲人之思。那情感百折千回，直抵上苍，有幽玄之美。所以"五四"之后，鲁迅谈到苏曼殊，对他写《寄调筝人》一类的诗，就不以为然，觉得远不及其译介拜伦时那么可爱。

鲁迅在文章上的修养，远在陈独秀、苏曼殊之上，这是大家公认的。陈氏诗文豪情万丈，但止于此岸；苏氏柔情万种，毕竟是才子式的低回；鲁迅却天马行空，走在生死之界，上究苍穹，下诘阴域，横扫人世，走得比二人都远。直到晚年，回忆起留日时的生活，对大的破坏与大的变革，依怀旧情，年轻时代的气韵还久绕心头。陈独秀等人的放荡不羁是外露于世的，鲁迅则在内心深处，有超迈之气，文章要比别人走得更远，绝无旧才子式的缠绵。你看《狂人日记》《长明灯》哪有文人的酸腐气？小说里的鬼气与阳气交织一处，凛凛然冲荡于世间，读了不禁毛骨悚然，仿佛被抽打了一般。他的杂文犀利、尖刻、明快，有人讥之为有"刀笔吏"之风，不是夸大之词。但那也是只看到了一面。其实鲁迅的文章，酸甜苦辣之外，亦有自我戕害、抉心自食的地方。这后者残酷而奔放，为千百年间所罕有。

毛泽东当年在最困顿之时读到了鲁迅的文字，曾暗自叫绝，以为是难及之人。那时毛氏还是个被压迫的人，忽在鲁迅身上看到了奇气。自己想要说或未曾说出的话，鲁迅大抵都说过了。以毛泽东的性格，天底下可看上的人物殊少，唯对鲁迅说了一大堆好话。对陈独秀这样的人物，毛氏只是在一个阶段引为同道，后来就弃之一旁了。鲁迅却是个例外，几乎一直陪伴着他。毛泽东与鲁迅思想的深处是有某些呼应之处的，乃至将其称为现代中国的圣人。这个现象很值得玩味,在现代史上颇为独特。文人大多喜读鲁迅文章,乃是从中悟出反叛奴性的朗然之气。那志不拘检的阳刚之美,映出了同代文人的弱处。今人欲达此等境界,大约是难而又难的。

4

影响鲁迅较大的前辈学人是章太炎。1907 年,就是鲁迅与苏曼殊结识的那一年,陈独秀也与章太炎有过接触,还与章氏一同加入了亚洲亲和会。鲁迅与章太炎是师生关系,曾随章氏学习文字学。而陈氏则是章太炎的客人,并无深交。章太炎在世的时候,鲁迅对他很客气,亦无谈论他的文章。而陈独秀则快言快语,对其爱憎参半,爱其学识之深,斗士风骨,又憎其混迹名流之间,未保晚节云云。不管鲁迅、陈独秀对章氏的看法如何,以狂士闻名的前辈章太炎,多少感化过"五四"这一代人。若谈精神谱系的延续,是要看到彼此的联系的。

关于鲁迅随章太炎读书的前后经历,后人多有描述。鲁迅自己却写得不多。看他前期的文章,尤其是那些古奥的译文,就分明留下了章太炎的影子。章太炎长鲁迅十三岁,名炳麟,字枚叔,生于浙江余杭。黄侃称其"懿行至多,著述尤富。文辞训故,集清儒之大成;内典玄言,阐晋唐之遗绪;博综兼擅,实命世之大儒"。鲁迅随章氏读书,学问上大有收益,懂得了文字学的堂奥。他晚年欲写一本中国字体变迁史,大概与早期的训练有关。不过,后人回忆章太炎的一生,看重的却是其狂士之风,以为那才是先生的魅力所在。章太炎在学问上的高深,世人是公认的,但他的狂狷、傲世,尤给人以深刻的印象。他的弟子中有此特征者甚多。黄侃的倔强,钱玄同的雄辩,曹聚仁的独行,都含有某些章氏形影。鲁迅身上峻急的一面,和其师也有吻合的地方。或说,老师的气节,多少感染了弟子们。那是时代的风气:康梁多狂语,章氏喜厉言。邹容以身殉道,秋瑾血溅刑场。而诸人之中,章氏的形影,让鲁迅久久不忘,印象是抹不去的。鲁迅和章门弟子相遇时,偶谈章太炎,口气颇为尊重。当然其中少不了先生的逸事。学生中喜谈老师的学问者多,自然也免不了谈那些桀骜不驯的往事。比如怎样骂人,自称为疯子;怎样临危不惧,置生死于脑后;怎样衣食无序,孤行己意。曹聚仁和鲁迅谈天时,大概涉及于此。看二人的通信,可以证明此点。曹聚仁1934年在《章太炎先生》一文中说到了老师的"疯",很有意味:

太炎先生有一个外号,叫做章疯子。清光绪末年,梁启超,麦孟华,奉康为教主,在上海宣传《公羊》义法,说是"不出十年,必有符命!"太炎先生嗤之以鼻,曰:"康有为什么东西!配做少正卯、吕惠卿吗!狂言呓语,不过李卓吾那一类货色!"康氏徒党,恨之刺骨!两湖总督张之洞慕先生之名,由钱恂介入幕府。时梁鼎芬为西湖书院山长,一日,询章先生:"听说康祖诒(有为)欲作皇帝,真的吗?"太炎先生说:"我只听说他想做教主,没听说想做皇帝;其实人有帝王思想,也是常事;只是想做教主,未免想入非非!"梁鼎芬为之大骇!民国二年(1913),袁世凯诛戮党人,絷先生于北京龙泉寺,后移拘于钱粮胡同;先生每与人书,必署"待死人章某"。前年,黎元洪死,先生挽之以联,下署"中华民国遗民章炳麟挽";联云:"继大明太祖而兴,玉步未更,倭寇岂能干正统。与五色国旗同尽,鼎湖一去,谯周从此是元勋!"孙总理奉安之日,先生寄挽之联,更是骇人:"举国尽苏俄,赤化不如陈独秀;满朝皆义子,碧云应继魏忠贤。"章疯子这外号,就这样更流传开,更证实了。

鲁迅和曹聚仁毕竟有些区别,他谈章太炎,非文史小品的心态,倒是有一点形而上的倾向,在《关于太炎先生二三事》中,鲁迅写下了这样一段话:

> 我以为先生的业绩,留在革命史上的,实在比在学术史上还要大。回忆三十余年之前,木板的《訄书》已经出版了,我读不断,当然也看不懂,恐怕那时的青年,这样的多得很。我的知道中国有太炎先生,并非因为他的经学和小学,是为了他驳斥康有为和作邹容的《革命军》序,竟被监禁于上海的西牢。那时留学日本的浙籍学生,正办杂志《浙江潮》,其中即载有先生狱中所作诗,却并不难懂……
> 一九〇六年六月出狱,即日东渡,到了东京,不久就主持《民报》。我爱看这《民报》,但并非为了先生的文笔古奥,索解为难,或说佛法,谈"俱分进化",是为了他和主张保皇的梁启超斗争,和"××"的×××斗争,和"以《红楼梦》为成佛之要道"的×××斗争,真是所向披靡,令人神旺。前去听

讲也在这时候，但又并非因为他是学者，却为了他是有学问的革命家，所以直到现在，先生的音容笑貌，还在目前，而所讲的《说文解字》，却一句也不记得了。

章太炎的影响力，在民国初已达到别的学人难以企及的程度。他的弟子有许多执掌北大教席，对现代语言文字学的普及，推力很大。到了二十世纪三十年代，章氏以讲学为生，门徒甚众，学生每每以沾到老师之光为耀，遂变成了一种学术偶像。平心而言，章太炎的学问阔大而幽深，后来得其真谛者不多。鲁迅向来不喜欢以弟子自居自夸自誉，对学界蛀虫常常嗤之以鼻。他的赞赏章氏，有另样的眼光，就与周作人、钱玄同大大不同了。鲁迅以为，师徒之间不必以旧礼相处。师若荒谬，不妨叛之。所以看鲁迅的言和行，倒仿佛真的得到了老师的某些遗风。比如傲世独立，依自不依他，等等。章门弟子中与老师最近者，反而愈远，精神相通的寥寥。鲁迅与章太炎后来的接触几乎中断，但细细打量他们的"孤"与"傲""独"与"狂"，却蕴含着现代史的诗意。思想者与自己周围的世界，并非相容的。

但章太炎的风骨在章门弟子之外，有另类的看法。陈独秀就不像黄侃、钱玄同那样对其恭恭敬敬。濮清泉在《我所知道的陈独秀》中，记述了陈氏对太炎先生的看法，文章说：

　　陈独秀和章太炎也时常过往，他很钦佩章的"朴学"，认为他是一个"国宝"，而章对陈的"小学"也十分赏识，认他为"畏友"。他说章太炎为人非常小气，朋友向他借钱，偿还时付息，他竟受之而无愧色，是一个嗜钱如命的人，是一个文人无行的典型。

章太炎本已够放荡不羁，陈独秀比他还要过之，已经是出言不逊了。这一篇回忆录的真伪已难考订，但至少说明陈独秀看人的目光，犀利尖刻，是狂人中的狂人。章太炎在学术上大气磅礴，非他人可比。生活中亦未闻有上述陋习。是否是道听途说，亦未可知。不过，谈到鲁迅，陈独秀就要客气得很，濮清泉又写道：

> 我问陈独秀，是不是因为鲁迅骂你是焦大，因此你就贬低他呢？（陈入狱后，鲁迅曾以何干之的笔名在《申报·自由谈》上，骂陈是《红楼梦》中的焦大，焦大因骂了主子王熙凤，落得吃马屎的下场）他说，我决不是这样小气的人，他若骂得对，那是应该的，若骂得不对，只好任他去骂，我一生挨人骂者多矣，我从没有计较过。我决不会反骂他是妙玉，鲁迅自己也说，谩骂决不是战斗，我很钦佩他这句话，毁誉一个人，不是当代就能作出定论的，要看天下后世评论如何，还要看大众的看法如何。总之，我对鲁迅是相当钦佩的，我认他为畏友，他的文字之锋利、深刻，我是自愧不及的。人们说他的短文似匕首，我说他的文章胜大刀。他晚年放弃文学，从事政论，不能说不是一个损失，我是期待他有传世大作品问世的，我希望这个期待不会落空。（《我所知道的陈独秀》）

濮清泉的叙述是有误的，鲁迅并未在文章里骂过陈独秀，那焦大的说法，是安在新月派头上的，与陈独秀并不相关。不过这一段文字也透出了一个信息，至少让我们看到了他对同代人的印象和心绪。晚清的名人多多，行迹怪异者亦不可胜数。陈独秀一生骂的人物甚多，康有为、梁启超、章太炎都不在其眼里。唯独鲁迅，让其心里折服，当看出其磊落胸襟。鲁迅的峻急、飘逸并非轻易可以吹捧出来，其人其文旷世罕有，有惊天动地之概。陈独秀在内心中尊敬旧友，也可看出他的率真与深切。

5

其实细细说来，鲁迅与陈独秀的狂态，并不在一个精神层面。他们身上有六朝人的某些遗绪，这是一看即知的。还有一点晚明士大夫的"孤愤绝人"的气概，大概也不算妄断。不过鲁迅内心也有洋人的某些影子，且内化于其中。这使他变得复杂起来。我们看陈独秀，无论从远从近，好像大致可以看明，没有什么隐曲的地方。但鲁迅不行，无论你如何打量，好似近而又远，远而弥近，难以理出头绪。鲁迅曾说自己有安德烈耶夫式的阴冷，大概是不错的。但又有一些尼采的精神，心绪里汹涌着非理性的暗流。陈独秀虽说也自称喜欢尼采，可他到底能读懂多少，很难说清。而鲁迅对这位德国哲人，却曾有过认真的研究。因为一生的大部分时间用于翻译，鲁迅对域外的反抗哲学颇为了解。而陈氏用于革命的时间过多，精神哲学驻足也只是几年，思维由复杂趋于简单。所以，同样是一名斗士，呈现的意象不同，给后人的感受，自然是有别的。

若说对尼采的理解，陈氏可说只得其形影，鲁迅却解其精髓，且又杂以新意。留学日本的时候，鲁迅便接触了尼采的著作，对这位"超人"的哲学颇有兴趣。他早期的文章，多次提及尼采（那时译为尼佉），并用其思想解释文化上的难题。后来他还译过一点尼采的文章，发表在《新青年》上，对其精神的深，有持续的热情。日本的伊藤虎丸先生曾描述过尼采对鲁迅的影响，其看法很值一思，有参照的作用。伊藤认为："鲁迅发现尼采所谓'积极的人'，是能挽救中华民族危机的具有主体性、能动性、政治性的人。'本根剥丧，神气旁皇，华国将自槁于子孙之攻伐'（《破恶声论》）。基于这个认识，鲁迅把最后的希望寄寓于少数人物的'心声''内曜'之上，这就是他的'个人主义'。"鲁迅的喜欢尼采，在后来的创作里渐渐呈现出来。比如常用诘问句，行文是诗化的；蔑称强权，出言有冲荡气韵。《文化偏至论》《破恶声论》《摩罗诗力说》都有尼采的影子。我以为尼采给鲁迅的深切影响是，发现了人可以超越本我，有着独立的精神。新人总将代替旧人，将旧俗远远地甩在后面。《文化偏至论》深切地透出了个人的思想：

> 若夫尼佉，斯个人主义之至雄桀者矣，希望所寄，惟在大士天才；而以愚民为本位，则恶之不殊蛇蝎。意盖谓治任多数，则社会元气，一旦可瘳，不若用庸众为牺牲，以冀一二天才之出世，递天才出而社会之活动亦以萌，即所谓超

人之说,尝震惊欧洲之思想界者也。

　　鲁迅的藏书中关于尼采的著作存有多册。我有时看两个人的照片,不知怎么,觉得气质上有一点相近:都留着胡子,目光灼灼,忧郁,却又坚毅,目光后是深的海洋。鲁迅年轻时关注这位德国人,大概缘于"尊个性,张精神"的启发吧。天底下平庸之人,大多因了个性的消亡而沦为奴隶。所以根本的出路在于"立人","人立而后凡事举"。这个核心的思想,可以说是来自尼采的暗示。鲁迅相当长的时间不与党派团体发生关系,没有自己的圈子,乃是恪守尼采式的箴言,不使自己沦入非我的精神藩篱。你看他早期的诗文,多么像尼采的独白。虽然格调不同,指向有别,但在境界上多有重叠之处。《新青年》时代,他的《随想录》里还肯定着尼采,并相信优秀的民族能够涌现出来。鲁迅的怀疑主义眼光里还迸射着进化论与"超人"的渴望,在同一篇文章里可以体味出他复杂的意识。尤其是以被压迫民族的一员所发出的吼叫,是动人心魄的。他不像后来的陈独秀始终拒绝承认自己是奴隶,而鲁迅则一直到死,认为自己还受奴隶总管的辖制,身上还有曾做过奴隶的旧迹。所以他对尼采的接受,不像书斋里的学人那么平直,内心一直滴着血。尼采的精神闪光,是切入到他的肉体里的。北京生活的末期,他和陈西滢的笔战,和章士钊的交锋,就有着尼采的印迹。诗与哲学的内蕴,一直交织其中。他在此时期写下的《野草》,在意绪上分明有了《查拉图斯特拉如是说》的韵致,以绝望的心反抗绝望,和以自信的心拒绝绝望是不一样的。如若细想一下,陈独秀显然属于后者。他的经验里排斥了自身的苦难，或者说把凡人的忧患、凄楚驱赶到了身外。而尼采与鲁迅，却将智慧建立在对苦难的咀嚼中，他们的文本所以有人本的诱惑力，我想或许与此有关。陈独秀和这个传统的陌生是自然的。尽管他承认也喜欢尼采。

在和友人的谈话里，陈独秀坦言，对中国古代哲学有些研究，但对西洋哲学却是个门外汉。显然，他尚无力对西方文明史做一个系统的浏览和整理。而这些，鲁迅与周作人在青年时期已认真做过了一些。鲁迅的一生，基本的人文思路在1907年左右已经确立。陈独秀到1930年代还在修正自己，变的东西较多。即以尼采话题为例，他就说出了自己的感情变化：

> 讲到尼采，陈独秀说，我以前道听途说，以为他是帝国主义的代言人，但现在我看了他的代表作《札拉图斯特拉如是说》（现通译为《查拉图斯特拉如是说》），才知道他是批判万恶社会的哲人。我问他，尼采不是主张超人哲学吗？世界上哪来超人呢？他说，正因为世上没有超人，所以他要把人提高到超人的地步。他认为德国社会上层人物是一群动物，蠢猪、笨驴。他骂大学教授学驴叫，新闻记者是骗子，当局是强盗，官吏是盗贼……这是对资本主义社会的有力声讨，哪里有帝国主义代言人的气味呢？德国政府把他关进疯人院，岂不是自己打自己。（濮清泉：《我所知道的陈独秀》）

天底下有傲骨的人，一旦与尼采相遇，便会有知音之感。接受别人的思想，每个人的背景不同，角度有异，形成的思路或许亦有出入,但在不与流俗为伍这一点上,大概没有什么冲突。同样是欣赏尼采,鲁迅呈现了思想上的痛与肉体上的痛。而陈独秀,在肉体上的痛要略高于思想上的痛。读他们的书,觉得鲁迅的源头似乎从古希腊和古中国来,有着精神上的承延。他的文字背后拖着历史的巨影,人间的血色溅射其间。陈独秀倒像王充、李贽一样,深刻与单纯都一览无余。加之域外一些个性主义思潮介入,已不仅仅是绿林豪气了。陈独秀大讲东西方文明差异,力推民主与科学思想,但在我眼里,绿林豪气要多于尼采之气。鲁迅曾说自己中了些庄周、韩非的毒,陈独秀想必也有一些。可是深入地一想,尼采等西方斗士的遗产与庄周、韩非的遗产的相撞,大概才有了"五四"狂狷文人的耀眼景观。要不,人们为何念念不忘于此呢?这个现象十分复杂,不好点透。倘有好奇心者认真探究,说不定会引起新的话题,那已不是笔者可以胜任的了。

6

但"五四"那代人的狂,也是有点魏晋遗风的。

魏晋名士的"清谈""捷悟""任诞"乃人的意识的自觉,到了现代被重新发现,有了新的特点。嵇康之后,有此特征者大抵有相似的一面,精神哲学是一致的,嵇康以后的士大夫,咏叹魏晋风骨的偶可见到,人们从前人的狂狷里,看到了人生的通脱之可贵。直到晚清,嵇康式的人物渐多,魏晋名士的话题也成了一时的风景。若有人认真梳理,那是很有意思的。

鲁迅生前有一篇文章叫《魏晋风度及文章与药及酒之关系》，写得惊世骇俗，有人说他是魏晋名士的知己，不是过誉之论，他校勘《嵇康集》，跨度二十三年，抄校十余次，用力甚勤。刘半农就在他身上，看到了古老的幽灵，以为多少受到了嵇康的暗示。鲁迅的幽默、悲愤与峻急，是有一点古风的，说其有魏晋风骨也是对的，先生的谈阮籍诸人，多是受到了现实环境的影响，如果不是经历了国民党的清党的刺激，也许不会把目光那么深地盯到司马氏的统治网中。他也恰恰从此悟到了读书人的无奈。在看似潇洒、奇异的狂士身上，是有着大的哀凉和悖论的。鲁迅说道：

　　我们就此看来，实在觉得很希奇：嵇康是那样高傲的人，而他教子就要他这样庸碌。因此我们知道，嵇康自己对于他自己的举动也是不满足的。所以批评一个人的言行实在难，社会上对于儿子不像父亲，称为"不肖"，以为是坏事，殊不知世上正有不愿意他的儿子像自己的父亲哩。试看阮籍嵇康，就是如此。这是，因为他们生于乱世，不得已，才有这样的行为，并非他们的本态。但又于此可见魏晋的破坏礼教者，实在是相信礼教到固执之极的。（《魏晋风度及文章与药及酒之关系》）

这一段话说得实在是好。我由此而想到鲁迅的同代人如章太炎、吴稚晖、钱玄同等，他们似乎也存在这样一种悖论。虽说不上同于阮籍、嵇康，但内在的冲突，不能自我圆通，大约是一

　　　　　　　　　　　　　　　　寻路者

致的。

像吴稚晖这样的人,狂放与怪异是不亚于古人的。有学者写文章,就把他比成魏晋名士的再生。吴稚晖一生明暗参半,是个颇有争议的人物。看他的言行,有时确让人联想起《世说新语》里的片断,有的甚至是刘义庆文本的翻版。1920年代,章士钊反对白话文,提倡读经救国,吴稚晖本与他是老友,见其迂行便撰文讥之。那一篇文章题为《友丧》,笔法颇有韵致,以讣闻的形式,对章士钊在前后《甲寅》期间的变异大加反讽,像悼词一般有趣:

> 不友吴敬恒等罪孽深重,不自殒灭,祸延敝友学士大夫府君;府君生于前甲寅,痛于后甲寅,无疾而终。不友等亲视含殓,遵古心丧,惭愧昏迷,不便多说,哀此讣闻。

"前甲寅"指章士钊民国初时办的《甲寅》杂志,颇有生气,多反清排满的豪气;"后甲寅"指1920年代章士钊所办《甲寅》周刊,调子已不复旧时之音,大有遗老之态了。吴稚晖为友人写丧文,章士钊看了不知做何感想,想必是觉得受到了奚落。吴稚晖对友人喜以嬉戏笔法,对论敌则不免有一点恶毒,诙谐之外含有贬损。陈独秀去世,吴氏就敌意地写了一副挽联:

> 思想极高明,对社会有功,于祖宗负罪,且累董狐寻直笔;
> 政治大失败,走美西若辈,留楚口如斯,终输阿 Q 能

跳梁。

吴稚晖本来自称不做官,不做议员的,后来却成了国民党的要员、高参,真真是个复杂的人物。与他同代还有另一些人,不入台阁,喜聚书斋,言行举止亦有放荡之处。看人看事有双亮眼,凡夫俗子就不在眼下了。和周氏兄弟、陈独秀关系很好的钱玄同,就向好高论,谈吐如入无人之地,连陈独秀都觉其出语颇左,过于激愤了。可大家却很接受他,并以其怪诞为美,相知甚深。周作人回忆说:

> 玄同善于谈天,也喜欢谈天,常说上课很困倦了,下来与朋友们闲谈,便又精神振作起来,一直谈上几个钟头,不复知疲倦。其谈话庄谐杂出,用自造新典故,说转弯话,或开小玩笑,说者听者皆不禁发笑,但生疏的人往往不能索解。这种做法在尺牍中尤甚,搁置日久重复取阅,有时亦不免有费解处,因新典故与新名词暂时不用,也就不容易记起来了。(《钱玄同的复古与反复古》)

钱玄同的怪异在常人有时不可理喻,可在周作人眼里却是难得的人物。搞一点游戏文字,和周围的人开开玩笑,总比泛道德化的文字有趣。在枯燥的环境里,唯褒慢的人生态度有一点人性的光泽,不至于被同化于正襟危坐的形态里。周作人自己不太幽默,偏偏赏识东歪西倒的人。自章太炎至钱玄同,都有疯人气,放浪形骸又不失真人本色,仿佛《世说新语》的现代版,其间起承转合,是大含人间精义的。

读着民国文人的著作,你有时不禁发出笑声。在凄苦的生活里,文人学者每每以醉态笑看江湖,其状与魏晋风度何其相近,即使像周作人这样以平和态度写作的人,文风亦见刀影,隐含着戾气。周氏经常称引古人的一句话:"为人先须谨厚,文章且须放荡。"如果只看周氏温和的文章外表,不解其内在的隐含,那会误读这位人物的。他晚年万念俱灰,在背着"汉奸"的罪名的日子,苦译了路吉阿诺斯(现通译为琉善)的对话录,用意非同寻常。路吉阿诺斯是真正意义上的狂士。他骂名人,诋贵族,嘲笑柏拉图与亚里士多德,怀疑主义与雄辩气洋溢其间,后来德国的尼采,是沿着这条古希腊文明的道路前行的。周作人一生以雅士的面目诱世,内心却有"流氓气",与古今中外的狂士为伍。王充、李贽、俞理初的高傲气,一直是他崇尚的,并说这三人是中国历史长夜的三盏明灯。即便是晚年潦倒,陷入苦海,内心依偎的,仍是路吉阿诺斯那种独往独来的辩士。此类遗风久被学林,而唯"五四"学人尤烈,遥望历史,今人是要深感惭愧的。

古人每言及"竹林七贤",神往之色浓浓,原因是自己的身边鲜有此类的人物。鲁迅那一代人可就不同了,他周围有趣的人物是那么多,留下的故事一时难以说尽。在纲纪毁坏、旧屋欲倾的时代,文人的表演每每与古人相反,所谓除旧布新、乱世出英雄,不是没有道理的。不过狂人之中有真伪之分,高下之别。鲁迅就不喜欢钱玄同,章太炎抨击过吴稚晖,陈独秀与黄侃有隙等等。凡此种种,让人窥见了通脱之人又多不通脱的一面。中国的士风到了现代,是一次巨变。各路豪杰也涌现于此时。但后来天下归一,此类人物逐渐消失,很有"广陵散绝矣"之叹。现在的青年也偶有模仿狂士者,但不知为何,总是不像,有点流氓态了。什么原因呢?我也不知道。进化与退化,有时和时光的流逝是无关的。

夜枭声

1

我第一次看到猫头鹰颇为惊奇,怪怪的目光射过来,像要穿透人心似的。于是也想起鲁迅画的那幅猫头鹰画,真是传神得很。中国人是不太喜欢猫头鹰的,原因是它有恶的声音。汉魏时期的曹植在他的《赠白马王彪》一诗中,写到了"鸱枭",就是俗话说的猫头鹰,认为是恶鸟,形象自然可怕得很。唐宋时的文人每每写到此鸟,大多有不祥的暗示,读之有些晦气。但鲁迅却喜欢这个怪鸟,记得有一次在致友人的信中自嘲地说:我的文章是枭鸣,别人不爱听。在许多文章里,鲁夫子都流露了类似的观点,那是别有一番意味的。明知道别人不喜欢,且又愿意那么说,也足见他的性格。

沈尹默在一篇回忆录里讲到了"五四"时的同人们。内中谈到钱玄同。钱玄同有一次和友人笑着说:鲁迅像只猫头鹰。不知道此话传到周氏兄弟那里没有,倘若知道有人这样描述自己,鲁迅会心以为然的。在他的朋友的回忆里,鲁迅的形象是灰蒙蒙的,蓬乱的头发,矮矮的个子,说一口绍兴话。他的长衫也普通得很,仪表没有太特别的地方。有人描述他时,说他面带黄色,有点憔悴,但吸起烟时颇有精神。他外出的时候,甚至有人疑心他是鸦片鬼。"文革"中的传记都不太提及于此,大约怕有损其高大的形象。可是鲁迅的灰色的、神经质的一面,的的确确存在着。你若细读他的作品,是会得到这一印象的。

我曾经说,鲁迅的文章只有黑白两色,很像木刻,明暗交错着。他习惯于在墨黑的世界里发出奇异的光,晦明不已之间,射出冲荡的气息。有学者写到鲁迅时,注意到其身上的黑暗面。那形成了一种精神的底色,连先生自己也说道:

> 但我的作品,太黑暗了,因为我常觉得唯"黑暗与虚无"乃是"实有",却偏要向这些作绝望的抗战,所以很多偏激的声音。(《两地书·四》)

承认自己黑暗,又无法明晰这黑暗里的问题,这对他是一种痛苦。它像蛇一般纠缠,久久不去。北京时期的鲁迅,几乎都是在焦灼里度过的。他也用了种种办法麻醉自己,想让心沉下去,可是偏偏不能。在夜色茫茫、众人昏睡的时候,独自醒来,又不知该如何,那一定是痛苦的。他在文章里向人坦白了这一心境。

习惯于在夜间工作的他,有时在文字间也流露出神秘的气息。有趣的是,他对夜的意象那么喜欢,小说的场景也多见暗色。《狂人日记》的起始就写到了夜的月光,森然里透着绝望。《药》与《祝福》通篇弥散着鬼气,仿佛坟旁的花草,瑟瑟地在黄昏里抖动着。他的许多文章的名字,都以夜为题,对这意象有着亲近的心。

气质的深处,和苍茫夜色搅在了一起。《长明灯》是夜的惊恐,《孤独者》仿佛地狱边的喷火,而《野草》诸文,如月色下闪烁的寒光,溅出丝丝寒意。比之于同代的陈独秀诸人,鲁迅不太爱写那些理直气壮的文字,内心更为忧郁、苦楚,甚至充满了不确

　　　　　　　　　　　　寻路者

切的恍惚。这一切都让人体会到进入他的世界的困难。

许广平的回忆录里写到过鲁迅的生活习惯。夜里写作，上午睡觉，先生大约已过惯了这一生活，在万籁俱寂的夜，人们睡去了，独有他还醒着。留学日本时，他就已是这样熬夜了，直到去世，一直没有什么改变。周作人在回忆录里写到了鲁迅的夜猫子形态，颇可一阅：

鲁迅在东京的日常生活，说起来似乎有点特别，因为他虽说是留学，学籍是独逸语学会的独逸语学校，实在他不是在那里当学生，却是在准备他一生的文学工作。这可以说是前期，后期则是民初在北京教育部的五六年。他早上起得很迟，特别是在中越馆的时期，那时最是自由无拘束。大抵在十时以后，醒后伏在枕上先吸一两枝香烟，那是名叫"敷岛"的，只有半段，所以两枝也只是抵一枝罢了。盥洗之后，不再吃早点心，坐一会儿看看新闻，就用午饭，不管怎么坏吃了就算，朋友们知道他的生活习惯，大抵下午来访，假如没有人来，到了差不多的时候就出去看旧书，不管有没有钱，反正德文旧杂志不贵，总可以买得一二册的。

有一个时期在学习俄文，晚饭后便要出发，徒步走到神田骏河台下，不知道学了几个月，那一本俄文读本没有完了，可见时间并不很长。回家之后就在洋油灯下看书，要到什么时候睡觉，别人不大晓得，因为大抵都先睡了，到了明天早晨，房东来拿洋灯，整理炭盆，只见盆里插满了烟蒂头，像是一个大马蜂窠，就这上面估计起来，也约略可以想

见那夜是相当深了。(《鲁迅的故家》)

通过上述文字可以想见他的形影,生命的光就那么在夜里闪着。我想起鲁迅的那一句诗:"惯于长夜过春时",好像一种形象的勾勒。在茫茫的夜幕下,一个人独自立于丛葬旁。昏暗是那么的深广,以至包卷了一切。而唯有那颗不安于沉寂的心在跳动着,且发出熠熠的光。鲁迅的存在让世人的血涌动着,一切苟活者都因之而苍白无力了。

2

晚年回忆自己的一生时,鲁迅承认自己的怨敌很多。对那些攻击自己的人,他并不会过于在意,不消说,他尚无什么真正的对手。有几个有恶意的人,在描述他时,笔锋是蘸着毒汁的,连形貌也漫画化了。他们竭力将鲁迅描绘成恶魔,诅咒其文体中散出的黑暗之气。叶灵凤在 1928 年 5 月 15 日《戈壁》上刊有《鲁迅先生》一短文,这样写道:

> 阴阳脸的老人,挂着他已往的战绩,躲在酒缸的后面,挥着他"艺术的武器",在抵御着纷然而来的外侮。

同一年上海出版的《文化批判》上,有冯乃超的一篇文章谓《艺术与社会生活》,讽刺地描绘道:

寻路者

鲁迅这位老先生——若许我用文学的表现——是常从幽暗的酒家的楼头,醉眼陶然地眺望窗外的人生。世人称许他的好处,只是圆熟的手法一点,然而,他不常追怀过去的昔日,追悼没落的封建情绪,结局他反映的只是社会变革期中的落伍者的悲哀,无聊赖地跟他弟弟说几句人道主义的美丽的说话,隐遁主义!好在他不效 L.Tolstoy(即托尔斯泰)变作卑污的说教人。

这两篇文章的共同点,是说鲁迅常常从灰暗的角度,向人间射出冷箭。除去他们的恶意不管,在行为特点上,他们也说出了鲁迅苛刻、阴冷的一面。但大凡了解他的人,看法自然有别,有的相差甚远。鲁迅的热忱、温暖的形影,与其文字的清峻是大不一样的。增田涉《鲁迅的印象》中的片段,就有写他慈父的一面,读者是相信它的。不过这里的问题是,鲁迅的形象何以有如此大的反差?或许他的文字真的给人一种幻觉,歧义之处甚多吧。增田涉写到了李贺与尼采在鲁迅身上的影子,那多少可以解开其中的谜团。我倒相信这样的看法:鲁迅以外冷内热的形姿直面着人间。只注意其中一点,是不解其意的。进入他的世界,的确需要一种忍耐。

李贺与尼采都受到诟病。那原因在于他们说话的晦涩与反价值态度。而且其诗文里都有一些黑暗感,也夹带着血色。鲁迅喜欢过尼采的著作,他年轻时用古文写文章,就译过尼采的话,文字是洞穴里的风,冷冷的,两颗绝望的心就那么叠印在一起。鲁迅在最痛楚时写下的文字,确有一种鬼气的,那些神经质的震颤,连接着一个幽玄的梦,苦难的大泽将人间的美色通通淹没了。《野草》里的片段,分明就有李贺、尼采等人的影子,也糅进了更为复杂的精神碎片。他习惯于写夜的时空:星,月光,僵坠的蝴蝶,暗中的花,猫头鹰,破败的丛葬,闪闪的鬼眼的天空……所有的画面都不是朗照的,《秋夜》的景致写得森然可怖,那里多次出现恶鸟的声音,它的黠然之态似乎闪着作者的快意:

> 鬼映的天空越加非常之蓝,不安了,仿佛想离去人间,避开枣树,只将月亮剩下。然而月亮也暗暗地躲到东边去了。而一无所有的干子,却仍然默默地铁似的直刺着奇怪而高的天空,一意要制他死命,不管他各式各样地映着许多蛊惑的眼睛。
>
> 哇的一声,夜游的恶鸟飞过了。
>
> 我忽而听到夜半的笑声,吃吃地,似乎不愿意惊动睡着的人,然而四周的空气都应和着笑。夜半,没有别的人,我即刻听出这声音就在我嘴里,我也即刻被这笑声所驱逐,回进自己的房。灯火的带子也即刻被我旋高了。

沉浸于典雅、高贵世界里的文人们,是不屑去读这类文字的,他们甚至厌恶听到恶鸟般的声音,这声音有什么悠然的境界吗?但鲁迅的特别在于,他撕碎了常人式的认知之网,将触角延伸到理性无法解析的精神黑洞里。确切、已然、逻辑、秩序,通通被颠覆了。他看到了一个未被描述的另一类的世界,思想必须重新组合,格律已失去意义,唯有在那片混沌的世界里,才隐含着别样的可能。鲁迅诅咒了世界，也诅咒了自己，而他被人诅咒和亵渎，那也是自然的了。

日本的学者木山英雄，在40余年前就发现了鲁迅在《野草》里隐藏的一种哲学，那时候中国内地还没有人注意到其中迷离隐曲的问题。这位聪明的日本人发现，鲁迅"从与现实对应的有机真实的感觉逃脱出来，追求自由表现领域而进入假定的抽象世界时，君临头上的奇怪而高的天空之压迫感也似乎变得淡薄"。木山英雄是个很随和的人，有着中国老人的冲淡之气。我没有想到他对《野草》有这么深的体味，连中国人读了也惊讶不已。汉语圈中的华人有时无法解析鲁迅的世界，因为那文本是跨母语的。敏感的域外汉学家却发现了唯有双语作家才有的问题。鲁迅真是悲哀，他的知音有时竟在外国，熟悉他或疏离他的中国读者，大约只能将其看成不祥的恶鸟。至于其内在的世界，大多已不再了然了。

中国旧诗文里普遍的意象是花香鸟语，祥鸟之鸣遍地。所谓小桥流水，莺歌燕舞，如此而已。士大夫之流以此为美，争做雅士，于是乎清词丽句，洋洋乎有庙堂之气。鲁迅的文本几乎与此无关，他那里是丧气的所在，那个被人千百遍礼赞的精神之国，在鲁迅笔下被勾画掉了。

3

有一个熟悉鲁迅的人，看到了他的文字后，很感慨地叹道，那世界太惊恐了。于是他在文章里发出了惊叹，说是鲁迅的世界残酷得让人窒息。曹聚仁晚年写《鲁迅传》时,也谈到了类似的问题,觉得鲁迅多有灰色的影子。我以为出现这一现象的原因很多,外国的个人无治主义影响,也许是一个因素。那时候鲁迅对翻译的热情,绝不亚于创作。外国作品神经质的跳跃,大概也传染了他,有人甚至在他的语句里读出了尼采的痕迹,那大约也是不错的。

他在《新青年》上发表的译作《一个青年的梦》《幸福》《三浦右卫门的最后》等,都不是明朗的。尤其他所译阿尔志跋绥夫、安德烈耶夫、迦尔洵的小说,完全是裹在死灭的气息中。像阿尔志跋绥夫的《工人绥惠略夫》,其虚无与恐怖的色调是那么浓厚,仿佛要令人窒息了。鲁迅在内心深处,欣赏这位带有无治主义色彩的作家,他说:

> 阿尔志跋绥夫的著作是厌世的,主我的;而且每每带着肉的气息。但我们要知道,他只是如实描出,虽然不免主观,却并非主张和煽动;他的作风,也并非因为"写实主义大盛之后,进为唯我",却只是时代的肖像:我们不要忘记他是描写现代生活的作家。(《〈幸福〉译者附记》)

我读阿尔志跋绥夫的作品时,就感到了鲁迅与他的亲缘。他们都有一点内倾,习惯于写出内心的闷损和忧郁。他们一方面还原了生活的恶,让漫天浊气环绕着人们,另一方面又不安于昏暗的蔓延,于是独自站立起来,在旷野里直面着高而远的天空。你在那些文字里可以谛听到生命之流的汩汩涌动,甚至于作者的心音。当思维穿过感觉阈限的时候,人间的本质便出现了。

在许多文章里,鲁迅坦然地讲到了自己的恶意。他在《坟》的后记里,甚至强调了活着就是不让一些人感到舒服。陈源、徐志摩等人以为鲁迅有刀笔吏之风,也许是对的。鲁迅喜欢的就是让正人君子露出马脚,不要再招摇于市。于是他竭力用苛刻的语言,亵渎那些高人与贵人:装什么崇高与神圣呢?1924年至1926年,他与现代评论派的冲突,显示了一种高超又残忍的个性,绿林气与欧洲辩士的高傲气,都集于一身了。

但他并不像一些人那么欣赏自我。在稍有快意,或者说略得胜利的时候,依然不满于自我,他憎恶身上的鬼气,却又除不掉了。看他书信里的话,知道他是那样地怀疑自我,而且一切都是那么真诚。当用刀去刺着暗夜的时候,有时也在剜着自己的肉。我有时想,他是希望自己和身边的黑暗一同湮灭吧?要不然,他不会沉浸在如此森然的世界。青春与生命的消失,也有大的欢喜。

知道了自己体内的血液在渐渐熬干,便对生命有了彻骨的痛感——人的血肉之躯,是很容易在无聊中逝去的。自己的生活本未曾有过什么亮色,于是便希望现在的青年,不再走自己的路。我注意到,当一些知识人士热衷于政党建设的时候,他却回避了政治,真正走进了青年的行列。他和《新青年》同人,都没有什么深切的交往,连自己的弟弟周作人后来也与其分手了。那时让他兴奋的只有两件事,一是读书,二是与青年人交往。这两件事略微驱走了他内心的寂寞,有时正是这些存在,鼓起了一种精神。他的周围后来集聚了大量的文学青年,孙福熙、孙伏园、宫竹心、章廷谦、李秉中、荆有麟、高长虹、李霁野、台静农、韦素园等人的身影,在他的房间经常出没。鲁迅手拿着烟卷,在与众人交谈的笑声里,倒可以看出他纯真的一面。而在文章中,他是很少表现自己的喜悦的。

翻阅那些旧有的资料,我有时想,他是不是借此寻到一种碰撞,或者从青年人那里,借得向上的热力?他不喜欢那些以自己是非为是非的人,对有叛逆气的人十分欣赏。比如高长虹,文章虽然幼稚,但那奔放的调子,尼采式的独吟就很有意思。在二人未闹翻之前,鲁迅十分热情地帮他出书,夜间校稿时还吐了血。有另类的青年在,文坛便不会消沉。他是希望在那个群落里,看到与自己不一样的新人的。1924年9月24日,在致自己的学生李秉中的信中,他说:

> 我恐怕是以不好见客出名的。但也不尽然,我所怕见的是谈不来的生客,熟识的不在内,因为我可以不必装出陪客的态度。我这里的客并不多,我喜欢寂寞,又憎恶寂寞,所以有青年肯来访问我,很使我喜欢。但我说一句真话罢,这大约你未曾觉得的,就是这人如果以我为是,我便发生一种悲哀,怕他要陷入我一类的命运;倘若一见之后,觉得我非其族类,不复再来,我便知道他较我更有希望,十分放心了。

这样决然的态度,让人感到了他的可亲,他的动人的地方

寻路者

往往就在这个层面。或许，在《新青年》的同人中，他是唯一一个没有自恋的人。他憎恶这个世界，同时也消解着自己，因为觉得自己的世界太黑暗了。青年们能不能不再存有这一黑暗呢？世上的路千万条，或许总有别样的选择。

1918 年至 1921 年，鲁迅的创作量并不很大，除了《狂人日记》《故乡》《随感录》《阿 Q 正传》之外，他把许多精力都用到了翻译上。这个时期，他可以说是孤军奋战，与别人的交往有限。到了 1921 年后，他的身边出现了许多青年，于是一个个文学小团体就出现了。未名社、狂飙社、莽原社等都与他有关。但那些青年和他一样，有些喜欢灰色的艺术，调子压抑得很。鲁迅突然发现了自己的同类，他终于决定帮助他们，开始新的生活了。

他身边的青年都有些神经质，抑或非正宗气。比如李霁野长得要命的头发，高长虹自命不凡的怪味，韦素园病态的神情等等。这些要么是颓废式的，要么是狂人式的青年，让鲁迅觉出了可爱，他自己的内心，分明就有几分黑暗，这倒让他有了结识诸人的渴念，所以一旦相逢，就有些共鸣之处。我以为，理解鲁迅的内心，有时是不能不考察他与青年的关系的，那里有他对人生的基本态度和精神渴念。他一生最动人的文字，差不多都是那些悼念"左翼"青年的篇什。那些流浪的、愤怒的青年，好像是他生命的延续，他对这些幼小者的爱之强烈，是一看即明的。

而且他和这些人一起翻译出版的小说，同样都充满了沉郁的色彩。安德列耶夫、爱伦堡、果戈理、拉夫列涅夫等人的书，都不那么灿烂，有一些陀思妥耶夫斯基的受难意识，那么强烈地压抑着人们。在描述韦素园的时候，鲁迅就写道：

壁上还有一幅陀思妥也夫斯基的大画像。对于这先生，我是尊敬、佩服的，但我又恨他残酷到了冷静的文章。他布置了精神上的苦刑，一个个拉了不幸的人来，拷问给我们看。现在他用沉郁的目光，凝视着素园和他的卧榻，好像在告诉我：这也是可以收在作品里的不幸的人。(《且介亭杂文·忆韦素园君》)

我读鲁迅与这些青年的通信，有时暗暗感到一种刺激，好像寒冷冰谷里的微火，照着肃杀的世界。他把仅有的火种，给了挣扎的孩子，将一丝丝光泽，罩在人的身上。而他和这些蠕活的孩子们发出的战叫又是何等冷酷和惨烈！在四面昏睡的世上，还有这样的嘶喊，悠远的平静便被打破了。

4

高长虹在一篇文章中，描述了鲁迅的复杂和怪异。叙述里主观的东西多，也带着个人恩怨。内中一些细节，也不乏参照意味，读后倒看出鲁迅形象可感的一面。

我在一九二四年的冬天，同几个狂飙朋友在北平创办了狂飙周刊，获得鲁迅的同情反应。在这以前，我有些朋友在一个世界语学校里做了鲁迅的学生，我时常听到他们谈说鲁迅。《呐喊》恰好也在这年出版，这也是给鲁迅传说增加兴味的原因。不过我看了《呐喊》，认为是很消极的作品，精神上得不到很多鼓励。朋友们关于他的传说，给我的印象也不很好。他们都喜欢传述鲁迅讲书时说的笑话。比如，这个说了，鲁迅今天说："中国人没有孙悟空主义，都是猪八戒主义，我也是猪八戒主义。"这已经不很好听。可是另一个还曾说，鲁迅说了："人人都以为梅兰芳好看，这我不能理解，我觉得梅兰芳也没有什么。"这种传说，给看《呐喊》的人所增加的印象，当然不会是很积极的。可是，说也奇怪，狂飙周刊在北平出版了还不到几期，居然在北平的文艺界取得了它的地位，而最予以重视的，郁达夫外，尤其是望重一时的大小说家鲁迅。我同鲁迅见面的机会来了。可是我初次同他讲话的印象，却不但不是人们传说中的鲁迅，也不很像《呐喊》的作者鲁迅，却是一个严肃、诚恳的中年战士。此后我同鲁迅的见面时候很多，其中只有一次，仿佛是达夫传述了什么，鲁迅以世故老人的气派，同我接触。不过，除这以外，我们总是很好的，而且在形式上总是很深知的朋友。

…………

鲁迅那时仿佛像一个老人，年纪其实也只四十三四岁。他的中心事，是文艺事业。不过因为当时的环境不好，常持一种消极的态度。写文章的时候，态度倔强，同朋友们谈起话来，却很和蔼谦逊。(《一点回忆》)

在"积极"与"消极"之间，鲁迅给人的印象是复杂的。其实对他这样的人,本不能用"积极"和"消极"的概念。因为他一方面入世,但又以绝望的目光打量一切,最后又选择了对绝望的挣扎,所以他的世界处处呈现出一种悖论。当人们走出营垒向着黑暗进发的时候,他却躲在了树后,因为他相信前行的人大多会倒下去的。可是一旦与敌手短兵相接,他又会不依不饶,痛打着对方。鲁迅那时选择的方式是反现实的:人们一致认为对的,他却投出怀疑的目光,而别人以为不可能的事情,他却进行着。所以,他是带着一种否定性的肯定的方式直面着这个世界的。熟读《呐喊》《热风》《彷徨》《野草》的人,可以发觉悖论式的情结,出发点与终点都非线性逻辑的。有一些论者曾谈到了这个现象,为什么同一个现象在鲁迅笔下,就与别人的叙述不一样了呢?

青年们很快就感受到了鲁迅的这一有别于他人的奇处。因为在他的文本里,世界被多维化和复杂化了。像李霁野、韦素园这类青年,一向是崇仰苏俄艺术的,因为他们在那里感受到了精神的深和灵魂的深。可不久他们就发现,鲁迅的文本,有着同样的魅力,而且在以一种幽灵的、哲学式的笔触,将古老的中国文学,与现代人的精神空间拉近了。

那时候的鲁迅对社会和历史的判断是果敢、自信的,但对自己的文字达到了什么状态,好像并不清楚。高长虹就感受到:"他不能意识到自己的作品究竟有多大的艺术价值。"也许因为这一点,他从未有过自恋的状态,文字里的信息就显得真切、动听,是灵魂深处流出来的。同时代一些人的文章,有时有做作的痕迹,周作人就承认自己不太自然,有故意为之的特点,至于胡适、刘半农就更是如此了。鲁迅看不起胡适、刘半农，也有上述原因。他们把世界描述得有些圆满，而鲁迅却觉得，这个世界恰恰是残缺的、不完美的。即便是未来的"黄金世界"，大概也有杀头和流血。别人施舍的梦，多少都要打一点折扣。

至于他自己，他说，也不知道路应怎样走。他不仅无资格给别人引路，当不了导师，自己也陷入绝望和悲哀中。他对那些绝望的、痛楚的青年都有点同情，在本质上说，他也是他们中的一员。大家都是可怜的人。而摆脱这一苦状，就只好向着黑暗捣乱，如此而已。他从未认为自己是个英雄，这一想法他曾透露给许广平，话语之中，分明也有自谴的一面。

> 希望我做点什么事的人，也颇有几个了，但我自己知道，是不行的。凡做领导的人，一须勇猛，而我看事情太仔细，一仔细，即多疑，不易勇往直前，二须不惜用牺牲，而我最不愿使别人做牺牲（这其实还是革命以前的种种事情的刺激的结果），也就不能有大局面。所以，其结果，终于不外乎用空论来发牢骚。（《两地书·八》）

如此坦白着自己，确让人看出他的可爱。当一个人知道自己的缺陷，并在缺陷里直面这一个残缺的世界时，他便可以发现那些被遮蔽的世界。鲁迅就是这样一个尘世的打量者，他带着伤痕，舔干了身上的血渍，直视着芸芸众生，看他们的生老病死、喜怒哀乐。他知道人们在想什么，如何生存着，并且看出了那些洋洋自得者背后的内核。永让人难忘的是他对人的心灵的透视。你看他写孔乙己，写阿 Q，写狂人，都凶猛得很，惨怛得很，就像皮鞭抽打在身上，凡与其相遇者，都感到了切肤之痛。尤其是那些年轻人，于此都颇感兴奋，他们犹如在荒原之中，忽然遇到了一团篝火，黑色的影子被照亮了。鲁迅就是这样一个人，甘愿沉没于黑暗中，把光热留给别人。他周身弥散的光泽，即使过了许多时光，我们依然能感受到。

5

为什么那么喜欢咀嚼黑暗，并直视黑暗呢？不仅是小说、散文如此，连带着翻译作品也是那么沉重，绝无悠闲之调。他所译的厨川白村《苦闷的象征》《出了象牙之塔》，阿尔志跋绥夫《工人绥惠略夫》，安德列夫（现通译安德烈耶夫）《黯澹的烟霭里》诸作，都不是温情的。作者快意于这一黑暗，在那些晦明不清的世界里，有着难言的精神指向。晚年收集整理出版的凯绥·珂勒惠支的版画，可以看出他的用意。珂勒惠支之于鲁迅，是有着血脉上的亲缘的。她的思维里有着悲怆与阴郁的东西。然而又不安于这一灰暗，时时向着自我挑战。在她的作品里，可以看到一系列这样的名字：《穷苦》《死亡》《耕夫》《断头台边的舞蹈》《凌辱》《磨镰刀》《反抗》《战场》《俘虏》《失业》《妇人为死亡所捕获》《面包！》《德国的孩子们饿着！》……谁都能从那些凄惨的画面里看出作者慈悲的心。苦难压迫着弱小者，人们有的只是哭泣与不安。那些惨烈的画面，与鲁迅的心是相通的。

凯绥·珂勒惠支的世界一片暗影，但你却能从中读出她的

寻路者

愤怒。版画的画面差不多都是压抑的,光线颇少。选择这些作品出版,对中国的读者而言,无疑是一种刺激。敢于在死灭的大泽里咀嚼黑暗,且诅咒着黑暗,还有谁能做到呢?鲁迅以赞赏的口吻提到了那幅名为《战场》的画,这样评价道:

> 农民们打败了,他们敌不过官兵。剩在战场上的是什么呢?几乎看不清东西。只在隐约看见尸横遍野的黑夜中,有一个妇人,用风灯照出她一只劳作到满是筋节的手,在触动一个死尸的下巴。光线都集中在这一小块上。这,恐怕正是她的儿子,这处所,恐怕正是她先前扶犁的地方,但现在流着的却不是汗而是鲜血了。(《凯绥·珂勒惠支版画选集》序目)

这里有着鲁迅的共鸣,他比任何一个中国人都更深刻地意识到了它们的价值。人类正遭受着劫运,只有经历了苦难的人,大概才会有类似的体验,在绝境里的思考者,或许会逼近于人间的本真吧?珂勒惠支与阿尔志跋绥夫一样,借了虚无与恐慌,暗示了社会的绝境,却又不安于那绝境。作品里都撕去了托尔斯泰式的不抵抗主义,周身弥散着愤怒。鲁迅谓之为“对于社会的复仇”。他对这一复仇是赞赏的,那和他历来主张的反抗意识大体吻合。

欣赏“激愤”,欣赏“复仇”,是鲁迅内心一个抹不掉的情结。你读一读他对故乡的“女吊”和绍剧的“活无常”的描述,就可以感到他的品位。自己做不了英雄,却在文字里鼓动血色的美,而且将毁灭与地狱式的昏暗推向极致。鲁迅的复仇意识是呈现在审美之中的,他常常借助历史人物与传说故事,影射自己的环境。那是黑暗里的奇光,大的破坏便有大的自在。与一个无望的世界同归于尽,对他而言是大的喜欢,因为唯有毁灭,一切才会重新开始。在魔鬼的世界捣乱,并且死于那捣乱之中,是有着快意的。如果我们不懂得鲁迅的这一心境,大概就不会理解他何以写下那些怪异的作品。他以"愤激"的方式表达爱欲,以毁灭凝视着永恒,于是便获得了心灵的升腾。珂勒惠支与阿尔志跋绥夫的存在,都向读者印证了这些。

在北京后期的生活里,他以"颓唐"形容过自己的心情。不过这"颓唐"里让人看到了世界的另一隅。《野草》里的片断很容易让人想起但丁的《神曲》,恐怖里还有诸神的怪叫。鲁迅在《秋夜》里写的在夜里发出笑声的恶鸟,我怀疑是快意的笔法,因为作者是习惯于做出恶声的。那时正是与正人君子们论战的时期,他表现了世间罕有的辛辣,笔锋带着毒汁,所到之处,皮肉分开,滴着血。胡适曾不忍看这类论战,还好心劝鲁迅不要这样。一些善意者也希望从敌意之中走脱,皆大欢喜不更好吗!但鲁迅的回答很果决:我们还不能"带住"!

这已分明有一点六朝人的果决和李贽式的决然了。中国历史上唯有"匪气"的人,才会冲破夜的牢笼,得到生命的自在。鲁迅不知在什么地方继承了这些,却又不同于这些。他与王充很像,然而又有陀思妥耶夫斯基的气息,内心是复杂的。他的文字与其说是对身外的世界的反抗,毋宁说也是摆脱身上的鬼气。他何尝不是与内心进行较量呢?美国一位学者曾以鲁迅身上的黑暗面为题,写过一篇文章,他是看到了内在主旨的。光明是诞生于黑暗之中的;唯有久久沉浸在黑暗中的人,才会给人提供丰沛的亮色。然而鲁迅却把那亮色都送给了别人。自己呢,只能一无所有。

陀思妥耶夫斯基在自己的小说中善于描写人的无助后的惊悸,他以常人难以忍受的残忍去勾勒人于黑暗中的惊恐、战栗。作品像炼狱里的火,在灰暗里闪烁着,照着周边的无望。有人曾谈论过鲁迅与这位俄国人的相通之处,那是对的。但他没有陀氏的基督教下的刑罚,弥漫在他世界里的更像是佛家所说的地狱之气。鬼火、死尸、骷髅、死魂都堆在那里,显示着无边的惨淡。鲁迅不同于俄国作家的是,他用了东方人的意象,指示了彼岸世界与此岸王国的虚幻性。人生存在一个只有死亡才是真实的世界,活着的生灵不过在一个虚拟幻想里。于是他像骁勇的夜鸟,在那苦难的天地间叫着,告诉世界自己的存在。他诞生于黑暗,却不属于黑暗,如此而已。

6

钱理群先生曾神秘地告诉我一个发现,他用亮亮的目光看着我说:

"你知道么,鲁迅晚年很喜欢谈鬼。"

"哦。"

"为什么那么喜欢谈鬼,看来是有些什么考虑的。"

…………

我不知道钱先生后来将这一感想写到书中没有，只记得日本学人丸尾常喜曾写过一本书叫《人与鬼的纠葛》，专门论述鲁迅世界里的鬼气。这是对的。从最初的创作，到晚年的书写，鬼在鲁迅的世界占了一定的空间。《朝花夕拾》里的少年记忆与《且介亭杂文末编》中的《女吊》，隐含着相近的东西。你可以从民俗学的角度欣赏那些快意的意象，但那又不免有些浅薄。鲁迅之于民俗，向来不是民俗学意义上的。在其收集的汉画像拓片里，也多有阴间的传说，那里的气象在唐之后的诗文里已难看到了。在鲁迅内心，那些阴间故事流动的恰是冲荡的气韵。鬼气里的人气才是更有诱惑力的吧？他在那些森然的形象里，竟发现了美丽，且欣赏着其间的形色。比如，他对女吊的描写，就很别样。

> 她将披着的头发向后一抖，人这才看清了脸孔：石灰一样白的圆脸，漆黑的浓眉，乌黑的眼眶，猩红的嘴唇。听说浙东的有几府的戏文里，吊神又拖着几寸长的假舌头，但在绍兴没有。不是我袒护故乡，我以为还是没有好；那么，比起现在将眼眶染成淡灰色的时式打扮来，可以说是更彻底，更可爱。不过下嘴角应该略略向上，使嘴巴成为三角形：这也不是丑模样。假使半夜之后，在薄暗中，远处隐约着一位这样的粉面朱唇，就是现在的我，也许会跑过去看看的，但自然，却未必就被诱惑得上吊。（《女吊》）

鲁迅终生难忘这血腥的、骇世的形象，与他的精神状态是同调的。在阴间里还能大哭大叫,且喊出人的冤屈,这不就是勇气吗?在士大夫的世界里,在雅人的蓝图上,我们永远看不到类似的图景,但偏偏在乡野,在荒凉粗糙的山林野镇,有这样别类的存在,是让人惊喜的。我有时重读《女吊》,就不由得想起作者本人。在那蓬头垢面的野鬼身上,他是不是也看出叛逆者的野气?陀思妥耶夫斯基有基督式的阴冷,但丁有他宗教神学下的审判。鲁迅呢?他面临的仅是荒漠,是荒漠下的炼狱。那里没有神,只有鬼,而大多是怨鬼、厉鬼,那为别人苦楚叫不平的野鬼。所以,你读他的书,在压抑的黑暗外,还能听见永不停息的声音。那是黑暗里的嘶鸣。它叫出了地底的惨烈和鬼眼下的不安,于是你知道那个世界的混沌,死和生,以及阴阳两界无词的言语。

增田涉在回忆录里,言及鲁迅身上的沉郁。鲁迅和他议论过中国的鬼,以及人间的"避恶魔"。在致增田涉的信中,鲁迅还画过"避邪"的图案。他们见面的时候或许也谈过相关的话题,彼此定然有过会心之处吧?鲁迅晚年津津乐道于谈乡间的鬼,以及风俗里的神怪,自然与他的心境有关。那个模糊不清的世界,承载了人间诸多的苦乐,此岸的悲欣竟在彼岸世界被感性地呈现着。在他晚年的收藏品里,域外的版画甚多,有的也带有森然之气。那些异常的画面与中国乡土社会的图腾的交汇,呈现着人类的明暗。不知道在对比二者的时候,鲁迅先生的感想怎样。他收藏了那么多的作品,却无专门的论文,你也只能从其文字中,找到某些暗示,但要说出其间的线索是太难了。

无论是早年还是晚年,鲁迅都喜欢用"坟"这个意象。《过客》的主旨众说纷纭，我倒倾向于认为它是一种反先验的哲学：在通往死亡的路上，唯有"走"才是意义。人终究要走向坟墓的，谁都不可避免。可那坟里的故事，以及走向坟的方式，却大不相同。鲁迅诅咒着这个世界的荒凉，在对荒凉的极度的渲染里，他其实显示了不安与抗拒。当他竭力勾勒着一个非人的、令人难以忍受的黑暗时，那咀嚼之余，却显示了作者与这黑暗的距离。他隐含在背后却又超越了黑暗，创造了黑暗之外另一个非光明的世界，那就是夜游的鬼魂与枭鸣。我每每读到他所说的恶鸟、乌鸦一类的存在，就看出作品灵动的一闪：这个惊恐的意象，将一个死去的世界变得有动感了。鲁迅快意于这一动感。因为唯有不满与愤怒的夜鸟，才能搅动一个世界，让黑暗里的动物知道还有这类存在，总有激荡的时候，于此，作者好似感到了一丝满足。

1919 年 5 月在《新青年》第六卷第五号上，鲁迅发表了那篇著名的《药》。小说的结尾，意味深长，一眼看去，就是他固有的风格。在极为肃杀的清明时分，乌鸦在叫着。坟、老人、枯草、老树、乌鸦，构成了一幅死寂的画面。小说自始至终是压抑的，可是结尾的一声乌鸦之鸣，却驱走了岑寂，让人感到了悲伤之后的孤愤、惊叹，觉出死亡之外的活的灵魂，以及那些不再安定的夜游魂的痕迹：

　　微风早经停息了；枯草支支直立，有如铜丝。一丝发抖的声音，在空气中愈颤愈细，细到没有，周围便都是死一般静。两人站在枯草丛里，仰面看那乌鸦；那乌鸦也在笔直的

　　　　　　　　　　　　　　　　寻路者

树枝间,缩着头,铁铸一般站着。

许多的工夫过去了;上坟的人渐渐增多,几个老的小的,在土坟间出没。

华大妈不知怎的,似乎卸下了一挑重担,便想到要走;一面劝着说,"我们还是回去罢。"

那老女人叹一口气,无精打采的收起饭菜;又迟疑了一刻,终于慢慢地走了。嘴里自言自语的说,"这是怎么一回事呢?……"

他们走不上二三十步远,忽听得背后"哑——"的一声大叫;两个人都悚然的回过头,只见那乌鸦张开两翅,一挫身,直向着远处的天空,箭也似的飞去了。

以如此的方式结束作品,是让读者长叹不已的。不管作品在这里隐喻了什么,它所达到的审美效应都是强烈的。我们在这里又听到了恶鸟的叫声,一个贫瘠的世界忽地不那么单调了。

同人们

1

大约十年前，一位从国外回来的友人找我，说要到《新青年》编辑部旧址箭杆胡同看看。那一天下着小雨，我和友人骑着自行车在街里穿来穿去。起初跟几个人打听，都不知道这个地方。我的心不禁有点哀凉起来。那时便记起一句古话："是非已过无人问"，的的确确是的。天快黑的时候，我们无奈转到了北大红楼旧址，却又无法进去。光线暗暗的，四周寂静得很。

陈独秀当年办公的那间房子在哪里已不甚了然，几乎没有什么可凭吊的，于是只待了一会儿，就离开那儿了。

关于这位已去的前辈，世人已说过许多。研究他的著作也是汗牛充栋了。对我这样后来的人而言，每每记起他，总是想起一群人，仿佛有巨大的队伍在支撑着他。幼时看过一幅画，印象是红楼内外人流滚滚，可是细细查阅史料，却只有几个响亮的人物，这个时候才知道那时的思想者其实是孤独的，搅动了中国的其实是《新青年》的几个同人。

那一段历史可书写的很多，远不止陈独秀一人。1917年1月，陈独秀应蔡元培之邀来到北大。他是幸运的，一到北京就结识了一批友人，这些人后来有许多加入了《新青年》的行列，成了终生难忘的同人。和他走得最近的是胡适、李大钊、钱玄同，周氏兄弟则不即不离，但精神大多是同步的，并未唱出异样的反调。还有几位作者和陈氏保持着较密的关系，沈尹默、蔡元培、刘半农、高一涵、傅斯年、罗家伦等，他们都在《新青年》上写了不少的文章。一时间撼动了读书人的空间。

那时候的鲁迅成为其中一员后，对这一营垒的人的战斗士气是欣赏的。许多年后，当他已与钱玄同、刘半农疏远的时候，他还能心平气和地指出诸位当年的某些锐气的可嘉，并未因为结怨而否定他们精神中的亮点。《新青年》同人们的蜜月时间很短，在历史上不过短短的一瞬，不到几年就解散了。不过那几年的生活确可大书特书，无论对鲁迅还是陈独秀而言都是值得回味的。在向着中国传统进行批判的时候，那一些人彼此颇为融洽，并无大的分歧，他们构成了一条阵线。晚清之后，对着旧文明进行着彻底的清算，从未有人像那一群人那么激烈、迅猛，其遗绪至今还留于世间。

陈独秀和他的友人们以狂傲立世，但他们的思想新旧参半，并非像一些文章说的那么现代。胡适张口"杜威"，闭口"詹姆斯"，却在道德上让步于传统，倒仿佛有点儒生气了。沈尹默看似是个新诗人，但看他日常的爱好，他内心还牵挂着古代的诗文、字画，身上难免带点士大夫气。范文澜曾在自己的日记里，谈过对诸人的印象。比如钱玄同是最激烈、最清醒的人，见了其长兄却要行跪拜之礼。《新青年》同人提倡白话文，他却用文言文写作。这种分裂好像是那一代人共有的现象。陈独秀、鲁迅、刘半农等人的身上，多少有一点旧文人的习性。所谓"新"，也不过是附在旧体上的新芽，大家多少还是吃了旧躯体上的乳汁的。于是我们便可以看出他们内心的冲突，他们攻击最猛烈的东西,恰恰是占据自己内心最为久远的存在。在对别人宣战的时候,他们也食着自己的肉,这大概就是鲁迅所说的"抉心自食"吧。

读那个时期彼此的通信,可以想见思想的活跃。像钱玄同与陈独秀的交流就有趣得很,偏执与矛盾,都流露其间。钱玄同谈天时滔滔不绝,目光炯炯,并不在意别人的反应,有时不免也有一点夸张,但却让人觉出其性情的可爱。这个特点也流入他的文字,比如谈到旧文学的问题,钱氏将传统的诸多经典,大多否定掉了。1917 年 2 月 25 日致陈独秀的信云:"弟以为古代文学,最为朴实真挚。始坏于东汉,以其浮词多而真意少。弊盛于齐梁,以其渐多用典也。唐宋四六,除用典外,别无他事,实为文学《燕山外史》中之最下劣者。至于近世《聊斋志异》《淞隐漫录》诸书,直可谓全篇不通……元人杂曲及《西厢记》《长生殿》《牡丹亭》《燕子笺》之类,词句虽或可观,然以无'高尚思想''真挚情感'之故,终觉无甚意味。"陈独秀看了那信,对钱氏的快言快语是感动的,他是不是在这位新朋的身上,也看到了自己的影子? 六天以后,陈独秀回信云:

> 崇论宏议,钦佩莫名。仆对于吾国近代文学,本不满足。然方之前世,觉其内容与社会实际生活,日渐接近,斯为可贵耳。国人恶习,鄙夷戏曲小说为不足齿数,是以贤者不为,其道日卑。此种风气,倘不转移,文学界决无进步之可言。章太炎先生,亦薄视小说者也,然亦称《红楼梦》善写人情。夫善写人情,岂非文字之大本领乎。庄周、司马迁之

书,以文评之,当无加于善写人情也。八家、七子以来,为文者皆尚主观的无病而呻,能知客观的刻画人情者盖少,况夫善写者乎。质之足下,以为如何?

同人们谈论的话题十分广泛,哲学、政治、文艺、文字、伦理、国体……但大多是宣言体的,并未说深说透。唯文学方面,颇为深入,自成道理。所以,后来人们谈《新青年》,记得的大多是文学革命与伦理造反,别的则很少影响文人了。《新青年》的几位主将,都是有诗人气质的,某种意义上也可以称其为文学家。陈独秀、沈尹默的旧诗,鲁迅、胡适、周作人的随笔,钱玄同、刘半农的札记,都写得有滋有味。李大钊的短章,理论严密,又含有深情,流动着高贵的气韵。文学界革命的旗能举起来,且不久便见出成就,大概还是借了文学界以外的力量。比如从伦理学上、从进化论中汲取思想的因子,从实用主义、无政府思潮获得思考的空间。有趣的是,他们很少是哲学家、社会学家,除了李大钊和胡适受过一点理论的训练外,其余的多属于杂家,都有扎实的旧学根底,但他们却把哲学的、社会学的成就引入文学领域,于是产生了很大的波动。陈独秀谈域外思潮、国内文化,感人之处甚多,是高屋建瓴的妙语,但因为过于空泛,便显得有些皮毛化,而一旦切入实际,比如文学领域,则问题迭起,意象纷出,让人有了切肤的痛。中国的政治革命、社会革命,孙中山那代人已谈得很多、很广了,唯思想革命、文学界革命,尚无人深入梳理、研究。《新青年》同人要做的,大概是后者。你看蔡元培之谈美育,周作人之介绍个人主义文学,鲁迅之关于白话文的辩护等等,都是倾向于思想层面和艺术层面的。或者说,他们借助艺术,描述着人本的问题。诗歌、散文、小说、戏剧的背后,还是人生问题。那时候为艺术而艺术、为学术而学术的倾向,尚无人有过。只是这个团体分裂后,才发生了变化。

和陈独秀往来较多的李大钊,在史学和社会学上有相当的造诣,其兴趣还在马克思主义思潮的引介上,但也受身边的人影响,写了大量的诗歌,呼应着新的时代气氛。李大钊是那个圈子里最温文尔雅的人,鲁迅曾描述过他的形象:全身弥散着敦厚之气。许多人都喜欢他,赞佩其学术的眼光和文字的练达。李大钊那时不仅喜欢马克思,也研究罗素,不仅认同陈独秀,也欣赏周氏兄弟。如今看他们的文章,有许多交叉的地方,他们彼此是互感的。《新青年》像一个磁石吸引着不同的人,传染着同一种情调。现在读这些远去的文字,依然能感受到那些灵魂的跳动。

独往独来,笑对江湖,惊世骇俗,摧枯拉朽……这便是那一群人特有的风貌。和章太炎、孙中山那一代人比,他们的迅急、猛烈、热情并不逊色,有时甚至走得更远。不管他们是否意识到,实际的情形是,他们使中国人的历史书写发生了根本的改变。而且,后来近百年文化史的悲喜剧,几乎都于此时埋下了伏笔。

2

打量历史是一件困难的事。现代以来的中国,大凡以纯粹的精神切入现实,大多落得失败的结局。倒是那些自以为恶的存在留下了自己的根基。中国知识界流行的激进主义,便是这种恶环境下的产物,后来的学者对这一思潮的不同臧否,说明了其复杂性。学院派的公平说与诗人式的乌托邦之梦,在中国历史面前都显得有些无力。

陈独秀与鲁迅、周作人、李大钊、胡适、钱玄同等人,都不是激进思潮的鼻祖,而应被看成这一思潮的产儿。他们身上几乎都有点狂人的意味。以最为中正、平和的周作人为例,他那时看重和喜欢的,竟是很有奇气的人物。比如周作人一生迷恋的辩士路吉阿诺斯,其横扫千军万马的精神伟力,当不下于他身后一千余年才出现的尼采。

周作人留学的时候就喜欢上了这个人物。待到《新青年》红火的时候,他在许多文章中,也提起过这位激进的狂人。如1918年出版的《欧洲文学史》就写道:

> Lukianos(即路吉阿诺斯)本异国人,故抨击希腊宗教甚烈,或谓有基督教影响,亦未必然。Lukianos 著 Philopseudes(《爱说诳的人》)文中云,唯真与理,可以已空虚迷惘之怖。则固亦当时明哲,非偏执一宗者可知也。

1918年至1922年间,周作人的思想异常激烈、活跃,所写文章亦令世人刮目相看。如《人的文学》《祖先崇拜》《思想革命》,锐气绝不亚于鲁迅。尤其1918年发表于《新青年》上的《人的文学》,境界与学识,都在陈独秀、胡适之上。《人的文学》在根本态度上,是支持陈独秀、胡适的文学革命论的,所不同的,乃是不把其口号化、排他化,而是学理化、人道化。在诸人的合唱里,别立一宗。《新青年》因为有了这类文章,而变得沉甸甸了。

周作人性格内向,周身儒雅,很少有斗士气。他是鲁迅之弟,却无鲁迅之峻拔,不过,由于久浸书海,他渐渐地也染有"反骨"。他的文章,让人看到了那一代人启蒙的准备有很长的时间,学理上与欧洲的反基督教传统渊源深厚。他不仅在古希腊的辩士文化中看出怀疑主义的重要性,而且又从文艺复兴以及十八、十九世纪欧洲文学中汲取了人文的力量。有趣的是,周作人并不以为过去的遗产均无价值,他承认那些文化的产生乃顺时代要求之故,只不过不适应现实人的生活罢了。《人的文学》说:

> 我们对于主义相反的文学,并非如胡致堂或乾隆做史论,单依自己的成见,将古今人物排头骂倒。我们立论,应抱定"时代"这一个观念,又将批评与主张,分作两事。批评古人的著作,便认定他们的时代,给他们一个正直的评价,相应的位置。至于宣传我们的主张,也认定我们的时代,不能与相反的意见通融让步,唯有排斥的一条方法。譬如原始时代,本来只有原始思想,行魔术食人肉,原是分所当然。所以关于这宗风俗的歌谣故事,我们还要拿来研究,增点见识。但如近代社会中,竟还有想实行魔术食人的人,那便只得将他捉住,送进精神病院去了。

陈独秀看了这文章,遂致信周作人,以为"做得极好"。那是补充了他和胡适的不足的。陈独秀自己知道,仅仅有斗士、狂人的态度的确不够,周作人式的注重常识或许会增加这支队伍的精神含量。其实那时的同人们确有很大的差异：胡适的"大胆的假设、小心的求证"乃实用主义的移植，蔡元培则搬来了德国教育的理念，鲁迅是尼采和安德烈耶夫式的阴冷、怀疑的东西占据了许多空间。鲁迅的思想在那时和周作人有诸多交叉的地方。周作人的一些文章，有的是经鲁迅的修改才得以发表的，比如周作人的译文、讲义和随感。不妨说，二人在杂志上讲述的是相近的话题。当胡适大谈语言上的进化，描述文学改良的时候，周氏兄弟却强调了"思想改革"的重要性。因为无论新形式还是旧形式，都有可能是荒谬意识的寄生场，而解决的途径，便是彻底地、无情地清理旧物。周作人不止一次提到崇拜祖先和崇拜传统的可恶。1919 年 2 月在《每周评论》上，他曾以《祖先崇拜》为题，抨击了"国粹家"的迷梦。那文章还引用了尼采的话，这大概是鲁迅提供的。文章的结尾写道：

> 我们切不可崇拜祖先，也切不可望子孙崇拜我们。
> 尼采说："你们不要爱祖先的国，应该爱你们子孙的国。……你们应该将你们的子孙，来补救你们自己为祖先的子孙的不幸。你们应该这样救济一切的过去。"所以我们不可不废去祖先崇拜，改为自己崇拜——子孙崇拜。

从路吉阿诺斯到尼采，这两个狂士的语录鼓舞了周氏兄弟的写作。他们的文章不自觉地染有这些激进的、怀疑主义的色调。看《新青年》上周氏兄弟的文章，那股叛逆的气息是内在的。无论从学理的层面，还是从性情的层面上看，路吉阿诺斯与尼采的不以圣贤之是非为是非的野性力量,都影响了他们。尼采的冲荡之气使鲁迅颇为受益,而周作人则学会了路吉阿诺斯在学识的层面质疑祖先的方式。中国古代有许多高傲的、放荡不羁的人物,王充、李贽就大气磅礴,不为旧俗所限,目光与气魄都是超人的。不过,到了周氏兄弟这里,又多了一些超迈的哲思。特别是鲁迅,比周作人走得要远,他冷然地行进在荒野里,发出了狼一般的吼声。那声音绝不是书本讲义与学术宣言里可以找到的。它是摩罗诗人式的,是尼采与路吉阿诺斯式的。我们何时在中国文人的文本里,能听到这类声音呢?在民国那个古老僵死的时代里,如果没有它的出现,那我们则真的成了万劫不复的可怜之邦了。

3

这个队伍里,还有个不得不提的人物——胡适。胡适是个新的"明星",他的名气在那时仅次于陈独秀。《新青年》起先刊登了他从美国寄来的一些日记、译文。他后来开始与陈独秀讨论起文学改良的问题。胡适与陈独秀是老乡,在美国学过农业、哲学等学科,但内心却很平和,也有士大夫的某些嗜好。这个青年在美国时,就注意到了文学改良的问题,主张用白话文代替文言文,以自由的观念,抵抗保守的暗潮。他的《文学改良刍议》《建设的文学革命论》,行文不像陈独秀那么激昂冲动,但却平实深厚。他和陈独秀的文章,因为带有纲领性的气韵,在当时影响深远,周氏兄弟、钱玄同、刘半农等人好像还在他与陈氏的影子里。就思想的明确性与新鲜性而言，胡适带来的旋风，四处旋动。新文化运动初期，他与陈独秀一样，也像一把火，给这个世界带来了意想不到的闪光。

《新青年》同人中，他是唯一新从国外回来的人，受了七年的美式教育，对中国的未来可说雄心勃勃。据北大人的回忆录，他是个英俊的青年，谈吐里有诱人的语调。他的课堂效果很好，人的魅力与学术的魅力集于一身。因为他所学的专业理论较新，又力主白话文运动，所以他给人的印象是初升的朝阳，似乎比陈独秀还带有新意。又因为新归国时心理反差极大，对故国的旧习、陋俗较为敏感，所以他发表的言论便一语中的，鼓动性绝不亚于他人。胡适在《新青年》上发表的文章都有些穿透力，《易卜生主义》《文学界进化观念与戏剧改良》《不朽——我的宗教》，都带有较浓的美国学人气味。胡适不像陈独秀与钱玄同、鲁迅那么疾恶如仇，他谈天说地时本乎理性，文字的背后是缕缕的暖意。他虽支持陈独秀、钱玄同的某些激进的观点，可不同意一蹴而就的莽撞，以为一切需顺应一种秩序：在进化的途中，是不能绕过一个环节的。《新青年》四卷四号上，有他一篇与陈独秀、钱玄同讨论文字改革的通信，其看法就不同于后面二位。胡适说：

　　独秀先生主张"先废汉文，且存汉语，而改用罗马字母书之"的办法，我极赞成。凡事有个进行次序。我以为中国将来应该有拼音的文字。但是文言文中单音太多，决不能变成拼音文字。所以必须先用白话文字来代文言的文字；

然后再把白话的文字变成拼音的文字。至于将来中国的拼音字母是否即用罗马字母，这另是一个问题，我是言语学的门外汉，不配说话了。

既大胆，又谨慎，既果敢，又平和，这是胡适给人的初步印象。他的文章对旧学颠覆性很强，可你阅读的时候却不感到武断、霸气，隐隐地闪着热热的光，让人感受到一种亲和之力。胡适爱谈"改良""尝试""建设""求证"一类的话，这些比陈独秀的"革命""血色""不许"一类的措辞要温和得多，真真是彬彬君子。在反对派的攻击、咒骂面前，他还能语气平静，并不把对方压下，而是靠学理的力量交锋。《新青年》五卷一号上，他致汪懋祖的信说：

> 我主张欢迎反对的言论，并非我不信文学革命是"天经地义"。我若不信这是"天经地义"，我也不来提倡了。但是人类的见解有个先后迟早的区别。我们深信这是"天经地义"了，旁人还不信这是"天经地义"。我们有我们的"天经地义"，他们有他们的"天经地义"。舆论家的手段，全在用明白的文字，充足的理由，诚恳的精神，要使那些反对我们的人不能不取消他们的"天经地义"，来信仰我们的"天经地义"。所以本报将来的政策，主张尽管趋势于极端，议论定须平心静气。一切有理由的反对，本报一定欢迎，决不致"不容人以讨论"。

他的这一精神，很快吸引了北大的师生，在红楼内外，获得了诸多钦佩的目光。"出辞荒谬，狂悖绝伦"在那个时代是需要勇气的事，而洗耳倾听反对派的声音，则是难得的雅量。胡适于二者均有所得，激进与平稳兼备于身，所以他既可以和陈独秀、钱玄同为伍，又能与周氏兄弟保持友谊，我们说他是《新青年》的主将之一，不是没有道理的。

在胡适眼里，陈独秀是个老革命党人，说话时不免有些武断。文学界改良最早提出时，陈氏还有点怀疑，待看到胡适的文章《文学改良刍议》时，陈氏的态度大变，且为之一振。他认为改良还有点温吞，不妨以"革命"口号出之。于是新文学界运动便借助这个武断的老革命党人之力，在国内轰轰烈烈开展起来了。后人每每言及五四新文化，总讥其激进云云，岂不知那时的改革，倘不是激进主义做后盾，新文学还不知要推迟几年呢！像鲁迅之站到前台，就并非自愿。先有理论后有行动，这是专制国度下国民进化的途径。理论在那时的重要，确是超过写作实践的。

比之于陈独秀、鲁迅、周作人的知识背景，胡适的理论来源有点摩登的意味。他后来介绍的易卜生等人思想，比周氏兄弟译介的武者小路实笃、爱罗先珂诸人的作品，都显得大气。他推崇的杜威思想，红极一时。因为他是杜威的弟子，又请其来中国讲演，便在那时造了很大的势。实用主义是杜威精神的本色，它是工业文明的产物，与科学实验诸活动密不可分。而《新青年》同人们是推崇科学的，以科学为依托的杜威的实用主义，能不跻于文坛而诱世？陈独秀、钱玄同那么看重他的学识，其实隐含着一种期待。大家知道，新文化运动如果没有科学理念的强大支撑，终究是薄弱的。

开始的时候，周氏兄弟与胡适较为要好，连钱玄同、刘半农也走到了胡适的周围，成了谈天的友人。鲁迅碰到旧书的版本问题时，多次与胡适交谈，各自都欣赏对方的某些观点。鲁迅并不了解胡适推崇的杜威理论，胡适也未必深解鲁迅的那些精神意想。不过彼此均知道在中国该做些什么，相互间是有些暗示的。不同心而要协力，在他们是不言而喻的事。胡适倡导新诗，周氏兄弟便也写新诗；鲁迅说有一分热发一分光，胡适也颇与之共鸣，说了些赞美的话。

《新青年》杂志真是人才济济，天才者众，同人们的互补产生了巨大的威力，对文坛的振动是长久的。他们之后的一百年，中国文坛再未有过如此灿烂的群星，想到这里，不禁为后人而黯然神伤。历史是不能重复的。在人类的衍生史中，美丽有时就这么短暂。

关于胡适有许多传说，今天他已成为一些人的偶像了。不过我在佩服他的同时，也隐隐地觉出他的浅，他的理论几乎都是西洋人的，并无多少真正属于自己的东西。无论是文本还是其思想，和周氏兄弟比都有一些距离。他可以成为你的朋友，但他似乎缺少鲁迅那种峻急和迅猛之力，以及灵魂的深广。我偶尔看到鲁迅后来挖苦他的文字，也在想，他们后来分手，固然有价值观上的不同，然而另外一个更重要的因素是，鲁迅在根本上就看不上他。这也是一个原因吧？不过这已是后话了。

4

　　我有时在鲁迅博物馆翻看着钱玄同留下的那批旧杂志,就怦然心跳。《新青年》里的文章,情思漫漫,今人似乎也难有那些作者的气度了。读他们的文字,便想象着那个时代的人与事,觉得谜一样的话题是那样多,几乎每个话题后,都有动人的故事。他们每个人,人心都充盈着一团火。后世一些无知学人讥讽他们狂傲偏执,不懂建设,唯有破坏。其实认真读那里的文字,关于教育改革,关于文字改革,关于文学的现代化,不仅议论多多,方案与实践亦是时常可见的。那一代人并非一群虚无主义之徒,其内心还多有一些改良的方略,且有着精神的寄托。而那寄托里,就有传统文化遗产的因子。比如鲁迅对汉画像的青睐,钱玄同的喜写篆字,刘半农的爱写散文,胡适的考据癖,这些与明清文人不能说没有交叉,有的甚至是从传统的非正宗的流脉里过来的。他们即便是破坏偶像,喊"打倒孔家店",也是因了胸有法国、美国革命的参照,精神深处,是有着路标的。刘半农关于白话文的思考,就参照了外文语法,并不是书斋里的胡闹。钱玄同议论文字学,就有章太炎的某种风范,在迅猛里又添有沉稳,功底之深非别人可以比肩。钱玄同的《论注音字母》《新文学与今韵问题》,刘半农的《应用文之教授》《我之文学改良观》《复王敬轩书》等,都有着很深的学养。我们看钱、刘二人关于新文化的那出"双簧戏",演得何其神妙。钱氏化名"王敬轩"大肆攻击新文化运动,而刘半农撰文力驳之,文章气韵生动,一时举世无两。鲁迅后来以赞佩的口吻回忆过那时的刘半农:

我已经忘记了怎么和他初次会面，以及他怎么能到了北京。他到北京，恐怕是在《新青年》投稿之后，由蔡孑民先生或陈独秀先生去请来的，到了之后，当然更是《新青年》里的一个战士。他活泼，勇敢，很打了几次大仗。譬如罢，答王敬轩的双镗信，"她"字和"牠"字的创造，就都是的。这两件，现在看起来，自然是琐屑得很，但那是十多年前，单是提倡新式标点，就会有一大群人"若丧考妣"，恨不得"食肉寝皮"的时候，所以的确是"大仗"。现在的二十左右的青年，大约很少有人知道三十年前，单是剪下辫子就会坐牢或杀头的了。然而这曾经是事实。（《且介亭杂文·忆刘半农君》）

在《新青年》编辑中，刘半农的学识是较弱的，后来虽去了欧洲得了博士学位，但都不及胡适、周氏兄弟深厚。尽管这样，他的一些思想和学问，在今天看来，依然很有特色，并非一无是处。他对文学与文字、音韵与语法、四声实验等，研究很深，心得很特别。所以他谈新文学界的建设，并非空中楼阁，而是有着较深的根基。读其文章，是立着的，非躺在地上的时文。比如《复王敬轩书》，谈及翻译问题，就颇有见地，与鲁迅、周作人的观点很近：

> 当知译书与著书不同，著书以本身为主体，译书应以原本为主体；所以译书的文笔，只能把本国文字去凑就外国文，决不能把外国文字的意义神韵硬改了来凑就本国

文。即如我国古代译学史上最有名的两部著作，一部是后秦鸠摩罗什大师的《金刚经》，一部是唐玄奘大师的《心经》。这两人，本身生在古代，若要在译文中用些晋唐文笔，眼前风光，俯拾即是，岂不比林先生仿造二千年以前的古董，容易得许多。然而他们只是实事求是，用极曲折、极缜密的笔墨，把原文精义达出，既没有自己增损原义一字，也始终没有把冬烘先生的奥调子打到《经》里去；所以直到现在，凡读这两部《经》的，心目中总觉这种文章是西域来的文章，决不是"先生不知何许人也"的晋文，也决不是"龙嘘气成云"的唐文。此种输入外国文学使中国文学界中别辟一个新境界的能力，岂一般"没世穷年，不免为陋儒"的人所能梦见！

　　文章写得洋洋洒洒，又夹带着深刻的见识，大凡经历过那个时代的激进青年，都从文中得过启发吧！钱玄同认为，刘半农"决不是纯任情感的人，他有很细致的科学头脑"。

　　这一句话可说是对《新青年》同人的概括。因为相信科学的伟力，于是对一切非科学的存在大加鞭笞，而梦想的，却是一个新的世界。说那一群人只懂破坏，而不谙建设，是不得要领的。

　　一个非常有趣的现象是，周氏兄弟、钱玄同、刘半农那时的文章，观点互相影响，好像出自一人之手。那定然是彼此切磋的缘故。胡适有一篇《易卜生主义》，语气和鲁迅的那篇《论睁了眼看》十分相近。有人说鲁迅从胡适的思想中受到启发，那也是有可能的。刘半农自己就承认，从陈独秀、胡适关于文学界革命的文章中,受到过鼓舞,他的许多思路,不过是沿着主将的观点延伸而已。在面临同一个文化难题的时候,思想者的精神有时会出现惊人的一致。气质或许不同,知识背景可能有别,而目标却大致不差,都向着顽固的遗存挺进,要搬走那座精神的山头。中国历史上,从来没有过这样一个时代:一群读书人,无情地向着自己的祖坟刨去。他们冒着被辱骂、受难的危险,开始了前无古人的征程。中国的现代文明,就是踏着道道荆棘悲壮地拉开了它的序幕。然而这一台大戏,至今尚未演完。每每思之,不禁为之长叹!

5

但是《新青年》内部,一开始就蕴含着差异。陈独秀的排他主义,胡适觉得不妥,以为不太公正。而钱玄同的急躁,后来也受到同人的批评。鲁迅在胡适身上,大概看到了一点表演的成分,在他们关系尚好的时候,鲁迅还在小说中奚落胡适几句,开开玩笑。分歧固然在,但那时的目标因为是与旧的营垒作对,故而彼此并不深议,不过深藏于心里而已。高兴的时候,直面而谈,争论得面红耳赤,也是有的。所以翻检那时的旧文,看彼此间的信札手迹,倒让人生出羡慕。坦诚与激烈,博大与幽远,都可以感觉到。那是后来的学人自叹弗如的。

钱玄同在那个圈子里,一直是个活跃的人物。他口无遮拦,信马由缰。文章一泻千里,酣畅雄放。他因了章太炎的影响,走的是偏执之路,凡事要纯粹处理,尤对学术不会有温吞之态。他在《新青年》上发表的许多观点，在那时被视为怪论，林琴南后来就撰文，对其大加贬损。钱玄同的文章，篇篇有着火药之味，他写的《随感录》，对遗老遗少就不客气，大有吞灭之势。而言及学术，对旧式文人他是蔑视的。陈独秀撰文虽有狂态，但并无蛮气。钱玄同则不然，狂妄之语的背后，野性的东西多了，总令人觉得有些孟浪。比如谈及文字问题时，钱氏主张不仅改革，而且要废汉字，以拉丁化的方案代替象形字，这真真是刨了自己的祖坟。他在《中国今后之文字问题》中说：

> 所以我要爽爽快快说几句话：中国文字论其字形，则非拼音而为象形文字之末流，不便于识，不便于写；论其字义，则意义含糊，文法极不精密；论其在今日学问上之应用，则新理新事物之名词，一无所有；论其过去之历史，则千分之九百九十九为记载孔门学说及道教妖言之记号。此种文字，断断不能适用于二十世纪之新时代。
>
> 我再大胆宣言道：欲使中国不亡，欲使中国民族为二十世纪文明之民族，必以废孔学、灭道教为根本之解决，而废记载孔门学说及道教妖言之汉文，尤为根本解决之根本解决。

这样一种态度，在学理上有些过分，比陈独秀还要偏颇。读他的系列文章，印象是意气的地方多，缺乏严密的逻辑。他和陈独秀一样，许多理论没有可操作性。倒是胡适的尝试的态度，周氏兄弟创作中的摸索，让人感到切实。那是大地上的耕耘，而非空中楼阁。许多年过去,《新青年》的同人们的著述,唯胡适、周氏兄弟的一直畅销,这也说明了尝试比空谈更为重要。

鲁迅曾讥讽钱玄同是个好发空论的人物,这不是没有道理。但他的空论,有时笑态可掬,也让人觉出其中的可爱。周作人就喜听钱氏的妙语,以为大有可借鉴的地方,并非一文不值。而在胡适看来,钱氏的失误是过急,缺少分寸。过犹不及,就是这个道理。有一次,胡适在致钱氏的信中,说得语重心长。

> 中国文字问题,我本不配开口,但我仔细想来,总觉得这件事不是简单的事,须有十二分的耐性,十二分的细心,方才可望稍稍找得出一个头绪来。若此时想"抄近路",无论那条"近路"是世界语,还是英文,不但断断办不到,还恐怕挑起许多无谓之纷争……老兄千万不可疑心我又来"首鼠两端"了。我不怕人家攻击我们,只怕人家说我们不值得攻击。(1918 年 5 月 29 日)

对胡适的批评,钱玄同是有所保留的。他以为这位友人和旧的存在过分"周旋",大有费时费力之态。对陈腐的存在,唯一的办法,就是一刀两断,各自东西,从此开始新的生活。可是胡适却从渐进的、可操作的原则上,坚持温和主义的立场。他和钱玄同的分歧,也可看出是与陈独秀诸人的摩擦。

不错,《新青年》诸君,并非个个是大度雅量的人,他们有时也略有圈子化、唯我主义的立场。像钱玄同、刘半农上演的"双簧",不过内部的自编自导,对于别人骂自己的文章,就并不都敢刊出。大概是 1918 年的七八月间，胡适推荐了张镠子的文章，欲发表于《新青年》杂志上。钱玄同因为张镠子是个反对派，怒而拒之，且扬言要退出《新青年》。胡适便去信解释，委婉地批评了这位老兄。

> 至于老兄以为若我看得起张镠子，老兄便要脱离《新青年》，也未免太生气了。我以为这个人也受了多做日报文字和少年得意的流毒，故我颇想挽救他，使他转为吾辈所用。若他真不可救，我也只好听他，也决不痛骂他的。我请他做文章，也不过是替我自己找做文的材料。我以为这种材料，无论如何，总比凭空闭户造出一个王敬轩的材料要值得辩论些。老兄肯造王敬轩，却不许我找张镠子做文章，未免太不公了。（1918 年 8 月 20 日）

在这段批评里，胡适道出了同人中一部分思想上的障碍。江湖之气与党派之气一旦与学问结合，便会呈现出独断主义的学术。不过胡适太看重学术良知，却忘记了顽固势力的残忍、庞大。他后来屡屡在文坛与政坛中受挫，大概是由于太宽恕对手，不谙市侩的手段。而在鲁迅看来，钱玄同之弊在于空，胡适之短在于柔。大学里的教授，只有学术良知，却无与恶势力直面的手段，失败是必然的。鲁迅那时是主张决然的态度的。他以为对旧的势力一旦用柔弱的态度，自己就有可能陷于其中。鲁迅敢如此说，并非洋人的学理作怪，亦不是个人恩怨所致，而是生活的经验所得。经历了辛亥革命、二次革命、张勋复辟，看来看去，于是他得到一个结论:"假如一定要做,就得存学者的良心,有市侩的手段,但这类人才,怕教员中间是未必会有的。我想,现在没奈何,也只好从智识阶级——其实中国并没有俄国之所谓智识阶级,此事说起来话太长,姑且从众这样说——一面先行设法,民众俟将来再谈。"(《通讯》)说这句话时,《新青年》阵线已经分裂,同人们有的高升,有的隐去。鲁迅已把目光,放到别个世界中去了。

6

你能想象出那个时代的氛围吗?那一群人确有许多令人神往的地方。学术态度、思想境界且不用说,仅是他们彼此交往的方式,情感的走向,就让后人品味再三吧。《新青年》阵线的人并非个个正襟危坐或只会道德说教,他们一些人的幽情,其状不亚于六朝之人。那一群人中,鲁迅沉默寡言,但偶一谈吐,便语含谐意,趣味横生。钱玄同爱说笑话。刘半农态似顽童。李大钊与人相处有亲和之力,没有读书人的架子。周作人有点儒雅之气,但开起玩笑来也颇为放松,不像他的文字那么宁静。曙天女士有一篇《访鲁迅先生》,记录了周氏兄弟的特点:

> 我开始知道鲁迅先生是爱说笑话了,我访过鲁迅先生的令弟启明先生,启明先生也是爱说笑话的。然而鲁迅先生说笑话时他自己并不笑,启明先生说笑话时他自己也笑,这是他们哥儿俩说笑话的分别。

以说笑、调侃进行着自由思想的交流,正是新文人不同于旧儒的地方。周氏兄弟与友人们都挺"现代",虽穿着长袍,写着毛笔字,玩玩古董,但也不过是鉴赏的态度,对人生的看法,也有鉴赏家的眼光。远远地打量着,并不轻易走近对象世界。那时候在鲁迅的住所八道湾,是有一个定期聚会的,我们把它说成"沙龙",也不错吧。沈尹默后来回忆说:

> 五四前后,有一个相当长的时期,每逢元日,八道湾周宅必定有一封信来,邀我去宴集,座中大部分是北大同人,每年必到的是:马二、马四、马九弟兄,以及玄同、柏年、遏先、半农诸人。席上照例有日本新年必备的食物——粢饼烤鱼之类,从清晨直到傍晚,边吃边谈,作竟日之乐。谈话涉及范围,极其广泛,有时也不免臧否当代人物,鲁迅每每冷不防地、要言不烦地刺中了所谈对象的要害,大家哄堂不已,附和一阵。当时大家觉得最为畅快的,即在于此。(《鲁迅生活中的一节》)

鲁迅、周作人和自己的友人在一起时,说话都挺放肆,彼此坦然得很,并不存有戒心。友人们对周氏兄弟,大概也是如此。你看钱玄同写给周氏兄弟的信,就毫无正经,常常通篇是胡闹,正经的话殊少。他们彼此的信件,文字游戏的地方多,因为都通文字学,所以行文不免"卖弄"一点学问,引来一笑。做斗士的时候金刚怒目,而平民化的时候,就有些游戏之风,这一点,与明清愤世的士大夫,略有一点相近。"五四"文人的傲世、通脱、清峻,实在不亚于魏晋风度。你读那时的信札、日记,不是已感受到了久已绝迹的冲荡之气了吗?

钱玄同有诸多致周氏兄弟的信,可见那时的情形。其中一封云:

> 今天[西历一千九百十九年,大日本帝国大正八年,大中华民国八年,元月卅一号。即戊午年十二月除夕。(按夕当作朝)]早晨寄出一封骈体信,此时或已达览。日将午,得庚言先生来片。现在(二月一号上午一点多钟)又得仲由氏来信。对于胡先骕词中予言之人之大作,吾三人均有论列,可谓英雄所见略同(一作天下英雄惟使君与操耳。一作东海西海心同理同)矣。

鲁迅和周作人回信的时候,也喜用玩笑口吻,以诙谐的字句谈正经的话题。周作人写信时,爱称对方的绰号,说一些介于正经与不正经之间的事情。然而其学识与眼光,确实高远。鲁迅那时就显示出了怪异的地方,他很少出席《新青年》会议,但对其中的事务,还是认真对待的。他的文章固然以幽默闻世,但深邃与忧愤亦隐藏其间,且看他 1918 年 7 月致钱玄同的信件:

> 中国国粹,虽然等于放屁,而一群坏种,要刊丛编,却也毫不足怪。该坏种等,不过还想吃人,而竟奉卖过人肉的侦心探龙做祭酒,大有自觉之意。即此一层,已足令敝人刮

目相看，而猗欤羞哉，尚在其次也。敝人当袁朝时，曾戴了冕帽（出无名氏语录）献爵于至圣先师的老太爷之前，阅历已多，无论如何复古，如何国粹，都已不怕。但该坏种等之创刊屁志，系专对《新青年》而发，则略以为异，初不料《新青年》之于他们，竟如此其难过也。然既将刊之，则听其刊之，且看其刊之，看其如何国法，如何粹法，如何发昏，如何放屁，如何做梦，如何探龙，亦一大快事也。国粹丛编万岁！老小昏虫万岁！！蚊虫咬我，就此不写了。

信写得随随便便，涉笔成趣，嬉笑怒骂皆有，态度却是朗然、分明的。读这一封信，就很易使人想起魏晋时代的阮籍和嵇康，那种"非汤武而薄周孔"的气韵，并非一个"狂"字可以解得。"五四"那代人，豪放之外，又多一种魔气，他们在谈笑风生里，常对祖先的文明发几声咒语。魏晋的文人只会装疯卖傻，放荡不羁，到了鲁迅、钱玄同这一代，则不仅志不拘检，口吐狂言，且又从魔瓶里放出毒素，熏染着这个世界。鲁迅诸人是深切地感受着自己的生存与旧有遗存之间的冲突的，他们意识到："文化的革命就是不断延迟的危机。"而知识群落的使命之一，就是直面它，且以创造的精神构建自己的生活。有一种奇怪的论点曾说，鲁迅这些人以自怨自贱的方式对待世界，且败坏了自己的判断力。事实却恰恰相反，那一代人对自我和周围的世界看得何等清楚、透彻！一个不懂得痛感，且未能与旧我分离的人，至少可以说是麻木的。但那一代人却唤起了沉睡的民众，使麻木的人们懂得了站立的价值。他们以恶的方式，建立了人间善的园地，又不惜背着黑暗的重负和恶的名声，放人们到光明的地方去。今天的人们，觉得他们是如此遥远，又如此亲近，那是自然而然的了。

在路上

1

　我曾经写过鲁迅与陈独秀的一些旧事,那都是新文化运动层面的话题。本文要谈的是史料方面的感想,那就是,他们真正的交往其实是稀少的。

　有几个时期,鲁迅与陈独秀同在一座城市里,但却失之交臂,未得相见。

　他们第一次可能见面的机会是 1902 年。那一年 1 月鲁迅从江南陆师学堂附设矿路学堂毕业,2 月即赴日本,随即进入东京的弘文学院读书。鲁迅到日本的前一年,陈独秀便在东京开始留学生涯了,入的是东京学校。有人说是弘文学院的前身,有人认为是早稻田大学的前身。如果真是也在弘文学院,那二人是有同校之谊的。不过陈独秀在 1902 年 2 月末就离开了这里,鲁迅 4 月才入学,自然没有见面的可能。有趣的是,陈独秀在那一年 9 月再度返回日本,到成城学校读书。成城学校离弘文学院有多远,不得而知。但看许寿裳的回忆录,知道两校间的同学是有交往的。

　那时候鲁迅虽也跑集会,听演讲,但与人交往不多,是留学生中持低调子的人。陈独秀则不然了,他在日本很是活跃,不仅参加了"青年会"这样的组织,是反清人士,重要的是,他还是拔刀相助的义士,做了些别人不敢做的事情。章士钊在回忆录里写到陈氏那时的果敢,说他凛凛然像条汉子。那篇名为《疏〈黄帝魂〉》的文章介绍了陈氏因冒犯恶人被遣返回国的经过,由此可以看出他在当时的活跃。1903 年 4 月,陈独秀因剪了学监姚昱的辫子而被迫离开日本,未能于日本潜心于学业,与鲁迅见面的可能消失了。鲁迅那时和陈独秀的心态是有所不同的。他的兴奋点表现在治学方面,许寿裳在文章中讲到了鲁迅在弘文学院时期的心态,由此能看出其精神的一斑:

> 鲁迅在弘文时,课余喜欢看哲学文学的书。他对我常常谈到三个相联的问题:一、怎样才是理想的人性?二、中国国民性中最缺乏的是什么?三、它的病根何在?这可见当时他的思想已经超出于常人。后来,他又谈到志愿学医,要从科学入手,达到解决这三个问题的境界。我从此就非常钦佩:以一个矿学毕业的人,理想如此高远,而下手工夫又如此切实,真不是肤浅凡庸之辈所能梦见的。(《我所认识的鲁迅》)

鲁迅留日时期的生活,后人有不少的记载,而陈独秀的行迹则甚为寥寥,已难以考辨了。按学界的一般说法,陈独秀第三次去日本是在 1906 年秋,当时与其同行者是苏曼殊。那一年秋鲁迅已从日本仙台回到东京,决定弃医从文了。就在此后不久,鲁迅也认识了苏曼殊,并将其拉入自己的行列里,决定创办《新生》杂志。那时能与陈独秀见面的机会很多,如果他们有过什么交往,那应该是在这一年以后开始的。

但是,没有任何一种文字记载过彼此的情形。二人会见与否是个未知数。只是苏曼殊这个人物，倒是很有意思。他既是陈独秀的友人，又与周氏兄弟相交，倒让人可以猜想那时的情形。1906 年苏曼殊与陈独秀的日本之行，只是几个月，不久即归国。陈氏曾有《偕曼殊自日本归国舟中》行世，诗中写道：

> 舟随番舶朝朝远，魂附东舟夕夕还。
> 收拾闲情沉逝水，恼人新月故湾湾。

从当时的几首诗中看出，二人的友情很深，有着非同一般的关系。那一年还有一首《曼上人作葬花图赠以蛰君为题一绝》云：

> 罗袜玉阶前，东风杨柳烟。
> 携锄何所事，双燕语便便。

陈独秀是喜欢苏曼殊的，与其交往很是愉快。他一生写下的旧体诗，有许多是赠答苏氏的。两人于 1907 年再度到日本，陈独秀埋头于学业，苏曼殊则与诸多文人进行了广泛的交往，也就是那一年，得与鲁迅相识。在鲁迅的印象里，苏氏是个很可爱的人，有着许多不同于别人的地方。增田涉在《鲁迅的印象》里写道：

> 又一次，他说他的朋友中有一个古怪的人，一有了钱就喝酒用光，没有钱就到寺里老老实实地过活，这期间有

了钱,又跑出去把钱花光,与其说他是虚无主义者,倒应说是颓废之派。又说,他到底是日本人还是中国人不清楚,据说是混血儿。我非常感到兴趣,混血儿和颓废相结合,耽溺于一种好像"有道德的"感伤。我问道,他能说日本话吗?回答说,非常好,跟日本人说得一样。实际上,他是我们要在东京创办的《新生》杂志的同人之一,问那是谁,就是苏曼殊。关于苏曼殊,我曾经读过他的《英汉三昧集》,还从佐藤春夫先生(或是在佐藤先生家里从神代种亮先生)那儿听到过他的事情。这时候,知道了他是鲁迅的朋友却不免有些惊讶。我问了种种关于苏曼殊的话,可除了上述的浪漫不羁的生活,和章太炎的关系那一些之外,再问不出别的了。

这一段文字透露了诸多背景。文中对苏曼殊的印象与其人是大致吻合的。内中还提及了章太炎。苏曼殊与陈独秀都认识章太炎先生,周作人在一篇文章中还专门写到了此点。那么周氏兄弟不会不知道陈独秀的情形吧?陈独秀每次赴日都匆匆忙忙,要么被遣送归国,要么因家事而离开。只是1908年左右时间略长,他在那一年都做了什么,也难以考证。他的那首《曼上述梵文典成且将次西游命题数语爰奉一什丁未夏五》,是谈学问的吟咏,看来彼时用心于学术是无疑的。陈独秀那时已在小学、社会学等方面显示出特点来。此前在安徽所办《安徽俗话报》已看出他学问的博杂,文如泉涌,有翻江倒海之势。苏曼殊亲近于陈氏,不是没有原因的,才学是一个因素,更为重要的还有其为人的坦诚。但那时的周氏兄弟与其只是一般的交往,并未有刻骨的相知。至于是否向周氏兄弟转诉过陈独秀的故事，那就不得而知了。

2

鲁迅留日时期几乎没有什么传奇故事。日子过得平平常常。那是他潜心读书的日月，并未对社会运动抱有巨大的热情。从仙台回到东京后，他已立志于文学活动，在翻译上颇为用心了。他在东京时将自己的学籍列于德语学校，这是东京独逸语协会所办的专门学校，鲁迅大概并未认真于此学习，将精力都用于读书与翻译中去了。1907年前后的鲁迅在留学生中是默默无闻的人物。在东京的学生眼中，有名气的人一般是孙中山、章太炎、徐锡麟、秋瑾、黄兴、苏曼殊等。连陈独秀也并不广为人知，属于新的一代无名青年。日本对两个人而言是个苦苦思考与心灵顿悟之地。他们后来的发展，是在日本奠定了基础的。

日本生活给二人的刺激是显然的。走在东京的街头，看到清幽秀雅的街巷建筑，于异域的风情里，有诸多的感慨。鲁迅那时就想到了国民性问题，思考着什么是理想的人性。日本固然很美，他却无心去描摹它，而是将兴奋点用在苦读与写作上。尼采的学说，浪漫诗人的作品，都吸引着他，精神在向哲学的领域靠拢。初去日本时，曾有《扶桑记行》，可惜已散失，不知记下了什么。后来他却不再写关于日本的专门文章了。但陈独秀却留下了几首关于日本的诗，可看出彼时的心情和文风。比较鲁迅那时的诗文，二者是有差异的。1908年，陈氏曾有日本栃木县

日光山之游,作《华严瀑布》诗,其中咏道:

（一）

湖水深且碧,波静敛微白。

东注落为泷,高悬一千尺。

（二）

矫若天龙垂,倒挂玲珑石。

飞沫惊四筵,无语万山碧。

（三）

仰瞻接奔雷,俯视迷霾雾。

回首觅归途,夕阳满红树。

（四）

少女曳朱裙,掩面声凄恻。

自惜倾城姿,不及君颜色。

（五）

列峰颦修眉,湖水漾横波。

时垂百丈泪,敢问意如何。

（六）

列者浴中流,吊者来九州。

可怜千万辈,零落卧荒丘。

（七）

日拥千人观,不解与君语。

空谷秘幽泉,知音复几许。

（八）

> 我欲图君归，虚室生颜色。
>
> 画形难为声，置笔泪沾臆。

此诗写得情深、饱满，才气毕现。日本对他的感染是露于笔端的。

几次赴日的经历，改变了陈独秀的基本文化理念，其反省的程度亦不在鲁迅之下。大家所熟知的日本幻灯片事件，促使鲁迅弃医从文，中国人的麻木、看客心理是让鲁迅痛楚而绝望的。而陈独秀也有类似的心理。第二次从日本归国后，他所办的《安徽俗话报》的第一期有一栏新闻，题为《日本和俄国开仗》，消息应是自他那里流出，其中有云：

> 唉，日本因为俄国占了我们中国的东三省要和他拼命，我们中国的官民还是袖手旁观，你看可耻不可耻呢？

《安徽俗话报》有大量的关于日本的消息和评论文字，能看出日本文化对他的影响。鲁迅那时看过的一些书籍，陈独秀也读过。比如美国传教士史密斯的那本《支那人的气质》，鲁迅就很赞佩，可说影响了其一生。陈氏在自己的报上，也介绍了这位传教士的一些观点，都与国民性有关。对照二人的思路，当可见那时的风气。留学日本的人，不约而同地想到这类话题，乃文化心理转化的必然。直到现在，留学出国的青年，有时在文字里，也有类似的感叹，差别的地方是，年代与背景不同了。

陈独秀在年轻时是赞佩日本的。他也不喜欢其侵略的本性，看重的倒是日本人的团结、爱国与毅力。相比之下，中国民众不过是奴性很深的一族，在根基上出现了问题。《安徽俗话报》第三期上有《日本人真可敬》一则短文，陈氏叹道：

> 有一个美国报上说道，美国纽约地方，有一千多日本人，大半都贫穷得很。这些人虽说是些穷汉，却比有的国家里的做大官的，还有良心哩。他这些穷汉，平日也很喜欢吃酒看戏，到了日俄开战以后那纽约的酒馆戏园里面，便不见有一个日本人。你道是什么缘故呢？原来他们都把平日吃酒看戏的钱，节省下来做了国家的兵费。现在这一千多人，已经集了十多万银子寄回本国，那日本兵们听见了此事，都感激得哭了……唉，你看我们中国，自上至下，有几个能像日本人这样的呀。

在这类的感慨之余，陈独秀想的是解救的办法，即兴教育、搞启蒙等等。鲁迅却想从文艺作品中寻觅精神的光亮。所以那时的用意是以此疗救病态的国民，在心灵上来一次洗涤，荡去厚厚的污垢。他在《域外小说集》序文中写着这样的话：

> 我们在日本留学时候，有一种茫漠的希望：以为文艺是可以转移性情，改造社会的。因为这意见，便自然而然的想到介绍外国新文学这一件事……

……同是人类,本来决不至于不能互相了解;但时代国土习惯成见,都能够遮蔽人的心思,所以往往不能镜一般明,照见别人的心了。

　　陈独秀想的是办报、办刊、办学,以此走一条救国的路。鲁迅则在文艺的灯火里,借着异域的光,照着世间的路。二人的起点之不同,在一开始就呈现出来了。

3

　　1909年至1910年间,二人本应有第二次见面的机会,也很遗憾地错过了。

　　鲁迅是在1909年6月从日本归国的,在许寿裳的推荐下做了浙江两级师范学堂的教员。很巧的是,陈独秀在这一年年末也到了杭州,任陆军小学堂文科老师。鲁迅在杭州只待了一年即回绍兴任教。陈独秀也在此住了一年有余。二人在杭州都留下了一些趣事。鲁迅虽是已婚之人,但在杭州是独住,除了教书没有什么社交。做教员对鲁迅而言是轻松的,他工作极其认真。许寿裳在回忆录里说:

　　鲁迅教书是循循善诱的,所编的讲义是简明扼要,为学生们所信服。他灯下看书,每至深夜,有时还替我译讲义,绘插图,真是可感!

陈独秀在杭州的生活,比鲁迅要浪漫。鲁迅是不喜欢游玩的,一年中只去游湖一次,对山光水色了无兴趣。他过的是苦行僧的生活,工作之余,比一般人要呆板得多。陈独秀于杭州是有特别的感情的,不仅留下了数首咏西湖的诗,也有与士大夫之流交游的兴致。重要的是,他在那里过了一段甜蜜的生活,和原配夫人高晓岚的妹妹高君曼发生了恋情,二人在杭州过着同居的生活。西子湖畔乃享世文化之地,自古文人驻足于此,以其为人间圣界。彼时有诸多学人会聚于此,此地也便成了以文会友之所。旧式文人的遗绪和新思想的光泽,在陈独秀身上都有一些,较之于清苦中默默读书的鲁迅,陈独秀杭州时期的生活是潇洒的。

关于杭州时期的生活,文献资料很少,两人的行踪都模模糊糊,未有任何二人见面的线索,大概他们是毫无交往的。鲁迅在杭州做的是化学和生物学教员,接触最多的是学校的师生。他常与学生去孤山、灵隐、栖霞岭等地,在那里采集植物标本。其间还编定了《化学讲义》《人生象斅》《生理学讲义》。那一段生活值得一提的是他和一些教员与新学监夏震武的一场风波。夏氏是个官僚式人物,对教员大摆老爷气派,要教师穿戴礼服见他,遂遭鲁迅等人抵制。几周的对峙争斗,夏氏最终辞职,众人以胜利告终。此间鲁迅的硬朗之气表现了出来,夏震武那派人谓其为"拼命三郎"。这是他回国后卷入的第一场人事之争。友人许寿裳等也由此发现了他性格里刚烈的一面。此后这刚烈的一面,渐渐在世人那里展示出来了。

鲁迅性情里有一点与人不同的东西,那就是对自然山水兴趣殊少，他看重的是精神深处的存在。他在杭州就不怎么游玩。许寿裳的回忆录里说，鲁迅只到西湖玩过一次。许多年后，他的友人郁达夫要定居杭州时，鲁迅曾写诗阻之，以为非良策也，不可久居此地。鲁迅的不喜欢杭州乃历史的记忆使然，他觉得此乃消磨生命之地，又多主奴关系，友人不要为享世的东西所迷惑。这一点陈独秀就不同了。杭州时期，他曾有诗多首，《游韬光》《游虎跑》《灵隐寺前》《杭州酷暑寄怀刘三沈二》等，都清脱、激越得很。他也流连于西湖十景，醉心于古迹之前。不过与一般文人的吟唱不同，他的诗是有一些逆俗之气的，比如《灵隐寺前》云：

> 垂柳飞花村路香，酒旗风暖少年狂。
> 桥头日系青骢马，惆怅当年萧九娘。

这一首诗，被后人引用的很多，陈氏的气韵亦入笔端。"酒旗风暖"真是好句，奇气散落，有大的气象。虽有湖光山色，却无低俗之语，与旧式文人的抒怀是大不同的。还有那一首《咏鹤》也很好：

> 本有冲天志，飘摇湖海间。
> 偶然憩城郭，犹自绝追攀。
> 寒影背人瘦，孤云共往还。
> 道逢王子晋，早晚向三山。

本首诗里有魏晋风骨,是晚清以来少有的好诗。比对龚自珍、黄遵宪诸人,要更为果敢,不为旧气所累,古风里有着新语,借旧的形式,一吐胸中之快,我们是要感动的。据那时所作诗,能看到他在杭州时交游者不少。沈尹默、马一浮、刘季平、沈士远等,都有交往。看他和沈氏兄弟的关系,是很深的,那首《杭州酷暑寄怀刘三沈二》,写得情谊非浅。这几个友人,都非等闲之辈,有的后来也成了鲁迅的友人。鲁迅那时还不认识沈尹默,二人相识大概在辛亥革命后,地点也是杭州。估计时间很短,真正的交往,还是在 1912 年之后。这里值得一提的人物是马一浮,他与周氏兄弟是同一场科考而得头名的人物,那时也在杭州。马一浮是很有学问的人,一些读书人颇愿与其谈天。1947 年何之瑜在写给胡适的信中,透露了陈独秀与马一浮在杭州的一些片断:

在成都提督街十一号会见谢无量先生,我特别提到《铁云藏龟》这部书和书的封面上这两行字。谢无量先生告诉我,当时刘铁云送他这部书,他不懂文字学,他从北京带到杭州,就放在马一浮先生那里。后来仲甫先生看见这部书,非常重视,就借去了,他就送给仲甫先生。我就在这一年的九月七日,从四川到杭州西湖复性书院会见马一浮先生,提到这件事。马一浮先生告诉我:这部书,谢先生放在他那里两年,没有人看它,一天仲甫先生看见,非常重视,便拿去了。同时马一浮先生又说,那时仲甫先生在杭州陆军小学教史地,差不多每天都和沈尹默、刘三几个人到他那里去谈天。他们在一起,时常做诗,互相观摩,约莫也有一二年……

我觉得这一段文字很重要。对比一下鲁迅那时在杭州的情形,有以下几点区别。

其一是鲁迅那时相对比较封闭,没有广结社会贤达的欲念。陈独秀则有点绿林气,于沙龙茶社间过着快意的生活。

其二是一个注重自然科学的教育,一个潜心于小学研究,弄一点诗趣。鲁迅除编写化学等方面的讲义,还译过俄国安特莱夫(现通译为安德烈耶夫)的小说《红笑》,做的都是寂寞的工作。周围能解其义者不是很多。陈独秀在杭州时回归了中国文人式的生活,吟诗作赋外,还研究文字学,俨然像一个学究了,所以周围有几个知音。

其三是两人的文化兴趣的不同导致了生活方式的差异。如前所述,鲁迅那时是独居生活,对婚姻是悲观的,过的是一种无爱的生活。而陈独秀正在新婚的快乐里,似乎看不到身上的焦虑。在杭州译安德烈耶夫阴冷的小说,多少有些不协调,西子湖的美色一点也没影响过他。相反,我们看陈独秀的诗文,精神幻化在南国的山水间,精神直逼庄骚。联想日后二人的异路,那是有其必然的道理的。

他们在那时没能见面,机缘不足是自然的,而性情上存有差异,也是擦肩而过、互不相识的因素吧。历史就这样失去了有趣的一幕。1910 年正是中国社会巨变的前夜。他们二人都还不是政治性的人物,过的还是普通人的生活。不过杭州的学校已有许多是新型建制了。两人都在新学校中显示了各自的特点。思想是新的,自然也给学生带来了新的气息,很快,这些就汇入近代中国巨大的变故中去了。

4

他们是两个有争议的人物,说清其历史并不容易。二人各自形成了一个传统,合与分中,分的因素多。他们个人的能量都很强,并不易在一起相处。《新青年》移师北京后,鲁迅对陈独秀既有赞佩的地方,也有故意疏远的时候。陈独秀关注的一些东西,鲁迅并不都有热情。《新青年》涉猎的面很广,主编的视野是要开阔的,分散的精力亦多。鲁迅则用心于文艺,或翻译,或创作。写时评时,也带着很强的文学家色调。周作人说他和哥哥只是边缘式的编委,不是没有道理的。

1917年陈独秀来北京时,鲁迅已在古城里生活五年了。他们真正的结识,当是在这一时期。一个有意思的现象是,没有一点资料能证明二人见过面,周作人、钱玄同、胡适的日记都没有记载相关的信息。

鲁迅与《新青年》间的联系,主要是通过钱玄同、周作人两个人进行的。对于像胡适、陈独秀这样的闻人,鲁迅为何没有主动贴近,是颇值得玩味的。北京时期的鲁迅,与之相交的除了教育部里的同事外,主要是同乡、学生,以及文学青年。对于像章太炎这样偶尔来京的前辈,他也只是从众一见,不像钱玄同那么热情。在自己的世界生活惯了的人,不适合走进剧烈变化和节奏快的日子。鲁迅能写出浑厚静谧的文字,和他孤冷的存在方式是联系在一起的。

由于周作人任教于北大,鲁迅与陈独秀的会面几乎都由他代替了。《新青年》的事情也通过周作人知道一二。查周作人日记,可见到诸多记载,这已成了我们了解鲁迅、陈独秀的重要线索。周作人是 1917 年 4 月 1 日来北京的,鲁迅通过蔡元培介绍他去北大谋职。4 月 10 日,周作人第一次见到了陈独秀和沈尹默。9 月初,周作人购买了《新青年》一册,那个月的 24 日,他第二次见到陈独秀:

> 上午往寿宅,至大学为傅宋二生作保,访蔡先生不值,见陈君独秀而返。得十九日家寄帖签一包,下午草讲义,晚玄同来谈至十一时半去。

待到 10 月 6 日,陈独秀写信予周作人,两人开始了交往。那一日的日记云:

> 上午寄实业之日本社函,抄讲义六纸,得陈君独秀函。下午往大学访之。至图书馆借罗马文学史一本,又取新青年三之六来即阅了。

无疑的,陈独秀的信是鼓励周氏兄弟为《新青年》写稿的。中间钱玄同起了传递信息的作用。因为事先与周作人见过面,陈独秀没有直接找鲁迅,而是让周作人代转自己的意思,让周氏兄弟多写一些文章。

此后,周作人多次记下了与陈独秀的交往及相关情况:

陈梁二君函起草。(1917 年 10 月 16 日)

上午往校访陈独秀君。(1917 年 11 月 19 日)

上午往校以佛语书交君默,访陈仲甫君。(1918 年 5 月 20 日)

玄同说明年起分编新青年,凡陈胡陶李高钱二沈刘周陈(百)傅十二人云。(1918 年 10 月 21 日)

上午往校还タゴル传,得陈独秀函。(1918 年 11 月 26 日)

上午往校访独秀,交予人的文学一篇。(1918 年 12 月 10 日)

下午阅书,铭伯先生来,得独秀函。(1918 年 12 月 15 日)

上午往校还独秀美术一本。(1918 年 12 月 18 日)

得编译处函,以稿致仲甫。(1919 年 1 月 8 日)

上午往校,下午访仲甫。(1919 年 1 月 22 日)

从君默借来国民杂志一本,以文交予仲甫登每周评论中。(1919 年 1 月 27 日)

上午寄仲甫玄同半农函,下午许季上君来。(1919 年 1 月 31 日)

下午往看仲甫,四时返寓。(1919 年 2 月 15 日)

上午往校,以文艺思潮论交予君默。下午访仲甫,四时返。(1919 年 2 月 18 日)

上午至中西图书馆购近代短篇小说一本,往校购新潮第三期五本。下午访仲甫取来新青年……(1919年3月12日)

下午访仲甫说春假往东京事,六时返寓。(1919年3月18日)

下午寄一涵函……福源来说仲甫被捕。(1919年6月12日)

上午至国民公报馆访罗志希君……同李辛白、王抚五等六君至警所访仲甫不得见……(1919年6月14日)

知仲甫昨日出狱,晚大风。(1919年9月17日)

上午得尹默函往厂甸至公园,下午二时至适之寓议新青年事。自七卷始由仲甫一人编辑,六时散。(1919年10月5日)

寄仲甫函,附诗一首。(1919年11月12日)

上午往校寄仲甫稿二件。(1919年11月27日)

寄仲甫稿一卷,四时返。(1919年11月29日)

得玄庐君九日函,仲甫函。(1919年12月12日)

得仲甫函。(1919年12月15日)

寄仲甫函。(1919年12月16日)

寄仲甫稿一件。(1919年12月19日)

晚饮酒,得仲甫函。(1919年12月24日)

上午往校致仲甫函。(1919年12月25日)

晚得仲甫函。(1919年12月30日)

至新街口一游,寄丸善函,仲甫函。(1919年12月31日)

…………

1917 年至 1923 年,周作人和鲁迅一直住在一起。每一次见陈独秀,鲁迅都不在现场。几乎都是周作人一人行为。陈氏在北京那段时间重要的事件,周作人都有些记载,鲁迅对此也是知道一二的。查鲁迅那时的日记,关于陈独秀几乎没有什么文字,二人的陌生是显然的。不过陈独秀离京后,在上海一直与周氏兄弟有联系,催促二人为《新青年》写稿。1919 年下半年,周作人与陈氏的频繁通信,大约均与稿件有关。那么说来,彼此是相敬的关系,说不上很深,也非浅疏。陈独秀入狱,周作人还亲自探视,总不能说是没有交情的。鲁迅当时为何不去探视陈独秀,对其行踪不甚热心,大概是一个谜。或许是与之不熟,彼此隔膜;或许是公务在身,抽不出时间来。总之,北京时期的生活,他与陈独秀各自在不同的情境里,那是两个独立的世界,交叉的时候寥寥。就陈独秀而言,他的风格是有一点师承的,至少《新青年》的特点和章士钊的《甲寅》有点相似,与当年日本《民报》亦有貌合之处,发出的都是“犯规”的言论。但鲁迅的生活与劳作都和一般人不同,白天做科员,夜里抄古碑、搞翻译,既不想搞什么运动,亦无举旗别立一宗的冲动。他和周作人在《新青年》时代只是个凑凑热闹的人物,处于明朗与晦暗、消极与积极之间。做什么事情都要慢三拍,迟疑的地方很多。若不是陈独秀、胡适的热情与主动,二人应当还过着平淡的文人生活。从辛亥风波到五四狂潮,鲁迅只是拍拍巴掌,至多不过一个敲边鼓、聊以呐喊的人物。陈独秀从独自的“个人”而发展为“群”,鲁迅则始终保持着“个人”身份,居守于自己的园地。他和主将的不同,是在这个地方的。

5

1918年至1919年,鲁迅正处于创作的爆发期。他的生活总体上是宁静的。

他是一个不太易被别人影响和暗示的人。一生中没有一个中国人深切地左右过他。连在日本上学时,章太炎对他的作用也仅止于一点,他常常也有与老师观念不同的地方。《新青年》同人热热闹闹地聚会往来的时候,很少看到鲁迅的身影。因为他生活在自己的世界里,外面的风和雨,也只是擦一下肩头,对他没有过大的冲击。1919年5月4日,北京学生走向街头,"外争国权,内惩国贼"的时候,他没有加入到队伍中。那是个周日,他的日记写道:

> 昙。星期休息。徐吉轩为父设奠,上午赴吊并赙三元。下午孙福源君来。刘半农来,交与书籍二册,是丸善寄来者。

看这一则日记,没有什么变化,日子与以往是相似的。6月11日,陈独秀因在北京新世界游艺场散发传单而被捕,其政治热情正在高涨之时,在"五四"余热尚未散去之时,他的激情澎湃的言行很快被政界封住了。而鲁迅在此时依然没有什么奇怪的行为。是日,鲁迅的日记云:

> 昙。下午小雨。晚刘半农、钱玄同来。

此后几日的日记如下：

> 十二日　晴。晨许诗荀来。晚往铭伯先生寓。夜子佩来。
>
> 十三日　晴。夜小雨。
>
> 十四日　晴。下午得李退卿信。晚孙福源君来。夜雨。
>
> 十五日　晴。星期休息。下午李退卿来。
>
> 十六日　晴。上午寄张梓生《新潮》二册。午后往留黎厂买金文拓片五枚，《孙成买地铅券》拓片一枚，共券三元。
>
> 十七日　晴。晚孙伏园、宋紫佩来。
>
> 十八日　晴。下午昙。无事。
>
> 十九日　晴。下午昙。晚与二弟同至第一舞台观学生演剧，计《终身大事》一幕，胡适之作;《新村正》四幕，南开学校本也。夜半归。

上述文字简约得看不出一点环境的巨变，也无法据此了解鲁迅的内心。周作人对陈独秀的关心溢于言表，鲁迅却只字未提。对《新青年》主编的命运，周氏兄弟不是不关注。周作人与其是同事，多有交流，情感上不能不有所挂念。鲁迅毕竟显得陌生，不必过问什么。鲁迅对陈独秀入狱的沉默，后人自然有理由做出不同的猜想。

在陈独秀入狱后不久，各界出现了营救的呼声，6 月 23日，胡适忽然召人宴于东兴楼，当时有十人在座。鲁迅那一天去了，他在日记中谈到了这一聚会。十人之中都有谁，现已难以查到了。周作人的日记说,那次聚会是讨论《每周评论》的事,席间讲起陈独秀是必然的了,陈独秀是《每周评论》的主编,他的入狱自然会影响到刊物的运作。众人不一定都愿意选择陈氏的方式,但对其思想的特质大概是认可的。北大的友人们那时已意识到,知识群落正在受到政府的挤压,思想的自由散到民间,是要经受权力者的挑战的。胡适也好,鲁迅也罢,在心里应该是佩服陈独秀的。因为在《新青年》同人中,敢于身体力行地实现梦想者,唯有这位血性的主编。提倡新思想而又言行一致,在那群人中不是人人都可做到的。

1920 年左右的中国变幻莫测,由《新青年》刮出的新风,在外省的许多角落也可以感受到。社会的骚动也引来民间心理的变化。有人担忧,有人庆幸,心态各自不同。鲁迅对这一变化是有自己的看法的。他并不以为陈独秀的造反会毁坏中国,他所担心的只是,破坏社会的是旧式的兵匪之乱,而非西洋思想的演进。《新青年》的思想过激是好事,中国缺少的正是这些,该警惕的倒是帝王文化下的流氓气,那才真正是毁坏中国的毒瘤。

在"五四"一周年的那一天,鲁迅写信给自己当年的学生宋崇义,有一席话颇有分量,是可以看出鲁迅精神的侧面的:

> 近来所谓新思潮者,在外国已是普遍之理,一入中国,便大吓人;提倡者思想不彻底,言行不一致,故每每发生流弊,而新思潮之本身,固不任其咎也。

> 要之,中国一切旧物,无论如何,定必崩溃;倘能采用新说,助其变迁,则改革较有秩序,其祸必不如天然崩溃之

烈。而社会守旧,新党又行不顾言,一盘散沙,无法粘连,将来除无可收拾外,殆无他道也。

今之论者,又惧俄国思潮传染中国,足以肇乱,此亦似是而非之谈,乱则有之,传染思潮则未必。中国人无感染性,他国思潮,甚难移殖;将来之乱,亦仍是中国式之乱,非俄国式之乱也。而中国式之乱,能否较善于他式,则非浅见之所能测矣。

信写得老辣、深切,有着深谙俗谛的机智和慈悲者的良知。鲁迅在信中既讽刺了弄新学者的潦草、自恋,又对旧势力之强大表示了担忧。我觉得"五四"前后的鲁迅,之所以没有陈独秀、胡适式的狂欢,乃是因为他对新旧两派都未抱太大的信心。两势相权,取其利者,他只能站在《新青年》的一边。尽管诸位他并不是都看得上。鲁迅就这样带着矛盾的心,加入了北京知识群落的行列。他不能走出陈独秀的那一步,是绝望、苦涩的心使然,还是别的什么原因,那就不好说了。

能明确表达自我的,唯有写作与翻译。这似乎更适合他。在《新青年》的同人中,他和陈独秀都走入了极端,一个只问写作,一个热衷于社会活动。他们全心地投入着,也只有这样,才能表现出自己的生命。那个时期的知识分子能做到的,也只有这些。

6

然而《新青年》同人不久就各自为政了。

1918 年 12 月，陈独秀创办了《每周评论》，用以补充《新青年》之不足。陈独秀觉得应有一个专门搞时评的周刊，直接干预当下的生活。《新青年》过于思想化、学术化，陈氏以为不甚痛快。这时他已萌生强烈的政治意识了。1919 年 6 月陈氏被捕之后，胡适接编《每周评论》，调子就有别于以前，带着学院派的某些思路。两人办刊风格之不同，预示了二人后来的分手。应当说，新文化运动的真正旗手，是陈、胡二人，这两个人的状态如何，对这一团体而言关系甚大。

起初的时候，胡适就没有想将思想和学术的问题直接与政治问题挂钩。胡适认为，关心政治是可以的，但阵地却应在大学，即以大学的舞台影响政治。这个思路也适用于办刊。胡适是不愿意放弃思想与学术的研究的。在他与陈独秀的合作里，差异还是多于统一。这个现状直接导致了《新青年》同人团队的解体。

那一场"问题"与"主义"之争，是这支团队分解的一个征兆。7 月 20 日，也就是陈独秀入狱后不久，胡适在《每周评论》上发表了那篇著名的《多研究些问题，少谈些主义》，与李大钊公开争论起来。"问题"与"主义"之争，是现代中国文化进程的一个难题，此问题至今未能解开，也是困扰诸多知识人士的难点。在学理的层面上，难说谁是谁非：看事物的眼光不同，知识背景有别，精神又怎么能统一呢？这一类争论鲁迅从未卷入过，他自然有自己的原因。当人们试图用一种确切化的模式去规范什么的时候，鲁迅便沉默了。在他而言，并不是让人的选择符合什么模式与体系，恰恰相反，而是在抵达彼岸的时候，能否尽情地呈现出自我的本质,即人们所说的自由。在自由面前,理论是苍白的。

1920 年年初,陈独秀离开北京来到了上海。4月,胡适编好了《新青年》在京的最后一期。陈独秀是下一期的责编,只能在上海约稿了。这之后陈独秀的状况发生了变化,《新青年》不久就变成了共产主义小组的机关刊物。那一年年底陈独秀有信与胡适、高一涵,信上说:

> 弟今晚即上船赴粤。此间事都已布置了当,新青年编辑部事有望陈望道君可负责,发行部事有苏新甫君可负责。新青年色彩过于鲜明,弟近亦不以为然,陈望道君亦主张稍改内容,以后仍以趋重哲学文学为是;但如此办法,非北京同人多做文章不可。近几册内容稍稍与前不同,京中同人来文太少,也是一个重大的原因,请二兄切实向京中同人催寄文章……

胡适在回信中写道:

> 《新青年》"色彩过于鲜明",兄言"近亦不以为然",但此是已成之事实,今虽有意抹淡,似亦非易事。北京同人抹淡的工夫决赶不上上海同人染浓的手段之神速。现在想来,只有三个办法:
>
> 1.听《新青年》流为一种有特别色彩之杂志,而另创一个哲学文学的杂志,篇幅不求多,而材料必求精。我秋间久

有此意,因病不能做计划,故不曾对朋友说。

2.若要《新青年》"改变内容",非恢复我们"不谈政治"的戒约,不能做到。但此时上海同人似不便做此一着,兄似更不便,因为不愿示人以弱。但北京同人正不妨如此宣言。故我主张趁兄离沪的机会,将《新青年》编辑部的事,自九卷一号移到北京来。由北京同人于九卷一号内发表一个新宣言,略根据七卷一号的宣言,而注重学术思想艺文的改造,声明不谈政治。

孟和说,《新青年》既被邮局停寄,何不暂停办,此是第三办法。但此法于"新青年社"的营业似有妨碍,故不如前两法。

总之,此问题现在确有解决之必要。望兄质直答我,并望原谅我的质直说话。此信一涵,慰慈见过。守常、孟和、玄同三人知道此信的内容。他们对前两条办法,都赞成,以为都可行。余人我明天通知。适。

胡适的信马上传至鲁迅手中。在 1921 年 1 月 3 日给胡适的回信里,鲁迅谈了对《新青年》的看法:

寄给独秀的信,启孟以为照第二个办法最好,他现在生病,医生不许他写字,所以由我代为声明。

我的意思是以为三个都可以的,但如北京同人一定要办,便可以用上两法而第二个办法更为顺当。至于发表新宣言说明不谈政治,我却以为不必,这固然小半在"不愿示人以弱",其实则凡《新青年》同人所作的作品,无论如何宣言,官场总是头痛,不会优容的。此后只要学术思想艺文的气息浓厚起来——我所知道的几个读者,极希望《新青年》如此——就好了。

在三个人信件的特点上,我们看出彼此的差异。有意思的是,鲁迅的思维方式完全是独绝的。他看人看事的尖锐,远胜于其他二人。他考虑问题时,注意到了复杂性,是通晓世故与人心的。陈、胡二人在本色上是书生,故有固执的地方。鲁迅多书卷气,却无呆气,他身上存有书生没有的另一方面:顾大局而不失自我,任个性而远利害;深谙官场又疏离台阁,染有智慧却又不做学人。陈、胡二人在苦苦地寻觅精神的定位,而鲁迅偏偏无所谓定位,就那么自如地走着。《新青年》同人团队的解体,在他看来本很正常,原先各自就不在一个天空下,散了也就散了。在心灵的深处,他与众人是隔膜的,虽然他知道陈独秀的苦苦劳作并非没有意义。

彼时的北京雾气浓浓,鲁迅的内心还带着灰色。李大钊、陈独秀的文字他并未都读过,对别人的思考只是泛泛了解,很少有文字打动过他的心。大家都在行进的路上,前面是茫茫的夜,身后也是茫茫的夜,就那么走着。相互依偎着前行是一种走,独自跋涉也是一种走,在通往明天的路上,有更好的方式吗?鲁迅是悲观的,他不知道未来的中国如何,唯一能确认的就是,自己还能做一点什么。也就是有一份热,发一份光,如此而已。对他而言,人间的路不过如此。至于别的,已无话可说了。

未名社旧影

1

民国年间有多少家出版社存活过，现在已不太好统计了。现代的出版多少受到了日本人的影响，从设计到出版思路，留下了许多异域的痕迹。看鲁迅、周作人、钱玄同等人的日记，常常从丸善书店邮购图书，一些重要的文献，是从那里来的。日本的书装帧讲究，译著亦丰，可说是中国了解世界的桥梁。五四新文化运动以降，文人出书，有时亦仿照东瀛的格式，趣味受到一定的影响。对比两国学人彼时的版本，能读出许多意思来。

我偶看二十世纪二十年代的出版物，注意到了未名社的书籍。这个文学社与鲁迅有关，相连着一系列文学青年的名字：李霁野、韦素园、韦丛芜、台静农、曹靖华、王菁士、李何林……有一些书和杂志也是与其有关的，先后出版的有鲁迅著译的《出了象牙之塔》《坟》《小约翰》《朝花夕拾》，韦丛芜的《君山》，台静农的《地之子》《建塔者》，以及韦素园、李霁野所译的陀思妥耶夫斯基、安德烈耶夫、果戈理的作品。《未名社》半月刊及《莽原》半月刊也是那时推出的。关于这个文学社诞生的经历，李霁野曾在回忆录里提及过，他说：

一九二五年夏季的一天晚上，素园、静农和我在鲁迅先生那里谈天，他谈起日本的丸善书店，起始规模很小，全是几个大学生慢慢经营起来的。以后又谈起我们译稿的出版困难，慢慢我们觉得自己来尝试着出版一点期刊和书籍，也不是十分困难的事情，于是就开始计划起来了。

在另一篇文章里，李霁野又写道：

我在 1924 年 7 月，翻译了俄国安德烈耶夫的《往星中》，很想向鲁迅先生请教，但又怕太冒昧。我的一个小学同学张目寒是先生在世界语专科学校的学生。他说先生喜欢青年人，常感叹少见青年人的翻译或创作，他便把《往星中》译稿送给先生了。我从《鲁迅日记》得知，这是 1924 年 9 月 20 日。先生第二天便开始看了。1924 年初冬的一个下午，目寒领我去访鲁迅先生。

从先生的文章风格看，我原想他对人的态度一定是十分严肃，令人只生敬畏之心的吧。不料像先生说章太炎一样，他"绝无傲态，和蔼若朋友然"。以后韦素园、台静农和韦丛芜也都陆续和先生认识了。1925 年夏季一天晚上，素园、静农和我访先生，先生因为一般书店不肯印行青年人的译作，尤其不愿印戏剧和诗歌，而《往星中》放在他手边已经有一些时候了，所以建议我们自己成立一个出版社，只印我们自己的译作，稿件由他审阅和编辑。那时北新书局已经出版了几种《未名丛刊》，我们的翻译仍然列入这个丛刊，另由未名社印行——社名也就是由鲁迅先生根据这个丛刊定的。鲁迅先生 1925 年 9 月 30 日给许钦文的信说："《未名丛刊》已别立门户，有两种已付印，一是《出了象牙之塔》，一是《往星中》。"未名社的工作就从此开始了。

　　未名社只存活了六七年，影响却是大的。这个文学出版社刊发的东西，都带有一点半灰色的、不安的情调，艺术手法鲜活，是文人气很浓的精神部落。比如韦丛芜译的《穷人》《罪与罚》，曹靖华所译《烟袋》《第四十一》，李霁野的译本《往星中》，俄国的主观性和惨烈的东西多。那是一个压抑的王国，青年的心借着俄国文人非理性的惊悸，苦苦地讲述着人间悲惨的故事。鲁迅和几个无名的青年很融洽地合作着。到了上海许多年后，依然眷恋着那一群人。未名社的青年人除曹靖华以外，都是安徽人。李霁野生于1904年，韦素园生于1902年，台静农也生于1902年，曹靖华生于1897年，几乎都是同龄的。这些人中，台静农的创作别具一格，有小说家的风度，不过由于受鲁迅影响过大，反而显得有些拘谨。其余几位在译作上颇下功夫，对传播俄国文学功莫大焉。以同人的方式结社创作，且推出文学精品，那是很令今人羡慕的。

　　据说未名社先后搬过几次家，最早的办公地址是沙滩新开路11号"破寨"，后迁至景山东街"西老虎洞"，再后又移至景山东街40号。李霁野在家中保留了这些旧址的照片，看了不由让人生出神往之情。新文学一些重要书刊，是由几个新出山的青年完成的，就视野和境界而言，不亚于当时的名人。将陀思妥耶夫斯基、安德烈耶夫、托洛茨基介绍到中国，都是开先河的事。这不仅对后来的文学影响甚巨，对像鲁迅这样的人，亦有深切的撞击，如果不是这些青年热情的刺激，鲁迅也许不会接触那么驳杂的东西。韦素园、曹靖华的俄语,李霁野的英文都有优长,这些青年的劳作,带来的是一些惊喜的闪光。鲁迅和那几个青年都未料到,彼此的合作都改变了精神的轨迹。

2

未名社由作家们自己办出版物,自编自写,样子类似于作坊。鲁迅身边是一群孩子,艺术与思想都正在形成期,一切尚未定型,脱不了稚气。大家自觉地聚在一个老师身边。张目寒、韦素园、曹靖华都在北大听过鲁迅的课。韦素园本来是俄文法政专门学校的学生,却不好好上课,从东总布胡同跑到沙滩新开路的红楼去。他们对鲁迅的敬仰是深切的。未名社起初就在沙滩新开路附近,六个成员经常见面。曹靖华在《哀目寒》一文中写到那时的情形:

> 未名社开始有六位成员。所谓成员者,是指当时除鲁迅先生出二百余元外,其余每人各出五十元,作为"公积金";并"立志不作资本家牛马",用自己的钱,印自己的书。有钱就印,无钱搁起,书的内容形式,都认真负责,丝毫不苟。从写文章到跑印刷厂,事无巨细,亲自动手。这是未名社当年的大致情况。

从目前留下的《未名社》半月刊及《莽原》半月刊看,二十世纪二十年代北京的印刷条件较差,纸张亦劣,质地远无法与今天比。刊物薄薄的,装帧也朴素得很。每一期的文章不多,质量却是高的。刊物与书的封面有文人的灵动感,是讲究趣味的。编排的体例也搭配得当,诗、小说、随笔参差于此,每期几乎都有译文,质量是较高的。这些或许受到了日本书刊的暗示,小巧玲珑,并不贪大。

在那样一个枯燥委顿的环境中,编着一种自己喜欢的杂志,用"其乐也融融"来形容他们几位,也许是恰当的。

好多资料透露了文学青年在与鲁迅交往、策划选题与编辑中的逸事。李霁野就记录过未名社友人常去鲁迅先生家的情形。鲁迅怎样谈笑,开心片刻之后能感觉出其中的讽刺与幽默。新文学初期的出版是尝试性的,风格要别于以往,不重复别人。李霁野在《回忆鲁迅先生》中感慨道:

> 在小小的事情上,先生也往往喜欢和人异趣。记得有一回自己说,这是他第一次试用的。书店的广告先生也不喜欢,往往自己动笔老老实实地写几句。看完我自己拟的一个广告,他说,好的,看了这样广告来买书的读者,该不会骂我们使他上当的,因为,那个广告实在"生硬"得可以。不使读者上当,这是先生常常用以儆戒未名社的话。先在期刊上发表又行集印成书的,如《君山》和《朝花夕拾》,对于再行买书的期刊的订阅者,先生嘱咐都只收一点印刷的成本,人少或竟送给。我以为从这样一点小小的事,也不难窥见先生著作的良心。
>
> 书面的装潢,也是鲁迅先生首先注意到的。对于书店

的随意污损画家的原稿,或印刷时改变了颜色,他都很为愤慨。在一封寄给我的信中,先生有几句这样说:"《坟》的封面画,自己想不出,今天写信托陶元庆君去了。……近来我对于他有些难于开口,因为他所作的画,有时竟印得不成样子,这回《彷徨》在上海再版,颜色都不对了;这在他看来,就如别人将我们的文章改得不通一样。"(一九二六年十月二十九日)一次为了遗漏了作书面人的名字,先生特为写信到未名社嘱咐另印一页,加装进去。

未名社创办不久,就引起了读者的注意。鲁迅的书,托洛茨基的书,陀思妥耶夫斯基的书都有市场。连青年社成员自己的著述也有不少人关顾,那是鼓舞过大家的。著作的出版,都是未名社同人自己的成果,而杂志的撰稿者,不时也有了新面孔,周作人、徐祖正、刘复、戴望舒、高长虹、董秋芳、向培良、常惠、冯雪峰、许钦文、于赓虞、魏金枝等都有文章刊出,队伍也算不小。这个圈子与现代评论派有所不同,审美方面甚至有些对立。鲁迅起初是高兴于此事的。看到未名社能有自己的实绩,他流露出了父爱般的热情。王冶秋曾亲眼看到鲁迅在未名社出版部抚摸新书时的表情,是"见了自己婴孩似的喜悦"。高长虹在回忆文中也略微叙述了一些线索:鲁迅怎样帮助韦素园,如何与青年共事,写得饶有趣味。未名社组建得仓促,漫无目的似的。唯其这种松散、自由,才有了浑厚、自由的一面,不像一些出版社那样板着面孔。它出版的几本书都有一股文气,即便过了许多年,重翻那些书,我仍不由想起几个苦苦著述的身影。现代文艺的生产过程，其实就是人与人沟通、碰撞的过程。在没有路的地方，大家携手摸索着。其间的友情、爱憎、聚散，也是一部内蕴深厚的无字的书。

有了自己的园地，说自己想说的话，出自己想出的书，在那几个人看来是天然之事，本没有什么值得自足和宽慰的。但不久麻烦来了，因为出版了苏联的新书《文学与革命》，李霁野、韦素园、台静农都被关到了牢房。他们被释放出来时，方觉得在中国做事之难：精神自由并不那么容易，在黑暗中找一个生存的缝隙原来要有生命的代价。台静农在狱里写过一首诗，映出了精神上的渴求。现实的挑战使他们唯美的梦不能继续，于是不久他们陷入了困顿，后来只能用挣扎来形容了。

3

李霁野第一次出现在鲁迅面前时，形象半是潦倒的样子，鲁迅在回忆里谈到了一点印象：

> 怕是十多年之前了罢，我在北京大学做讲师，一天，在教师预备室里遇见了一个头发和胡子统统长得要命的青年，这就是李霁野。

查鲁迅日记，他与李霁野的通信有五十封之多。鲁迅喜欢李霁野，是不是因其了身上的文人气也未可知。李氏一生以翻译为业，若不是鲁迅的支持关照，后来他也许不会走上这样一条道路。在一般人眼里,他是一个儒雅之人,内心有着诗人的温存,受到了阴冷的作家安德烈耶夫的影响,故行文有哀凉的笔体。另一方面,他情调上近于书斋中的中和平淡之风,离峻急、猛烈之士就很远。1930年后他与鲁迅一时有些疏远,情调上的隔膜或许是主要的。后来的学者言及那一段历史,多讲二人的交往之密,少谈其间的障碍,本真的情形反而有些模糊了。

未名社的几个青年是处于激进与温和之间的。这一点在李霁野身上表现得尤为明显。他既参与译介了托洛茨基《文学与革命》那样的书,又译了陀思妥耶夫斯基《被侮辱与被损害的》,以及像《简·爱》《四季随笔》这样纯情的文学。他的译文是不错的,茅盾当年看了他译的《简·爱》,就赞佩地说,全书"谨慎细腻和流利"。世人提及李氏,第一是想起他与鲁迅的友谊,第二是其大量的译著——以译文在文坛立身,在那样的时代是要付出相当的心血的。很长一段时间,他的译作一直流行着,而他创作的散文、随笔却很少被注意到,其翻译才情多少限制了这位青年。

他在未名社里是个重要的成员,有关那个团体的情况,只有他和韦丛芜留下了一点点回忆资料。那个圈子里的人都很有点主我,激进的色调不那么浓厚。台静农写一点小说,后来喜谈学问,士大夫的痕迹渐渐多了。韦素园有些忧郁,气质带有俄国文人的内倾、热烈而又痛苦的情状。李霁野则喜欢一生过一种书斋的生活,译一点什么,写一点什么,卧游于书海之间,全无做战士的准备。我读过他写的一些短诗、散文、小说,觉得他是个喜静不喜动的人物,思想处于冷热之间。鲁迅是赏识他的敏感、细致的,但一面又以为他过于直露,视野不广阔,也影响了作品的深度。这些感触都恰如其分。未名社其他人的文字,大约也有一点类似的情况。只是台静农在创造性上,略高一筹。后来的发展,于那时已经见到一些气象了。

在鲁迅眼里,李霁野这一群人,像一张白纸,纯洁而清晰,是少有杂质的。只是觉得他们胆子过小,谨慎过多而少锐气,就难承受沉重的东西。像李霁野的工作就有矛盾的一面。他译了《战争与和平》,依偎在宏大的叙事里。可他自己的写作,则小桥流水,温情涓涓,他的散文毫不像鲁迅,反而与周作人的调子接近。比如《谈渔猎》《蟋蟀》《木瓜》《读书与生活》《桃花源与牛角湾》,风格上暗袭苦雨斋的味道,在鲁迅与周作人之间,从心底上讲,他是更倾心于后者的。

李霁野接触鲁迅的时间很短,1926 年秋后就很少见面了。但 1927 年之后,他却与周作人有了接触,虽不密切,而跨度很长,直到二十世纪四十年代初还偶尔见过。二十世纪二十年代末,未名社因经济原因,很难维持了。韦丛芜就向周作人求救,希望得到支持。李霁野也正是在这时与周作人有了交往,信件往来,造访谈话,次数很多。1930 年他到天津河北女子师范学院教书时,讲的是蔼理斯的(现通译葛理士)《新精神》。关于蔼理斯,周作人很熟,他是最早介绍此人的学者。李霁野大概也受到了影响。他还到周作人那里借过外国文学方面的讲义,可见他对鲁迅弟弟的敬意。未名社成员后来与鲁迅渐渐疏远,原因很多。据我的猜测,久住学院里的人,染有士风,自然易亲近周作人类型的人物。至少在抗战前,就习性与思想而言,学院里的人要真正了解自由撰稿人鲁迅,并非那么容易。

但李霁野毕竟是纯然的书生，身上是没有教授气和名士气的。这也给他带来了意外的冲击。他因为印行了苏联的文艺书籍，在1928年4月被捕入狱，同被逮去的还有台静农。出狱不久，恰好李何林逃难到未名社，李霁野知道对方是被通缉的共产党人，但还是将其收留了。纯文学的梦，就这样笼上了恐怖的云雾。未名社后来未能长足发展，时局的恶化也起了相当的作用。李霁野忧于国难，苦于生存，文学之梦每每中断，只好以教书为业。文学出版的工作，很快就中断了。

鲁迅最初对这个小文学社团是寄一点希望的，他在给李霁野、韦素园的信里，谈了许多翻译出版的设想，从内容到装帧，想得周到细致。当时的鲁迅正与现代评论派诸君子交恶，远离着学界，于是便将期望投入到青年人那里。未名社的人大多是老实之人，也有些才气。有许多话不便于说给别人，却能讲给这几个人，这于鲁迅是一种痛快。李霁野、台静农等人，都是没有市侩气的，也未参与到学界与文坛的圈子中。鲁迅离开北京后，最担心的是旧友们混到胡适那个圈子里，不料有许多人与那些名流们为伍了。其实鲁迅也未想到，他寄予热望的未名社，也如此短命。自韦素园病故后，这个团体基本就解散了。

4

我有一次去北京万安公墓，同路的友人指着旁边的墓葬群说，韦素园就葬在那里。于是便想起鲁迅的那篇悼文，以及照片中韦素园消瘦的形影。应当说，未名社能支撑下来，韦素园是立了大功的。译书、策划、出版、联络作者,他大概是付出心血最多的人。我觉得鲁迅是喜欢他的,那喜欢超过了对未名社别的青年的喜欢。为什么呢?第一是韦素园忠厚、纯情,没有文人的那些陋习。第二是他俄文好,有锐利的文艺鉴赏目光,所译之文有清峻之风。第三呢,他有殉道的激情,不张扬自我,内焚着躯体,却又忍着苦痛。在鲁迅接触的青年里,他可能是最为执着而又有忧郁气质的人,那是中国知识青年里少有的淳朴者,看他的文章与为人,大概是可以得出这一印象的。

韦素园生于 1902 年,读过私塾,与李霁野在安徽霍邱县是同学。他曾就读于阜阳第三师范学校、长沙法政专门学校和安徽法政专门学校。1921 年到过苏俄,他在苏俄时,正赶上了饥荒年,身体受到了损害,但俄文水平相应提高。也就是在那时,他喜欢上了俄罗斯文学。大概是 1925 年,鲁迅将他介绍到北京《民报》任副刊编辑,他的未名社生涯,也是在那时开始的。

据几个结识他的人的印象,他性格有一点内倾,很少说话,然而为人却是热情的。他身体柔弱,却有着坚毅的一面,以坦诚和刻苦赢得了周围人的信任。李霁野说他厚道,不会算计别人,活得很真。他和朋友相处,总要付出更多的一些,那气质里流动的是挚意的气息,它也在未名社里弥散着,成了这个团体的色调。

在他的气质里也明显地含有忧郁的色彩,沉默的目光闪着迷茫和渴望。那时候他开始着手译书了,都是俄国作家的。他选择的文本都非热烈、明快的,多少都有些压抑,仿佛黑夜里的冷风,凛洌地吹着,让人感觉到彻骨的寒冷。有时那些文本也像一曲曲低回的哀歌,暗暗地传动着无量的悲楚。他译的色尔格夫·专司基的《半神》、珂陀诺夫斯基的《森林故事》、梭罗古勃的《邂逅》、扎伊采夫的《极乐世界》、契里珂夫的《献花的女郎》,都肃杀得很,阴暗里透着几许光亮。那多是命运的无奈的打量,愁色淹没了一切。韦素园选择这些,我猜想是有内心的快感的。他是不是借了俄国文人的笔,在倾诉内心的郁闷?小说译得都好,文字是讲究的。这让我们看到了他的才华。他选择梭罗古勃的文本作为依托,看重的是其中的不安与优雅。那些小说以及诗,充满了坟地的阴冷。梭罗古勃有一首诗,韦素园译道:

> 我们倦乏了追向目的,
> 工作上消了许多大力——
> 我们已经成熟,
> 为着墓地。
>
> 静静地交给墓地吧,
> 好像孩儿交给自己的摇椅——
> 在里面我们迅速毁去,
> 并且也没有目的。

此译诗发表于 1926 年 10 月。鲁迅是喜欢这首诗的,我以为那关于墓地的意象,也传染了鲁迅。鲁迅的第一本论文集《坟》也编定于那一年 10 月,或许是巧合,或许是暗示的接受。总之,我想鲁迅在写作中,多少受到了韦素园的译文的感动。鲁迅对苏俄文学的信息,有许多也是从这个青年那里得来的。

不久韦素园就病倒了,为了未名社的出版还吐了血。他患的是肺病,在那时已是绝症。他先前译的俄国悲苦的作品像是一个预兆,他自己也陷入了灰色的大泽。李霁野描述他的病状时,用了凄迷的文字,由此当可见彼此的苦痛。有一次鲁迅到西山去看他,见到其状不无悲凉。往日的友人如此孤苦地独住于山上,勾起了鲁迅无数的感怀。后来,鲁迅在悼文中沉痛地写道:

> 一九二九年五月末,我最以为侥幸的是自己到西山病院去,和素园谈了天。他为了日光浴,皮肤被晒得很黑了,精神却并不萎顿。我们和几个朋友都很高兴。但我在高兴中,又时时夹着悲凉:忽而想到他的爱人,已由他同意之后,和别人订了婚;忽而想到他竟连绍介外国文学给中国的一点志愿,也怕难于达到;忽而想到他在这里静卧着,不知道他自以为是在等候全愈,还是等候灭亡;忽而想到他为什么要寄给我一本精装的《外套》?……
>
> 壁上还有一幅陀思妥也夫斯基的大画像。对于这先生,我是尊敬,佩服的,但我又恨他残酷到了冷静的文章。他布置了精神上的苦刑,一个个拉了不幸的人来,拷问给我们看。现在他用沉郁的眼光,凝视着素园和他的卧榻,好像在告诉我:这也是可以收在作品里的不幸的人。
>
> 自然,这不过是小不幸,但在素园个人,是相当的大的。(《忆韦素园君》)

这文章是极其感人的,也点画出了韦素园的肖像。鲁迅感动于韦素园的认真、刻苦,以及沉静中的善良。看过韦素园的几篇文章,给我的印象是朴素、忧郁的,语调上在什么地方像是模仿着鲁迅。在明亮与灰暗之间,他是近于后者的,那内倾带来的神经质和静穆,也许打动了鲁迅。韦素园在某些地方与俄国小说里的知识青年相似,身上含有焦虑的气味。除了拼命地译书、编刊外,生活对他多是无聊的。他住在北京的胡同里,常常带着疲困的身子和那些阴暗的作品对视,自己也置身于其间。在为《莽原》杂志写的编后记里,他就承认喜欢梭罗古勃的"幻美的悲哀"和蒲宁的"凄伤的回忆"。只有在俄罗斯文人的独吟里,他才感受到了生命的律动,而中国的旧文学,是从未有过类似的启迪的。未名社的青年在那时神往于异邦的艺术,其实也隐含着一丝渴念,那就是对灵魂的超度,这些对于漂泊于古城的青年而言,是不可或缺的慰藉。

　　他对文学的敏感,表现在了一些批评文字中。有几篇介绍俄国文学的文章写得都传神有力,是用心灵体味出的,毫无八股的痕迹。比如《〈外套〉的序》就有史家笔法,对文本与社会间的关系亦多妙悟。有一篇短文提到了托洛茨基,看法都是中正的。他承认对新俄的艺术懂得不多,欣赏的是旧俄的文学。新俄的小说唤不起他的共鸣,大概是心境不同所致,不过他说了心里的真话。他对新俄小说最初的反应,有中国青年本色的地方。后来的史学家,都不太提及此事。我由此也明白了,为什么台静农、李霁野等未名社同人在民国间一直远离左翼文坛:那几个人是更带有旧式文人的情调的。而这里,台静农是更为典型的。

5

当台静农加入到未名社时,他还是个学生。他几乎是与李霁野、韦素园等人一同结识鲁迅的。未名社要出版半月刊《莽原》,稿源不多,韦素园遂拉台静农撰文。按性情和兴趣而言,台静农不喜欢小说创作,对学术倒是很有些热爱的。《莽原》只发作品与译作,偶尔有一点批评文字,是少谈学术的。台静农拗不过韦素园的邀请,遂写下了多篇小说,不料也因此见到了才气,被许多人所称道。未名社中人只有他显示了创作上的优势,也是成就最大的一个人。

有一段时间他和韦素园是住在一个房间的。两个人同龄,在安徽时就是同学,彼此深为了解。他那时在北大国文系做旁听生,不久又在北大研究所国学门听课,接触的都是学问家。鲁迅上课时,他也到场听讲,留下了很深的印象。不过鲁迅对他影响最大的,是小说创作,他在《莽原》上发表的作品,是受到了鲁迅的暗示的。

他在那时写下的文字都不明朗,有低回的旋律,情感是压抑的,一般青年共有的激愤又哀凉的风格在他那里也能够看到。1928 年结集出版的《地之子》收有 14 篇小说,乡下人的故事居多,偶尔写到城市,能看出作者与之隔膜的状态,紧张、绝望而又深深的叹息。小说没有高长虹式的狂飙之气,精神是内敛的。也许是韦素园的忧郁传染了他,在此后出版的那本《建塔者》里,俄国小说中的悲愤、怅惘与黑暗也在那里弥散开来,读之亦有窒息之感。那一时期的文学青年,似乎都裹在无望的泪光里。李霁野、韦丛芜、韦素园都有一点这类特征。大家都处在无路可走的状态,前面是无边的夜,后面也是暗暗的影,唯有文学才能唤起大家的一丝兴奋。而对台静农而言,那兴奋也是强打精神的独步,有什么欣慰可言呢?在谈到那一段生活时,他这样写道:

直到一九二六年冬,这时候,关于《莽原》半月刊第二年要不要继续的问题发生了。大家商量的结论,是暂且以在北京的几个人作中心,既然这样,我们必得每期都要有文章,才能办下去。素园更坚决地表示,要是自己再不作,仍旧躲懒,倒不如干脆停了。当时我与素园同寓,这问题便成了我两个谈话的材料。黄昏或晚饭后,叫听差沏了龙井,买了糖炒栗子,便在当间房中相对而坐地谈下去。其实这问题是简单的,谈下去也不外乎我们几个人努力做文章。每次从这问题不知不觉地滑到爱情和社会上面去了。从黄昏谈到晚间,又从晚间谈到夜静,最后才彼此悔恨光阴又白白地过去了。素园几乎是照例说他是疲倦了,睡在床上,隐隐地可以听见他的一种痛苦的呻吟。

那时我开始写了两三篇,预备第二年用。素园看了,他很满意我从民间取材;他遂劝我专在这一方面努力,并且举了许多作家的例子。其实在我倒不大乐于走这一条路。人间的酸辛和凄楚,我耳边所听到的,目中所看见的,已经是不堪了；现在又将它用我的心血细细地写出，能说这不是不幸的事么？同时我又没有生花的笔，能够献给我同时代的少男少女以伟大的欢欣。（《地之子·后记》）

可以看出台静农走向文学时的无可奈何，绝无耀己与诱人的欲望。未名社的许多人都安于平淡，除了韦丛芜外，大家都活得真实，心性里有静谧的因素。《地之子》与《建塔者》毫无暖洋洋的光泽，乡下与城里的景观均已无生气。台静农还显得幼稚，谋篇布局不太会精巧地运笔，亦不免失败之处。阅历与学识都限制了他。但是初期的写作呈现了他的诚与真，艺术之神是亲昵于那些文字的。比如行文的从容，词汇的多致，韵律的复杂，都在证明日后的一种可能，即感知世界的奇异。他后来在文学史研究与书法上成为大家，要感谢未名社时期的文学训练的。

台静农像韦素园一样，笔下常常出现坟茔与荒墟的镜头，那既是陀思妥耶夫斯基的传染，也有鲁迅的影子。大家穿行在漫长的夜路里，除了血迹的真实，一切都是幻影般的飘浮不定。他憎恶这些，又摆脱不掉，文字就不免有些恍惚。二十世纪三十年代后，他就不爱再写这些东西，渐渐泡到学问里去了。于他而言，其实也是一种逃避。李霁野寄情于英国典雅的小品文是一种自我解救，台静农后来与刘半农、沈兼士等人泡在古董里也未尝不是一种超脱。因为实在不愿咀嚼那些黑暗的存在，最后选择的也自然是学者的道路了。

对未名社前后的生活，台氏回忆的文字很少。北京生活对他有意义的却不是为韦素园、李霁野赶写稿件，而是后来教书的生活。未名社的环境过于小资式的顾影自怜,而他后来在辅仁大学的生活却驱散了诗人式的懊恼。台氏渐渐近学术而远文学,或许是内心的一种调整:终日与陀思妥耶夫斯基、鲁迅、韦素园的文本相逢,过于沉重了吧,所以在回忆北京生活时,他念念不忘的却是学人中的意味。晚年在台北写的《记"文物维护会"与"圆台印社"》,已看不到一点《地之子》《建塔者》那样的清寂,反而充满了京派文人的肃穆与古朴,其中有云:

> 会偶有闲散的时候,听老辈聊天,也很有趣。援庵师深刻风趣;兼士师爽朗激昂;叔平师从容不迫若有"齐气";半农先生快人快马,口无遮拦;森玉先生气象冲和,喜说掌故;养庵先生白皙疏髯,擅书画,水竹村人时代,做过高官,是北京文化绅士。一天大家谈到汉魏石经残石,北京的收藏者有好几家,慕陵听了,大感兴趣,自告奋勇,醵资集拓,以供研究者的方便。叔平、森玉两先生既有藏石,更支持慕陵的提议。北大研究所国学门藏的一块最大的随时可借拓外,其他各收藏者皆由叔平、森玉两先生介绍,慕陵登门借拓,拓工则是北京的名手。这一工作看来简单,其实不然,北京城之大,收藏古物者多,哪几家有石经残石,没有同好者是不易知道的。

上述文字简直不像出自未名社人之手,分明有点士大夫遗绪。韦素园死后,这个团体就真正解体,大家的心境实在也因环境的变化而变化了。

晚年的台静农居于中国台湾，和大陆的友人渐渐隔膜了。后来偶与天津的李霁野通信，发了一些生命的感慨。奇怪的是他与李何林却往来不多，音信亦稀，或许是无兴趣于革命文学吧。在他与李霁野的友情里，倒反证出彼此的相通。安于学院派的生活，浸于纯然的学理与趣味，可以消解生命的悲凉。由苦闷的青年而教授而隐士，恰是鲁迅不喜欢的。中国大多数的学人走的却多是这样的道路。不是说生命是一个圈吗？大家无奈地进入了这个圈子。未名社后来的解体，让鲁迅颇为悲哀。他本来不欲看到的结局，不幸在自己信任过的友人那里发生了。能怨谁呢？

6

自韦素园病重后，未名社实际就已经瘫痪了。直接导致其解体的，是韦素园的弟弟韦丛芜。

韦丛芜在几个人中是较活跃的，以诗著名。他与韦素园、张目寒、台静农、李霁野是同班同学。来到北京后，韦丛芜先是与李霁野在崇实中学读书，后入燕京大学。他的学生生活挺浪漫，喜欢写诗，不久便因在《莽原》上发表长诗《君山》而声名鹊起。未名社的青年中，他是最敢袒露情怀的人，作品不遮不掩，有一股热力。大约在 1926 年，他患上了肺病，开始大口吐血，和韦素园一同住在病院里。这一病对其打击很大，作品日趋暗淡，看他的译文和创作，深染灰色，才情与智性均高，是有潜力的。鲁迅读过他的作品，也持一种肯定的态度。不料后来的情况，出于众人意料,李霁野渐渐与其疏远,鲁迅也开始鄙视他了。

本来,按韦丛芜的水平,可以在文学上很有一番造诣的。译著《穷人》《罪与罚》《格里佛游记》(现通译为《格列佛游记》),都是难译的,他却有特点地完成了,实属不易。兴趣也较广泛,美国的惠特曼、英国的华兹华斯都引起了他的注意,有一些地方他理解得不浅。在那样一个视野下,加之经历了种种苦,体会就不同寻常了。和哥哥韦素园一样,他心底有着苦楚的东西,并不朗然。在一些诗中,大概也能读出他绝望孤苦的一面。他的《君山》是新诗史上一部较有特点的长诗,作者的敏感、多疑、忧伤均集于一身,多荡气回肠的地方。在一些场景上不禁让人想起郁达夫的作品:悲苦,压抑,黑暗。且看他的倾诉:

> 我低头默默地徘徊,
> 脚下步步印着我的悲哀。
> 我重创了的灵魂呵,
> 我正在这里将你掩埋。
> …………
> 我埋头在悲哀的古堡,
> 死守着这记忆的残灯;
> 残灯常要被忘却吹灭,
> 但是一闪呵又复光明。

在患了肺病之后,他的文字越发幽苦,好像也染上了安德烈耶夫的黑色。有一段时间,韦丛芜住在西山上,静静地养着病。在山上写的那一组随笔《西山随笔》，可以看出他彼时的心境。他用冷寂的语句，谱出了冰冷的心曲。枯燥的生活有什么可寄托的呢，于是选择了西洋人的诗作为消遣，借以消磨他的生命。那一组文章也让人想起周作人来，周氏也曾在西山养过些日子重病，吐出的也是真言，有时不妨也自恋地吟哦着躯体的疼痛，聊以度过漫漫时光。韦丛芜不同于周作人的是，在那样清寂的环境，还念念不忘抒情诗的写作，越发喜欢走唯美主义的路。看他对英国诗人华兹华斯的推崇，当觉得是可以走出一条特别的文学之路的。比如他说华兹华斯身体那么软弱，却沉思着人类深切的思想，庄重的贤哲的情感可以俘虏成千上万的人。韦丛芜自然属于其中的一位。可叹的是，本来有很大潜力的他，或许因为病或别的什么诱惑而终止了写作的路，后来滑向噩梦的一边，自己把自己毁掉了。

韦丛芜的变化首先是经费紧缺引起的。大概是 1929 年吧，他开始不断向未名社借款。到了 1931 年，社里已经亏空，欠鲁迅三千余元，曹靖华一千余元，李霁野八百余元。李霁野在《别具风格的未名社售书处》中回忆道：

其实，韦丛芜和我们在思想上已经发生严重分歧。他的生活方式为我们所不满，他的经济上的需要，未名社无力充分满足，因此常常发生一些不愉快的事。他要接手"整顿"未名社，我没有坚持原则加以拒绝；他不让我们写信给鲁迅先生和靖华，我错误地认为写信徒使他们伤心，不如不写；何林把实际情况略告素园，我本不知情，他却说我用危害病人生命的手段对付他。我只好默默离开。这是未名社解体的真正原因。1930 年 9 月,经何林和另外一个朋友介绍,我到天津河北女子师范学院教书,实际上脱离了未名社。我退让了,对未名社未尽完应尽的责任。

除了经济上的原因导致了内讧外,韦丛芜的为人方式也引起了诸人的不快。台静农晚年说韦丛芜在恋爱观上与人不同,有一些随便。这是道德上的事,见仁见智。可叹的是,韦丛芜后来去做了县长,迷于仕途,文人气就渐渐少了。鲁迅在 1933 年 6 月 28 日寄台静农的信说:

> 立人先生(即韦丛芜——引者注)大作,曾以一册见惠,读之既哀其梦梦,又觉其凄凄。昔之诗人,本为梦者,今谈世事,遂如狂醒;诗人原宜热衷,然神驰宦海,则溺矣,立人已无可救,意者素园若在,或不至于此,然亦难言也。

鲁迅从惋惜到厌恶,可以看出其对青年人的绝望。寄寓梦想的一代,却以怪态入世,那与诗人的真梦就远了。我读过韦丛芜二十世纪五十年代初的一篇文章,文中他坦然地承认了过失,也是有勇气的。暮岁悟道,其景愈凄。人的过错要挽回,已经晚了。

寻路者

《语丝》内外

1

旧报刊里的故事，有着国民的心史。因为编者的趣味，儒士之风也进入了其中。据说中国最早的报《邸报》，后演变为"小报"和"小钞"。那时的报刊乃宫廷之属，谈不上什么精神见解。明末出现了《京报》，民间参与了经营，情形就有了变化，但仍无读书人独立的空间。只是到了晚清，传教士跑来，"新闻"传媒才有了市场，渐渐演化为知识群落的舞台。近代文人，凡有作为者，多少与报刊有关，有的甚至终身为报人，功德是无量的。康有为之于《知新报》，唐才常之于《湘学新报》，严复之于《国闻报》，梁启超之于《时务报》，都是人所共知的，近代文化的核心东西，与之都有不解的因缘。等到民国以降，报刊的力量已像奔腾的江水，浩荡无阻，驰骋天下了。

知识阶层一进入传媒，忘不了的是道德使命，文章免不了说教与感言。我有时翻看《河南》《浙江潮》，感慨于其间的载道之气，有些力作今人也要叹服的。到了民国之后，商人利益进来，沿海城市的小报林立，市民的俗气飘动，遂多了一些铜臭气。上海滩上一些无聊媒体后来受到左翼文人的抨击，想来是自然的。

高贵的说理与低级的趣闻，恰恰是社会的写真，无论是前者还是后者，都显得无趣和缺乏智性。《甲寅》《新青年》问世后，情形发生了变化，儒生的酸腐气和无聊气总算减弱了。但中国的知识人，每每还沉浸于说教的冲动，心性被什么抑制着。即使像陈独秀、胡适这样的人，在心性的自由创作度上，都是缺少想象和高妙的智慧的。文人也者，一旦陷入道德说理与是非之争，而鲜有幽默与反讽，以及大的悲欣，那么无论言辞如何新，终究育不出精神的新苗。或许我们在这个角度上，才能理解为什么"五四"落潮后，中国出现了《语丝》周刊。鲁迅、周作人那一些人，其实是在暗自走一条自己的路。

钱玄同的藏书里，有着完整的《语丝》原刊，这些都存在我的办公室旁。我有时翻阅那些脆黄的纸张，见其间的文字，每每有着神往之情。我们现在哪里还能够看到类似的杂志呢？学识、情调、散淡和自由之风，将汉语的书写的无限可能性，都昭示了出来。只是到了《语丝》诞生，中国文坛才有了鲁迅所云"无所顾忌、任意而谈"的新锐之气。那是一种好玩的、有趣的和知识多样的刊物，话题与文风都不同于以往的报刊。像沉闷的天地间的一道闪电，给人以惊异的冲击。呆板的唯道德化的絮语，终于在此终结了。

《语丝》诞生于 1924 年年底。周作人在那年 11 月 2 日的日记写道：

> 下午往访适之，又至开成北号楼，同玄同、伏园、小峰、矛尘、绍原、颉刚诸人，议刊小周刊事，定名曰《语丝》，大约十七日出板，晚八时散。

从《语丝》后来的发展看，周氏兄弟是其中的主力，所发文章很多。周刊的文章都不长,然而活泼洒脱,属于好玩的那一种。有的幽默笔触让人发笑。该刊的诞生,与那时文坛的分化有关。按鲁迅学生李小峰的解释,是周氏兄弟与孙伏园受到了当局和无聊文人的排挤,遂另起炉灶办起来的。川岛先生回忆这个刊物时,写了这样一段话:

《语丝》创刊,比同时期在北平出版的《现代评论》和《猛进》两个周刊早些,(《语丝》)第一期是在一九二四年十一月十七日出版的,是周刊,每星期一出版。开始是一张八页十六开报纸的小型定期刊物,后来,过了一年多改成三十二开十六页的装订本。起初,只是在北京大学第一院新潮社做《语丝》的一个编辑、校对、发行的地方,并没有社址的,等次年北新书局成立,才由北新书局发行。于《语丝》出版前,曾有一张由孙伏园写的红字白纸约莫四开报纸大小的广告,后来也曾经在《语丝》第三期的中缝登过,说明"本刊由周作人、钱玄同、江绍原、林语堂、鲁迅、川岛、斐君女士、王品青、衣萍、曙天女士、孙伏园、李小峰、淦女士、顾颉刚、春台、林兰女士等长期撰稿"。也只不过"长期撰稿"而已,这十六个人并不气类完全相同的;而且这十六个人中也有自始至终从不撰稿的人,比如李小峰,并没有在《语丝》上发表过什么文章或译品,孙伏园自始至终也不过写了三篇,然而这两个人都与《语丝》有深厚的关系。

《语丝》的分量,我以为是超常的。不论从哪个角度上讲,都是卓异的存在。《新青年》那里的文章，只要有眼光和胆量，就可为之。而《语丝》不然，它通篇是自由的喷吐，有高智慧的散发，情趣与境界，都深掩着个性的创造潜能。鲁迅的幽深苛刻，周作人的雅致从容，江绍原的执着和朗然，钱玄同的奇气，都不同于以往的文本。随随便便，任情为之，又不失慈悲之心，在当时而言，确如一缕新风，从文坛荡开去，知识分子在学问之外，还能以如此洒脱之笔，道古往今来，叙人间得失，那就将古板的文坛，变得活泼和生动了。

2

从那个时代过来的人，大凡读过该刊，印象深的是其间的驳杂、幽默和不正经。《语丝》的作者都不那么正襟危坐。鲁迅冷峻而多反讽，周作人随随便便，顾颉刚专和古人作对，写一些骇俗的文章。而江绍原的题目似乎俗调多多，内容却是卓异的。那一群人没有什么教授架子，骂人、讽世、闹怪，均有六朝之风。和现代评论派不同，周氏兄弟多游戏之笔，钱玄同、刘半农等又带有名士之风。《语丝》创刊前后，北京的政治气候与学界气候渐渐变坏。文人中有的沦为政客，有的摆起教授名流的架子。鲁迅等人，便聚在一起，发几句冷言冷语，调侃着周围的世界。《语丝》的发刊词，出自周作人之手，文章云：

> 我们几个发起这个周刊，并没有什么野心和奢望。我们只觉得现在中国的生活太是枯燥，思想界太是沉闷，感

到一种不愉快,想说几句话,所以创刊这张小报,作自由发表的地方。我们并不期望这于中国的生活或思想上会有什么影响,不过姑且发表自己所要说的话,聊以消遣罢了。

我们并没有什么主义要宣传,对于政治经济问题也没有什么兴趣,我们所想做的只是想冲破一点中国的生活和思想界的昏浊停滞的空气。我们个人的思想尽自不同,但对于一切专断与卑劣之反抗则没有差异。我们这个周刊的主张是提倡自由思想,独立判断,和美的生活。我们的力量弱小,或者不能有什么着实的表现,但我们总是向着这一方面努力。

发刊词能否代表撰稿人的普遍意见,不得而知,但这周刊与社会捣乱的用意是一下子能看出来的。周氏兄弟善于用曲笔,正话反说,或庄谐杂出,风格全然不同于正人君子之流。有时不妨说亦有"刀笔吏"之风,骂人骂得痛快。"女师大事件"、"三一八"事件、"李大钊之死"事件,《语丝》上都有强烈的反应。它也并非像周作人所说的那么有"消遣"的意味。此外还能读到废名的怪味文章,林语堂的书卷气短章,连沈从文的漂亮作品也偶可看到,真是郁郁乎文哉了。

《语丝》初创时,没有多少经费,发行量亦少。川岛回忆说,起初的印刷费是由周氏兄弟、孙伏园和他自己分担的。因为文章均出于名家之手,无故作高雅之态,均是评古论今之作,很快吸引了读者,第一期再版了七次,印行了一万五千份。川岛和孙伏园四处推销,不久就有了资金,可以继续下去了。

读者喜欢《语丝》，我以为是学识、见识、趣味占了上风，并非都是隐逸之作。山林文学的影子是有的，而在我看来，讥世讽时的情怀，是打动读者的主要原因。《语丝》里的文章不一味迁就读者，有的在叙述上具有冒犯性，与传统的阅读习惯是相反的。比如鲁迅的那些散文诗，文法与语调全然不同于古今文人，通篇是玄奥惨烈而又幽深的气息。钱玄同好放奇谈，讲起话来亦多皮里阳秋之态。这些都让一些读者感到新奇而又困惑。有一个叫伯亮的先生来信，说《语丝》滑稽的成分过多，担心它变成低俗的读物。伯亮的坦率让人感动，但却误读了诸君的文章。周作人就在回信里感叹，意思是，中国人被驯化得过于诚实，不能理解隐曲多义的文章。在周氏看来，过于正经的作品，只能培养迁腐的读者，思想是往往产生于不正经之中的。布道说理，只会产生无趣，所以不是滑稽太多，而是过少。从这个主张里能看出那几个人的心绪：嬉笑怒骂、天马行空地往来于世间，是打破沉寂生活的一种可能吧。

鲁迅在《语丝》里写得真是高妙奇异，为学林中的翘楚。他的文章几乎没有重复的，每一篇结构都十分特别，有着新奇之处。刺世的有刺世的火辣，诘己的有诘己的冷酷。那时他已与周作人分道了，然而为文的观点却多有相近的地方。由于结怨已深，《语丝》的聚会，鲁迅都不曾参加，失去了和友人饮茶谈天的机会。除了工作，独处的时候多。而周作人那里却高朋满座，显得热闹。这种生活状态，也使二人的文章风格有了不同之处。鲁迅的文章多暗淡肃杀之调，周作人却平静深切得很。二人的分野，构成杂志的两种色调，也将版面的反差变大了。受到周氏兄弟的影响,一些青年人也围聚了过来,许多人的名篇问世于此。郁达夫曾谈到二人的作用,尤其讲了鲁迅的一些好话,当是十分可信的。那篇名叫《回忆鲁迅》的文章写道:

> 孙伏园氏在晨报社,为了鲁迅的一篇挖苦人的恋爱的诗,与刘勉己氏闹翻了脸。鲁迅的学生李小峰就与伏园联合起来,出了《语丝》。投稿者除了上述诸位之外,还有林语堂氏,在国外的刘半农氏,以及徐旭生氏等。但是周氏兄弟,却是《语丝》的中心。而每次语丝社中人叙会吃饭的时候,鲁迅总不出席,因为不愿与周作人氏遇到的缘故。因此,在这一两年中,鲁迅在社交界,始终没有露一露脸。无论什么人请客,他总不肯出席;他自己哩,除了和一二人去小吃之外,也绝对的不大规模(或正式)的请客。这脾气,直到他去厦门大学以后,才稍稍改变了些。

> 鲁迅的对于后进的提拔,可以说是无微不至。《语丝》发刊以后,有些新人的稿子,差不多都是鲁迅推荐的。他对于高长虹他们的一集团,对于沉钟社的几位,对于未名社的诸子,都一例地在为说项。就是对于沈从文氏,虽则已有人在孙伏园去后的《晨报副刊》上在替吹嘘了,他也时时提到,唯恐诸编辑的埋没了他。还有当时在北大念书的王品青氏,也是他所属望的青年之一。

郁达夫的话,似乎可以这样理解:表面上周作人是《语丝》的领袖,实则是鲁迅在做默默无闻的工作。几年之后,当鲁迅离开北京,在上海定居的时候,他很深情地回忆了《语丝》和自己的关系。实在说来,鲁迅对这个阵地所付出的心血,也是别人所不及的。

3

鲁迅与周作人闹翻后,也波及了周围的友人。他们共同的熟人只好与周氏兄弟分别交往,八道湾时代的热闹气渐渐分成了两部分。鲁迅身边的人少一些,周作人寓所的人多一点。像孙伏园、川岛、李小峰都是单独与周氏兄弟见面,不想得罪于任一方。他们都欣赏二位的才学,对其有较深的情谊。至于周家内部的矛盾,外人不好道及,彼此绕开这一话题,好像什么也未发生一般。

《语丝》创刊前后,正是鲁迅内心最为焦虑苦楚的时期,那些心绪都写到《野草》里去了。他那时的孤独,达到了前所未有的地步,好似每日都细嚼着黄连。他不像周作人那样表面随和,谈不来的,就拒绝交往。其实也不是自恋之心过强,以为自己是如何了不起的人物。他喜欢寂寞,又憎恶寂寞,偶然也有结交新友的冲动。能够和他深交的人,其实并不很多。你看与孙伏园、李小峰、川岛等人的通信,话题点到为止,并不怎么深。这几个人也并非能够理解自己,而他又无与之分手的意愿。鲁迅比周作人不幸的是,可与之对谈的挚友过少。他有时也厌恶自己,内心处于极度痛苦的状态。《语丝》里的许多文章,都留有这些痕迹,一方面是对世间发出冷峻的声音,另一方面也在咬着自己的肉。如此的苦刑,大约并不能为周围的人所认可。

在致李秉中的信里,他谈到了交友之道,以及对别人和己身的态度:

> 其实我何尝坦白?我已经能够细嚼黄连而不皱眉了。我很憎恶我自己,因为有若干人,或则愿我有钱,有名,有势,或则愿我陨灭,死亡,而我偏偏无钱无名无势,又不灭不亡,对于各方面,都无以报答盛意,年纪已经如此,恐将遂以如此终。我也常常想到自杀,也常想杀人,然而都不实行,我大约不是一个勇士。现在仍然只好对于愿我得意的便拉几个钱来给他看,对于愿我灭亡的避开些,以免他再费机谋。我不大愿意使人失望,所以对于爱人和仇人,都愿意有以骗人,亦即所以慰之,然而仍然各处都弄不好。
>
> 我自己觉得我的灵魂里有毒气和鬼气,我极憎恶他,想除去他,而不能。我虽然竭力遮蔽着,总还恐怕传染给别人,我之所以对于和我往来较多的人有时不免觉到悲哀者以此。

鲁迅的这一封信,让李秉中失眠了。信中的坦率和黑暗感或许震惊了这位青年,使之觉出从未有过的冲击。然而,查看这一时期周作人的往来书信,凄苦之味只是淡淡的,文字中常有谈古论今的欣然。周作人在对社会与历史的看法上与其兄差别不大,《语丝》里抨击时政的杂感多有相近的观点。然而学者味很浓,根底上是读书人的传统,士大夫的情调略见一二的。《语丝》上发表的文章,讲学问的与常识的多,像博学之士的谈天,常常冒出惊人之语。创刊号上的那篇《生活之艺术》,以及后来写下的《狗抓地毯》《论女裤》《死之默想》《我们的敌人》《喝茶》《托尔斯泰的事情》《谈目连戏》等,都精妙深切,有着他人没有的智性。周作人是《语丝》里真正做到无所不谈的人,话题多是不正规的小道,其洋洋洒洒之态,一时震动文坛。不过有时也多是外在的东西,是明理达情之文,没有鲁迅那样的维度。在鲁迅的文字里,学问和本我的体验是交织在一起的。《语丝》上他有多篇文章带有玄学意味与自我拷问的倾向,其中没有引经据典的慢条斯理。与周作人不同,鲁迅跳出了学究的语境,创造出了一个奇异的精神空间。那里很像尼采式的独语,又有一点陀思妥耶夫斯基的神经质,这些富有挑战性的文字超越了人的感受极限,在一个虚无与灰色的天地间,组成了绝妙的音响。鲁迅的这个天才的跨度很快引起了读者的注意。那时还是青年学生的北大人顾随,就在周氏兄弟不同风格的文体里,发现了新的精神大陆。顾随后来在日记和书信里,讲到了对周氏兄弟的感受。他虽敬佩周作人,却更追崇鲁迅。《语丝》里最让他动情的文字,是非鲁迅莫属的。然而鲁迅却是寂寞的。

北京的许多学人那时都喜欢跑到周作人宅里聊天,可谓友朋如云。《语丝》召开的会议有时在八道湾寓所,周作人成了核心人物。读者的来信与作者稿件,也纷纷飞入周作人手中,在外人看来,他是实际上的主编。一向不谙编务的他,在编刊时也不得不做一些琐碎的事务。改稿、写按语、安排选题等等,看样子也是占据了许多精力的。周氏兄弟不同的趣味走向和相近的价值态度,决定了《语丝》的多样化。从上面的格调看来,走鲁迅的路者,非常稀少。而暗仿周作人者却很多,许多青年染上了周作人的风格,讲一点学识,谈一点趣味,发一点牢骚。俞平伯、废名、林语堂、刘半农等,都罩在苦雨斋的影子下,而像鲁迅那样在绝望中挣扎的语体,是少而又少的。

4

周氏兄弟之外,《语丝》的高手还有几位,废名是其中的一位。

废名原名冯文炳,湖北黄梅县人。1922年考入北大预科,1924年进入北大英文系。虽学的是英文,而对汉语颇为敏感。入北大以前,他就喜欢上了周作人,后来遂成了周作人的学生,关系一直很密。他最早在《语丝》上写文章是1925年初,多是些随感、诗、通信等。《语丝》火热的时候,也正是他与周氏兄弟交往较多的时候。鲁迅、周作人日记多次记有废名来访的情况。在这位初入大学的学生眼里,周氏兄弟的学问和文章,是别人所不及的。《语丝》里出现的废名的短章,明显受到了老师的影响,只是过于晦涩,不像鲁迅、周作人的作品那样酣畅罢了。

废名学习英文和外国文学,却未受到洋八股的影响,文字追随着六朝之人,我想是周氏兄弟文体的影响使然的。在鲁迅与周作人之间,他更喜欢后者,但前者的个性精神与怀疑意识,他是颇为感动的。在一篇评论《呐喊》的文章里,他有着新奇的感受,每个人物,几乎都深化在他的脑子里,欣赏、赞佩的语句是多的。不过鲁迅的那些句子，常人难以学来，倒是周作人的冲淡之笔，让人有温暖之感。所以废名在《语丝》上的文章，仿佛是跟随老师学徒时的练笔，蹒跚地走几步，摇摇晃晃之间，也透出真气，古奥与深切的东西都有了。看他的那几篇《无题》，都清瘦冷峻得很，有的笔锋亦多峭丽，渗透着寒气，像从幽谷里走出的道人，飘飘欲仙，神态超凡。《语丝》因为有了这样的作者加入，品位上就更为不凡了。

我总以为在文体的因缘上，他的气质更易和鲁迅接近。但因为性格里儒生的气质过浓，他反而和周作人靠得很紧了。鲁迅内心的惨烈和孤傲，也吓走了一些青年。因而废名只是远远地看着，要贴近鲁迅，谈何容易？1927 年 4 月，他在《语丝》上发表了《忘记了的日记》，谈到了鲁迅先生：

> 我近来本不打算出去，出去也只随便到什么游玩的地方玩玩。昨天读了《语丝》八十七期鲁迅的《马上支日记》，实在觉得他笑得苦。尤其使我苦而痛的，我日来所写的都是太平天下的故事，而他玩笑似的赤着脚在这荆棘道上踏。又莫明其妙的这样想：倘若他枪毙了，我一定去看护他的尸首而枪毙。于是乎想到他那里去玩玩，又怕他在睡觉，我去耽误他，转念到八道湾。

自鲁迅离京之后，废名几乎和鲁迅失去了联系，完全成了周作人的座上客。他到八道湾之频，不亚于钱玄同等人。那时周作人旁边的人，是对鲁迅多有微词的。废名或许也受了影响，文章中常见讥刺鲁迅的地方。在上海的鲁迅，知道了这些，也有一些愤愤然，以为是周作人的走狗。《语丝》看似一片净土，实则也有着诸多的紧张的。

废名的远鲁迅与近周作人，有诸多值得一思的地方。鲁迅的冷峻和惨烈的文风与他的性情太远是一个因素。周作人与人相处比鲁迅要儒雅，加之书香味浓，很易引人。废名和周作人都不善于人际交往，对世风只有态度而无眼光，唯谈乡俗与古物，及域外文明殊有兴致，故彼此心心相印之时过多。看废名的作品多是远离热闹的山林古道，旧事远梦，与他的老师周作人有什么地方颇为相似。他在《语丝》上刊出的短文都安静而怪异，写祠堂、城墙、天灯，都罩着一种幽玄之气，文笔神异。作者不忍写血气的东西，反而神往于静谧的天地。他笔下的情境都像被什么过滤了一遍，杂质的东西甚少，像一个老僧冷冷地打量着世界，暗淡里有悲悯的东西。周作人在文章里喜谈古希腊与日本文明，那其中就有超功利的东西。其中的宁静与古远，大概也吸引了废名。废名文章中偶尔也暗袭周氏遗绪，在氛围上有重合的地方。我读废名的文字觉得清瘦而秀雅，毫无士大夫的痕迹。虽常写草木村落，小桥流水，却不落入俗套，有仙风道风，跨俗于世。他善于独语，心绪缠着乡愁，而调子却一反古人的沉郁，有时让人想起法国米勒诸人的绘画，寂寞的天地间有着无边的爱。周作人的散文中偶能看到类似的意象，而废名却将此放大，从周作人出发，又高于周作人，实在不易。《语丝》有了他的加入，就多了新奇的东西，周作人一派的力量大增，林语堂、顾颉刚、江绍原等受到周作人的影响都比鲁迅要多。

说起周作人何以比鲁迅那么易让人接受,废名后来有过交代,不妨作为一个注解。他这样写道:

> 鲁迅先生与岂明先生重要的不同之点,我以为也正就在一个历史的态度。鲁迅先生有他的明智,但还是感情的成分多,有时还流于意气,好比他曾极端的痛恨"东方文明",甚至于叫人不要读中国书,即此一点已不免是中国人的脾气,他未曾整个的去观察文明,他对于西方的希腊似鲜有所得,同时对于中国古代思想家也缺少理解,其与提倡东方文化者固同为理想派。岂明先生讲欧洲文明必溯到希腊去,对于希伯来、日本、印度、中国的儒家与老庄,都能以艺术的态度去理解它,其融汇贯通之处见于文章,明智的读者谅必多所会心。鲁迅先生因为感情的成分多,所以在攻击礼教方面写了《狂人日记》,近于诗人的抒情;岂明先生的提倡净观,结果自然的归入于社会人类学的探讨而沉默。鲁迅先生的小说差不多都是目及辛亥革命因而对于民族深有所感,干脆的说他是不相信群众的,结果却好像与群众为一伙,我有一位朋友曾经说道:"鲁迅本他来是一个 cynic(犬儒),结果何以归入多数党呢?"这句戏言,却很耐人寻思。这个原因我以为就是感情最能障蔽真理。而诚实又唯有知识。(《周作人散文钞·序》)

我们读这一段话,至少可以明白如下的看法:废名的赞扬周作人,一是有"净观"的态度,二是有渊博的学问。这两点对青年废名而言,正是心仪之所。我们不能说废名不对,但亦应看到明显的缺失。只从纯然的书斋视角打量万物,固然不失佳态。但对于中国这样古老的王国, 没有冲荡的气韵和大爱大悲之勇气,是难以冲破苦难的罗网的。实际的情况是,《语丝》里的文章,鲁迅的受众面要多于周作人。后者限于知识群落的喜爱,鲁迅的文章则青年学子、社会青年均能接受,且崇拜者甚多。以气夺人,以情动人,以境洗人,这不仅周作人难以做到,废名也难以企及吧。

5

较之于废名,俞平伯和周氏兄弟的关系也耐人寻味。

俞平伯生于 1900 年,是俞樾的曾孙。1915 年秋考入北京大学文科国文门。北大的名师多多,黄侃、胡适、刘半农、朱希祖、刘师培、陈独秀等都颇有声望,对俞平伯均有影响。从家学与个人气质上讲,俞氏应与复古派的人物亲和,是旧派的一族,但受新潮影响,竟和《新青年》中人关系密切。他的性格和爱好都适合于做考据一类的工作,文章也有明清士大夫的意味。他明明可以在古书里久久浸泡,走曾祖父那样的路,但新文化运动来了,他的精神便有了变化,被胡适那些人感动。1919 年《新潮》月刊创刊,俞平伯成了其中的撰稿人。

他的文章特点是,喜欢鉴赏,弱于思辨,和陈独秀那类文体较为隔膜,倒是周氏兄弟的短文令其感动,有的文字是受到周氏兄弟二人的启发而喷吐出来的。1918 年鲁迅在《新青年》上发表《我之节烈观》，炽烈的气韵打动了俞平伯，他有感而发，在《新潮》上刊出《我的道德谈》，叙述语态也不自觉地染有鲁迅气息。俞平伯那时还是个青年，文体虽然幼稚，却深含儒雅之气，不久便被鲁迅注意到。多年后鲁迅编选《中国新文学大系·小说二集》时，还选了俞平伯的《花匠》，对这个昔日友人怀着一种期待。俞氏曾听过鲁迅的课，《中国小说史略》的细节和逻辑方式，给他的震动不小。1923年8月，那时鲁迅与周作人已经分手了，俞氏并不知道内幕。那个月初在致周作人的信中他谈到下半年拟在上海大学教中国小说，希望周作人能借来鲁迅的《中国小说史略》讲义以做参考。自然未能如愿，俞氏便只好亲自到鲁迅那里取来。他对周氏兄弟一向敬重，以为其学问是高深的。在周氏兄弟之间，他更亲近周作人，在什么地方有相通之处。比如喜谈古书，爱看旧物，疏于创作而沉浸于书话之中。俞氏周围有许多博学之士，但他最觉渊博可亲者是周作人先生。在和钱玄同、废名、江绍原等人的交谈里，他常掩饰不住仰慕周作人之情，在他一生中，是少有的情形。周作人对俞平伯的亲近，也是少见的。看两人的通信，既是师生，也像兄弟，可谓相通者多。《语丝》创刊伊始，周作人就致信俞平伯，拉其入伙。在周作人眼里，有俞平伯这样的人加入，刊物是多一些生气的。

俞平伯在创作上的天赋并不很高，文章沉闷的地方多。他的作品深染书卷气，像是被什么绊住了脚，不能洒脱地前行。对古典的掌故和文史脉络殊有情趣，然而灵动不够，拘泥于版本目录之学，智者之思较弱，上不及周氏兄弟，下无废名那样的幽深清峻，在格调上显得平平。他在"五四"之后名气渐大，和汇入周作人门下有很大关系。新文化运动初期,他写过不少的新诗,给人较深的印象。加之一些著作由周作人作序,也得以流行。翻阅他在《语丝》上的文章,调子都很单纯。既无鲁迅的黑暗感,也无周作人的明亮。因为稚气而率真,赢得了读者的目光。俞平伯外表上给人旧式文人的样子,但他的诗却大胆得很,细腻中多缠绵之音。他在《语丝》上发表的第一篇作品竟是情诗,在韵律上有一点《玉台新咏》之气,儿女间的美意写得较为浓艳。但他的随笔,尤其是关于时政的短文,则金刚怒目,言他人所不言,叛逆的火气含于其中,看法又不无新意。《语丝》曾刊有他的《文训》《雪耻与御侮》《质西谛君》,见解常常在庸儒之上,说不定受到周氏兄弟的影响,旧文人气反而淡了许多。看他那时的文章,对文化上的反省是自觉的,没有民族主义的狭隘的调子。比如抵制洋货,在那时成为风气,他却随苦雨斋主人一道,警觉民粹意识的滋长,希望国人从练内功入手,脱胎换骨。1925 年,他在《语丝》上与郑振铎有过一场争论,题目是如何对待排日的问题。俞氏强调从自我反省开始,不是一味地喊反抗的口号;郑氏则以为,人被压迫时,其首在反抗,聊自解嘲的方式存有问题。这个争论看似小话题,实则是后来左翼文人与苦雨斋诸君分歧的所在,也是鲁迅与周作人走向深层对立的前奏之一。俞平伯的看法不无深刻的地方,但也显得过于简单,未从更深的角度开掘。这个争执到了二十世纪三十年代后,才越发地引起了广泛的注意。

但俞平伯实在不是好的新诗人和时评家,他的特长在考据与诗词鉴赏上。那本关于《红楼梦》考辨的书,写得实在精彩,从文本的细读里深解历史，逻辑方式与语言表述均有奇处，一时被世人称道。鲁迅写《中国小说史略》，也用过他的材料，至于胡适、顾颉刚对其亦多誉词。俞平伯一生著述多多，我的看法是，他在"红学"上的进步，非常人可比，将文学研究的方法古今结合了。既谙熟于版本与史料，又有现代人的目光，非儒林间迂腐之论。文字又光润古朴，如潺潺流水，读之爽心悦目。鲁迅与周作人喜欢他，是否因了其"红学"上的见识，也未可知。但这个忠厚老实又无伪态的青年给众人带来了愉悦，是毫无疑问的。

6

翻阅《语丝》旧刊，有时能读到一些川岛的文章，在趣味和话题上，也很受周氏兄弟影响，语体风格安全地罩在两位长辈的影子下。川岛本名章廷谦，字矛尘，1901年生于浙江绍兴。1919年入北京大学读书，不久与周氏兄弟成为熟人，关系甚密。《语丝》创刊号，就有他的文章，是该刊的核心人物之一。鲁迅在《我和〈语丝〉的始终》一文中提到了川岛在创刊时的表现，说他虽是乳毛还未褪尽的青年，但在印刷、兜售上的努力，却让自己有些惭愧，因为繁杂的工作都让川岛这些人去做了。

川岛在鲁迅的眼里是个"捣乱小孩"。他身上有些绍兴人的特点，柔和与刚硬兼得，没有"正人君子"之流的毛病。鲁迅称其为"一撮毛"，大概看出了内心的稚气，是"好玩"的那一类人。鲁迅和友人谈起川岛时，以外号称之，可看出亲密的程度。比如1923年10月24日致孙伏园的信云：

昨函谓一撮毛君及其夫人拟见访，甚感甚感。但记得我已曾将定例声明，即一者不再与新认识的人往还，二者不再与陌生人认识。我与一撮毛君认识大约已在四五年前，其时不在真正"章小人 nin"时代，当然不能算新，则倘蒙枉顾，自然决不能稍说魇话。然于其夫人则确系陌生，见之即与定例第二项违反，所以深望代为辞谢，至托至托。

不久之后，鲁迅的《中国小说史略》上册出版，川岛正在热恋之中，鲁迅在所赠的书本上写道：

请你
从"情人的拥抱里"，
暂时汇出一只手来，
接受这干燥无味的
《中国小说史略》。
我所敬爱的
一撮毛哥哥呀！
鲁迅二三、十二、十三

开玩笑、说"黑话"、反正经，是周氏兄弟与川岛间常有的事。彼此的恶作剧也尽入笔墨之中。川岛在《语丝》上发表的文章不少，有的系小说创作。不过他的作品特点不强，仿佛还在学步之中。在意念的方面，学习鲁迅，而情调上则模仿周作人。由于天机尚浅,文章一直平平,未及废名、江绍原、俞平伯等人有味儿。他的小说基本不太成形,词句上暗袭鲁迅的《呐喊》,个别的地方偶见神采,凄苦的地方很多。而随笔则明显带有苦雨斋的风格,走清淡之路,不以正经为怀。他写滑稽的文章倒显出特色来,是心性的流露,比如《"又上了胡适之的当"》《狗尾巴》《爱国》等,有一点鲁迅和钱玄同的风骨,在戏仿与嘲弄中见出用意。川岛的文字很少别出心裁,大多受到别人的暗示而为之。说起来既是鲁迅党,也系周作人的心腹。这在《语丝》中是很少有的现象。他喜欢鲁迅的幽默和智慧,见到《语丝》上的那篇《说胡须》,为鲁迅的妙文而叫绝,于是有意戏仿,但毕竟浅俗,不得追上。《语丝》上发表过他关于绍兴风俗的文字,写江南水景津津有味,那显然是周氏兄弟与江绍原影响所致,是想从故土的风情里寻几分人间的美意吧?川岛对周氏兄弟的追随,真是达到了亲密无间的地步。看他和二人的通信往来,彼此相知之深,已非外人可道。

川岛文体上的滑稽,给《语丝》带来了诸多趣味。和周作人的通信,与江绍原贫嘴的长文,都留下了笑意。那时的同人是反对绅士气与教授气的,故行文多诙谐之处,以旁敲侧击、嬉笑怒骂而自得其乐。周作人那时有一席话,可以概括那些人的心情,大意是,《语丝》是我们这一班多少有点"学匪"脾气的人所办的,大家的态度是非学者和非绅士的,但诸人的滑稽放诞里却有道学家所没有的端庄。这一句话深含用意,可说是众人文章的注解。川岛是那里面喜欢做鬼脸的人,有时像顽童般与人开开玩笑。在对现代评论派进行反击的时候,也说了许多锋利的话,教授腔与名人气是没有的。鲁迅后来和他走得很近,与他的率真气是大有关系的。

周氏兄弟间的友人,在精神上的共同点是:都远离着官员,讨厌文人从政,或文人的政客气;拒绝学人的架子和身份,对教授的自恋气颇为反感。这一群人学识丰厚又不迈高步,忧患感强却又低姿态。鲁迅、周作人与章士钊、陈西滢的笔战,就是对官本位与绅士气的学者的挑战,川岛等人也加入其中,打过几回漂亮的战役。其中的思维方式与观念,也是从周氏兄弟那里来的。1926 年 4 月,正是语丝派与现代评论派斗得最紧的时刻,川岛在杂志发表过一篇闲话,题为《再论西滢的吃嘴巴》,全文如下:

便在新近,不是有那么一回事吗?

因为我说现代评论社曾受过章士钊经手及其他的人的二千二百元津贴——现在该说章士钊经手的一千元是"贿赂"了,西滢却说只要我或别人能证明他曾领受过三个铜子的津贴,便不再说话;不然,我便应当吃嘴巴。一定,"这还够不上算是摆绅士的臭架子哩",只是西滢"以务光许由自负"罢了。

很挂念的,到如今我还不曾吃得西滢所谓应当吃的嘴巴,大概这是因为不应当了吧?可是,在奉飞机向北京来掷炸弹的时节,在西滢感到"失节事小,打死事大"的时节,在西滢悔恨(你看多么可怜!)没有去领那有些住在东交民巷的人说他有资格支领的津贴的时节——正是这时节,打了自己的嘴巴了;还是吃?

西滢不是说我说他领了津贴吗?曾几何时而变成有些住东交民巷的人了。我不知道住在东交民巷说这话的人是谁,段祺瑞呢还是章士钊?西滢总该明白。至于我,依然住在我从前的家里,也照常出门,也照常和太太等去逛公园这类地方。倘若要证明,便是在四月七日午后约莫六点钟的时节,我还看见西滢——"是他不是"——手臂上搭上了一条紫色丝围巾在中央公园的土山上站着,飘飘然的。

噫,不幸而言中矣,吾不云乎:西滢更应该先用维持公理的手狠狠打自己的嘴巴给大家看。西滢自己说,他"一向不爱与人较量的理由",是怕"陷,陷,陷,直到没头没顶才完毕"。在叫局问题时,据说"已经踏了两脚泥"。现在关于津贴问题,又是吃,吃,吃,自己吃了嘴巴。你看妙不妙?

整篇闲话是仿照鲁迅的文笔,看法也是相近的。川岛也喜欢用挖苦的笔调为文,绍兴师爷的"刀笔吏"之风也可见一二。和打官腔、卖学问的人斗,本就不该一本正经,用油滑之笔奚落几句,倒显出一种新的快意。《语丝》里的文章,实在是开创了新的路向。只是像川岛这类人,语体尚未形成,远无鲁迅、周作人那么老辣,学习老师只得其形,神气不够,易落入油滑之径。后来《语丝》越办越难,原因固然很多,队伍中高手不多,无新的气象,大概是不可忽略的因素。当杂志搬到上海时,每期只有几个作者,新人却迟迟难见,衰落是必然的了。而那以后连川岛这类人也很少去写文章了。

民国年间，文人聚散之间，有趣的东西实在多。只是历史太短，无论什么风格的东西，都未能得到长足的发展，留下了诸多遗憾。历史的文人被正经的套路压久了，不免有些酸腐气。《语丝》问世，才有了智性和有趣的新文人，文章也可以随意为之了。学者写非学者化的作品，作家搞反作家的文体，就与读者的距离近了。读到那么多彼此打俏的话，以及骂人的文字，至今也无过时之感。我有时也反身自问过：这样的文章现在可有吗？即便是像川岛这类"捣乱小孩"，要再遇上几个，也不容易了。

古道西风

1

很久以前读鲁迅的书信，知道了瑞典考古学家斯文·赫定的名字。大约是 1927 年,斯文·赫定与刘半农商定,拟提名鲁迅为诺贝尔奖的候选人。刘半农曾让台静农捎信于鲁迅,却被拒绝了。这一件事在后来被广泛议论过,还引起过不少的争论。不过我那时感兴趣的却是,斯文·赫定是何许人也？他是怎样进入中国文人的视野,并闯进民国文人的生活的？

后来一件事情的出现,才解开了我的谜团,而且让我对民国的考古队,有了感性的认识。两年前王得后先生介绍我认识了徐桂伦先生,得知其处有大量名人书画作品,其中大多系刘半农、钱玄同、沈兼士、沈尹默、马衡关于西北考察队的贺联。这些墨宝均系题赠徐桂伦之父徐炳昶先生的。我这时才知道,徐炳昶原来与斯文·赫定有一段神奇的交往。两人作为大西北考察队的队长,二十世纪二十年代末第一次开始了对中亚细亚腹地具有真正现代科学意义的探险考察。在那一次考察里,斯文·赫定与刘半农、徐炳昶、马衡、袁复礼、刘衍淮等中国学者,成了朋友。中国现代史上首次西征的考古队伍,是在这个瑞典人的帮助下完成的。

我感到荣幸的是,与这次西部考古相关的墨宝,后来悉数被我所在的鲁迅博物馆收藏。徐炳昶的后人无偿地将其献给了国家。

大概也是从那时起,我对民国文人的考古理念与野外实践有了一点点认识。开始接触考古学的书籍,并进入到那个世界的时候,才猛然感到,这个鲜为人知的领域,隐含着太多太多的东西。它们提供的信息,在文化理念上引来的思考,远远超出了这个学科的特定内涵。

　　直到后来看到王忱编的《高尚者的墓志铭》后,斯文·赫定与徐炳昶诸人的形象,才更为清晰了。我以为这是一本永垂不朽的书。编者搜集了大量第一手资料,还原了东西方学人的人类文化学意识在那时的现状。时光过了七十余年,古道上的旧迹依然让人感到新鲜。那里发生的一切是彻骨的,远远胜于书斋中的咏叹。野外考古,乃洋人所发明,初入中国,则阻力重重。二十世纪初,中国的许多读书人,对探险与考古,还懵懵懂懂,连章太炎这样的人,亦对其看法模糊,和他一样的学问深厚的人,每每见洋人来中土探险,仅以民族主义观点视之,并无科学的头脑。唯有几个留过洋的学者如刘半农、徐炳昶等,深解其意。若不是这几个懂得西学的人的存在,中国科学家大西北的野外考察,也许还将延后许久才能发生。

　　斯文·赫定,1865 年生于瑞典斯德哥尔摩,在很早的时候他就有了冒险旅行的冲动,曾多次深入中亚深处,足迹到达了丝绸之路的很多地方。他在二十世纪初发现了楼兰古国遗址,并对我国西藏、新疆的许多地区进行过考察。这个探险家在中亚地区的种种发现,曾震惊了世界。尤其对我国新疆、内蒙古诸地的实地考察,硕果累累。这个瑞典人有广泛的兴趣,亦结交了许多政坛、文坛的友人。诺贝尔就影响过他,他的探险生涯也与这个富有之人有些关系。中国古老的文明他是热爱的,而他对新文化亦有所关注。当他向刘半农表达对鲁迅的敬意时,其实也隐含着对新生的中国艺术的尊敬。可惜他那时的兴奋点在西部考古上,未能对中国新文学进行深入的打量。不过这一个小小的插曲也可见他是一个有心人。斯文·赫定是希望西方能够了解中国。他以自己的嗅觉发现,东方古国存在着神奇的力量,那些长眠于世和正在滋长的文明,是该进入更多人的视野的。

旧有的材料写到这位瑞典人时,曾以殖民入侵者视之,言外有文化掠夺之意。但我们如若读徐炳昶的《徐旭生西游日记》,见到那么多关于斯文·赫定的描述,看法大概就有所不同了。日记里的片断没有刻意渲染处,写得朴实生动,一个敢于冒险、认真而又热情的瑞典科学家的形影扑面而来。斯文·赫定才华横溢,对地质、天文、气象、中亚史都有所涉猎,亦有艺术天赋。我看过一幅他为刘半农作的素描,功底很深,刘氏的神态栩栩如生。据说中国学界最初对他是充满敌意的,可在后来的磨合中,许多人成了他的朋友。不知道现在的史学界怎样看他,以我的感觉,他的出现,改变了中国史学界认知事物的方法,因这个洋人的提示,我们的文化自省意识,才有了一次巨变。上下几千年,哪一个中国学者曾徒步走进大漠惊沙里探寻人类的足迹呢? 仅此,对于这个远道而来的洋人,我们便不得不三致意焉。

2

斯文·赫定回忆那次与中方知识界的合作, 念念不忘地提到刘半农。连徐炳昶、袁复礼也承认，如果不是刘半农的努力，此次西行的计划很难实行。这个新文化运动的骁将，对田野考察重要性的认识，是走在当时知识界的前面的。

刘半农给世人的印象是个诗人和杂文家，也是鲁迅兄弟身边的常客，为白话文的推进做了大量工作。他在上海的时候，常写些鸳鸯蝴蝶式的作品，要不是陈独秀办了《新青年》，他也许真的要在旧式才子的路上滑下去。《新青年》改变了刘半农的人生之路，影响他的大概就是科学意识吧。他在北大和胡适那些留洋的人在一起，越发觉出自己知识的不足，亦有被人冷视的时候，于是漂洋过海，到了法国学习，搞起了语音实验研究。他的那门学问，懂得的人不会太多，但留洋的结果是，明白了实验的意义，对考古学与人类学至少是颇有兴趣的。

在斯文·赫定决定到中国西部进行考察之前，中国知识界曾有很强烈的反对之声。西方考古者在中国的探险与搜集文物，引起了知识界的警觉，说是一种民族自尊也是对的。当中国政府允许斯文·赫定赴内蒙古与新疆的消息传出后，1927年初的北京学界召开多次抗议的会议。3月5日，刘半农与沈兼士、马衡、马幼渔等人主持会议，决定成立北京学术团体协会，并发表了《北京学术团体反对外人采取古物之宣言》，宣言对斯文·赫定是一种抗议的态度，其中写道：

> 试问如有我国学者对于瑞典组织相类之团体，瑞典国家是否能不认为侮蔑？同人等痛国权之丧失，惧特种学术材料之攘夺将尽，我国学术之前途，将蒙无可补救之损失，

故联合宣言,对于斯文·赫定此种国际上之不道德行为,极为反对。我国近年因时局不靖,致学术事业未能充分进行,实堪慨叹。但同人等数年来就绵力所及,谋本国文化之发展已有相当之效果。现更鉴有合作之必要,组织联合团体,作大规模之计划,加速进行,将来并可将采集或研究之所得,与世界学者共同讨论。一方面对侵犯国权损害学术之一切不良行为,自当本此宣言之精神,联合全国学术团体,妥筹办法,督促政府严加禁止,深望邦人君子,急起直追,庶几中国文化之前途,有所保障,幸甚幸甚。

我猜测刘半农、沈兼士等人的思想在当时是复杂的:一是绕不过民族情感这一类,二是亦有与洋人联合共行的打算。自知没有洋人的实力,但又不甘学术的落伍,其间的焦虑是很浓的。匈牙利籍斯坦因、法国人伯希和、日本人大谷光瑞、俄国人波塔宁等,都曾从中国拿走大量文物,在中国学者的记忆里都是久久的伤痛。学界的悲哀在于,在了解西部历史的时候,有时就不得不借用洋人挖掘的材料。王国维、罗振玉的西域史研究,就是参照了西方探险者提供的文物资料的。许多空白,是西方探险者所填补的。作为文史研究的学者,当然是有耻辱感的。

当刘半农作为中方谈判代表与斯文·赫定接触后,他的强硬态度开始发生了变化。两人用法文熟练地交谈,涉猎的领域想必很多。那一刻彼此的距离缩小了。刘半农从这个瑞典人的目光与语态里,感受到了一个学人的世界性的眼光。一个个体的科学家的自我意识,毕竟不等同于异族的民族意识,也许正是在互相关心的话题里,彼此找到了沟通的桥梁。他们后来成为朋友,不再存有戒心,是否是气质上和专业理念上的接近所致,也未可知。我自己以为,这个事实本身,可以解释清民族主义与人类普世情怀可以化解的可能。鲁迅与日本人,蔡元培与德国文化界的关系,亦可作如是观。

颇有艺术天赋的刘半农,如果不是因为留过洋,也许只能成为激情四溅的文人。法国的生活使其对文化遗产的保持、利用有了深切的认识。回国后有一些精力是用到考古与古物保持工作上去的。1927年发起了北京临时文物维护会,次年出席了在日本东京召开的东北考古学协会会议;不久又被推举为故宫博物院文献馆专门委员,国民政府指导整理北平文化委员会委员。他的兴趣由文学而转向文物整理,在个人历程中实在是一件大事。因为他知道空头的论道,乃会误入歧途,遂以勘察为己任,寻找认知历史的新入口,那境界就不同于以往了。艺术可以放荡为之,不羁小节,而科学劳作则应小心地求证,不得半点虚夸。他与斯文·赫定由猜疑到相知,渐渐脱开民族主义的阴影,后人不太深说。然而这里却有那一代人的心结,刘半农辞世前的学术活动,是被一些文学史家看低了的。

由于那一次西行,刘半农和斯文·赫定的关系已非同一般。他虽没有加入到那个队伍,但一行人不断和他联系,他的影子一直随于其中,后来竟为斯文·赫定而死于考察之途,一时震撼了北平学界。魏建功曾这样写道:

民十五,瑞典学者斯文·赫定博士将入新疆作科学考察,乃与北京团体合作,成立西北科学考察团。先生代表北京大学,参加组织,折冲磋议,被推为常务理事。中外学术界独立合作,及与外人订约,条件绝对平等,实自此始。适当北伐时期,考察在北京政府范围,经济艰窘,且西北地方政权分裂,团员自蒙入新,中途屡遭险阻。先生外而严正持约,内而周旋接济,事无巨细,莫不就绪。团员发现汉人简牍,归先生与马衡教授、斯文·赫定博士三人研究,整理才什一。斯文·赫定博士七十寿,瑞典地理学会征文为祝,先生拟实测平绥沿线声调,著文纪念。于是有绥远之行,遽罹回归热不治而死,悲夫!

因科学考察而死,在民国期间他是不是第一人,尚不好说,但他的辞世,对后人的刺激是那样的大。前几年我看他女儿刘小惠著的《父亲刘半农》中收录的资料,内有胡适、陈垣、梅贻琦、钱玄同、马裕藻等人的文字,实亦觉出科考代价之深。不过那时不是所有的人都能了解实验与探险的关系。我读鲁迅悼刘半农的文章,也只是肯定其文学革命的一面,而对其学术之路默而不谈。在我看来,刘半农后来的选择,实在也是该细细总结的。其作用,难说不比《新青年》时期大。不知人们为何很少谈及于此。如果细察,是有诸多深切的话题的。

3

那一次大规模的西部行动,徐炳昶是个重要人物。如果不是斯文·赫定出现，也许他还不会卷入到这场旷日持久的跋涉中。而他一生的命运，与此次远行关系深切，竟由北大的哲学系教授一变而为考古学家。

徐炳昶生于1888年，字旭生，河南省唐河县人，早年就读于京师译学馆，曾留学于法国巴黎大学。二十世纪二十年代任职于北京大学，是哲学系教授、系主任、教务长。也是当时颇为流行的《猛进》周刊的主编。鲁迅曾和他有过友好的交往，那篇谈论"思想革命"的著名《通讯》，便是两人友情的象征。1927年夏，徐氏赴西部考察时，鲁迅已南下，离开北京了。待到次年冬从西北返回北京时，他接到了鲁迅转来的《东方杂志》编辑的约稿信，于是便有了《徐旭生西游日记》的诞生。1930年夏在此书问世之际，徐氏写下了这样一段话：

> 东归以后，《东方杂志》的编辑曾由我的朋友鲁迅先生转请我将本团二十个月的经过及工作大略写出来，我当时答应了，可是迁延复迁延，直延到一年多，这篇东西还没有写出来；这是我十二分抱歉的。现在因我印行日记的方便，把这些东西补写出来，权当作日记的叙言，并且向鲁迅先生同《东方杂志》的编辑表示歉衷。

按鲁迅的性格，大学里的教授能被他看上眼的不是很多。摆架子和绅士态的作秀乃读书人固有的毛病，这一些徐炳昶均无，自然能与鲁迅保持良好的关系。徐炳昶在现代史上有着重要的作用，学问的深且不说，就《猛进》杂志的创刊而言，他的功劳不浅,《猛进》几乎和《语丝》同时诞生,风格不同,思想却是锐利的。文学史上一般不太谈及《猛进》杂志,对徐氏亦是语焉不详。其实若翻看这一个旧刊,引人的地方很多。有的文章甚至比《语丝》更具有爆发力,是一个知识分子的论坛。就当时讨论问题的特点而言,与鲁迅等人实在是相近的。

青年时代的徐炳昶热力四溅,在北大有着一定的影响力。其实按那时的学问程度,他本可以成为很好的哲学教授,在学理上有自己的独特建树。但偏偏愿干预现实,喜欢写一些时评的文字,看《猛进》上的文章,抨击当局者为数不少,见解常常在别人之上。比如攻击段祺瑞政府的杂感,讽刺章士钊、陈西滢、杨荫榆的短章,几乎与鲁迅相同。难怪鲁迅的一些杂感也发表于《猛进》,他在这位主编身上看到的是绅士阶级没有的东西。民国初,留学欧美的学者有一些染有贵族之态,与国民和社会是隔膜的。然而徐氏身上没有这些,你看他看人看己的态度,都本乎自然,明于常理,毫无依附他人的奴相。他对西欧哲学的本质,以及东方哲学的把握,可谓一针见血,由此而反诘自我,考问汉文化传统所没有的东西。徐氏文章常有妙论,往往单刀直入,切入实质,给人以惊喜的论断。比如他说中国哲学无论哪一派,全都带有历史的性质;欧西的哲学无论哪一派,全带有数理的性质。因为数理的缺乏,科学不得畅达,故《京报副刊》征求青年必读十本书的目录时,他列举了六种几何学,四种伦理学,并以为中国人如不经过严格的逻辑训练,文化则会停滞不前。

我在徐氏的墨迹里几乎看不到自我的陶醉。学问不过是为人生的,且为改良人生而献力的。每每见其言说伦理与历史,便隐含着深深的忧患感。他讥刺当下政客与学人几乎都有阿Q态,语气绝无宽容的地方。重要的一面是,其文章甚至也鞭笞着自己,那清醒的警语,是唯有健全的智者才有的。1925年7月,他在《我国知识阶级真太不负责任了》中写道:

> 说话以前,有两句话预先要声明:一、我个人就是这一阶级的人,该骂的我就是其中的一个;二、我这句话同丁文江说的一样,但丁文江骂知识阶级,是因为他们太唱高调,不负责任,至于我,我觉得他们不惟没有唱高调,并且没有调之可言,他们的错处——简直可以说是罪恶——就在于无论什么全不作,任群众走到哪里是哪里。

我读到徐氏的这番话,忽地明白了他后来何以走向野外考古之路,将学问从象牙塔里移到民间,说不定也是为摆脱绅士阶层的鬼气,或是向内心的惰性挑战?中国的学者向来耽于书本的文字游戏,从文本到文本,概念到概念,千百年间玩的不过是那点小游戏。考古学注重的是探险与实物发现,从可移动或不可移动、地上与地下的文物中,寻找历史血脉的触摸点。每一个细小的遗存的出现,都可能改写旧有的记忆,它的不可预测性里闪动着已逝的灵魂的光泽,或许正是那新奇的光泽,把一个被掩埋的历史还原了。

当1927年5月9日徐炳昶乘着火车向大西北进发的时候,他和几个中外学者或许没有想到,此次的行程将改写中国读书人的历史。那一次西征共有28人:10名中国学者,6名瑞典人，11名德国专家，1名丹麦专业人员。这是一支混杂的考古队伍，欧洲队员除了有考古学家、气象学家外，还有电影摄影师、人种学专家、医生等。与徐炳昶同行的中国学者中，袁复礼是清华兼北大教授，系地质学家，黄文弼是北大的考古学家，丁道衡乃北大的地质学家。其余的有博物馆工作人员，有正在北大读气象专业的学生。关于此次的西行，《徐旭生西游日记》有详尽的记载，斯文·赫定、袁复礼、丁道衡等亦写过回忆文章。我在王忱先生的书中，看到了那时的一些照片，心被什么揪住了一般。他们曾怎样地挺进了沙漠深处？旧有的史学观在那一次冒险里改变了吗？探险队员的姿态绝无今天旅游者的惬意。我在斯文·赫定、徐炳昶的表情里，看到了疲倦的神态，脸色黑黑的，似乎也营养不良。那一群人的表情毫无作态，但你透过每个人的目光，倒可看到升腾的精神，市井里的俗影与书斋里的死气荡然无存。他们的心和古老的沙漠紧贴着，可以感到背景的阔大。几乎就在那背影里，梦一般的诗，被他们写就了。

4

只是在读《徐旭生西游日记》时，才会感到西去的艰难。风沙、烈日、强盗、军阀、迷津，等等，在等待着他们。千百年汉人的书籍很少关注过这些，一切都谜一般隐在大漠深处。徐炳昶等人不是没有心理准备，而是探险的过程比预料的还要复杂，一群为学问而来的人，遭遇的却是非学问的风风雨雨。一路上奇遇不断，像一幕幕电影，给人的是未定的、神异的图景。徐氏笔下的西部不仅仅是苍凉，对人的不同境况的描述更让人动情。无数逝去的亡灵带走了种种智慧，在残垣断壁与枯树里，留下的仅是记忆的片断。汉族人、蒙古族人、维吾尔族人交错的遗迹，有着中原文明少有的气象。这是一个让人忘掉世俗的地方。当探险队出现在无人的地方，除了心与天地间的交流外，还有什么呢？徐炳昶说自己对科学很有兴趣，但却是个门外汉。许多考察的常识他并不具备，懂得的只是历史的片断。久在书斋里的人，突然走到蛮荒之地，精神便显得异常别样，种种刺激与想法也联翩而至了。我翻看他的日记，觉得像心史一般，忠实地记录了一路的见闻、思考。这本奇书全无卖弄做作的痕迹，一下子将人拉到一个寂寞之地。所有的思绪都是切肤的悸动，那里已从学院式的冥想跳到历史的血脉里，每一块石头、古木和铁器，都诉说着被湮没的故事。较之于附庸风雅的士大夫诗文，西北大漠里的旧迹闪着更为动人的词语，每一个随队的团员，一踏上征途就感受到了。

那是一次让后人久久倾怀的跋涉。不仅仅是新奇的记录有珍贵的意义，重要的还在于，东西方学人在此找到了对话的内容。关于西部秘密的探索，欧洲人的科学手段起了很大作用。放探测气球、画路线图、历史纪年的表述、图像的拍摄等，都是几个洋人帮助完成的。徐炳昶在此遭遇了难以诉说的尴尬。对于一个逝去的文明，我们却缺少发现的目光，而域外思想的参照，成了一种不可或缺的动力。儒学传统在这里显得多么苍白，我们文明中的因子，能提供现代性的警悟吗？中方队员在周旋、摸索与合作里，意识到了数理与人文结合的意义。而过去的史学研究恰恰是缺少这些的。对新石器时代旧物的鉴定，对铁矿的发现，对湖泊的定位，大家完全选用了洋人的办法。斯文·赫定与众人商谈的片断，我很感兴趣。那时候中方队员已与其颇为融洽，仿佛已无国界可言了。但一个中国学者，诸事还要靠外人的援助，那也有点自尊的伤害吧？在徐炳昶有一天的日记中，我发现了这样一段记录：

> 续读《希腊之迹象》。书记德人四次到吐鲁番，共运走古物四百三十三箱！披读之下，中心悒悒。我固一非国家主义者，且素主张科学——知识，为人类的公产，然吾家旧物，不能自家保存整理，竟然让外人随便地攫取，譬如一树，枝叶剥尽，老干虽未死，亦凄郁而无色。对此惨象，亦安能不令人愤悒耶！

一方面有民族的自尊，一方面是对西方科学主义的追随，就难免没有内心的冲突。徐炳昶一路上工作、读书，甚至还学习德语，思想在东西方间游荡。只言片语里，也有悲凉的蠕动。这一切都融入冷寂的月夜和炽热的沙浪里。我看他的考察记录，觉得延续了"五四"学人基本的思想，那便是对旧有文明的批判和对旧式文人的告别。在兵乱、匪患四起，文人潦倒无知的岁月，科学理性究竟能起到怎样的伟力，那一代人心里清楚。唯有用了科学实证的目光和个性化的思想，才可以开启通往新路的大门。队员们也许没有想过，他们血汗下的小路，已延伸到了那扇精神之门。

徐炳昶知道自己在读一本无字之书。所到处与所感处，多有耳目一新的感觉。他一路上读王国维遗著，翻阅洋人杂著，体味固然多多，然而风尘里的考察所得，已非书本的东西那么简单。他甚至发现了王国维的失误，洋人的漏洞。这些都是先前所未料到的。感染徐氏的是科考的过程，这对他而言完全是陌生的领域。他也于此触摸到了西学中重要的优长。一日他的日记有这样的文字：

夜中颇暖，最低温度零上二度八。早餐后看赫定先生同哈士纶上船。赫定先生量船长，量水流速度（岸上量一个底线，掷一物于水中，看它走几秒钟，做三四次后始定）后始上船。哈士纶则赤足裸四肢，只着一毛背心，一短裤，俨然一水手，在后持棹管船。此时颇有风，落叶飘飘，黄流滚滚。二人乃乘一叶扁舟沉没于河湾林中，这是什么样的境地！并且对于这件事，他们还有很可佩服的地方，就是他们不管到什么地方，于万无可设法之中，总要自己设种种法子，去达到目的；一次两次不成功，能试验到五次六次；别人不能帮助，就自己亲身下去！他们一定要用船游额济纳河的计划，我们中国人现在还有笑他们的，然后知中外人的局度器识果不易相及也！再者他们这一次的游，在科学上也有大的关系，因为从前的人永远没有在船上作一幅额济纳河的详图，赫定先生此次所作图还是一种新东西。大家总是觉得治科学的人的生活太嫌枯燥，缺乏美感，我从前对于这一类的意思就不很相信。今天的感觉就是科学家的生活与美术完全相合,因为他们的目标全是自然界也。

文中透露出的,是唯有经历过"五四"新文化者才有的心绪。徐氏对洋人的敬佩,毫无媚气。忧患深深的人,一旦看到摆脱旧路的新径,如果选择了它,则会有满沐春风的冲动。西行的路上,他们吃了无法想象的苦头,疾病、险境、饥渴在徐氏笔下均轻描淡写地一带而过。他特别爱写内心的学术体悟。比如西北的高校如何建立,少数民族与宗教信仰问题,教育中不惬人意的偏文轻理的现象,国民性的弱点应如何克服,等等。这完全是精神的独语,一个人面对亘古的荒凉,在孤寂里想到的竟是这些,那是有哲学家的冲动的。我第一次读到他的这册旧书,一是感到其学识的丰厚:古人的与洋人的遗产,都有涉猎,有的见解颇深。二是发现他是一个有文学天赋的人:内心像海洋般涌动,一望无涯,偶尔闪动的诗句,如夜空里的月光,散着迷人的色泽。徐炳昶的墨迹多年只在考古界被流传着,文坛却并不知道。我以为现代史上,日记体的文学显得过于单薄,内涵简约。而《徐旭生西游日记》却容纳着那么深广的内蕴。哲学的、史学的、地理学的、民俗学的、文学的东西都有。那是一个闪着智慧的世界,在精神的维度上达到了很高的境界。我尤为惊异的是,作者朗然的、从容而悲壮的语态,滚动着中国知识分子金子般的智性。远离高贵、荣誉、世俗,甘心沉入到远古,沉入到无人的荒漠之地。而那一颗心,却与我们的世界贴得那么近。大的哀痛,是以洗刷自我方能解脱的。徐炳昶与中国的学人在一次死亡的挑战里,获得了精神的涅槃。试比较一下上海滩上无病呻吟的诗句,北平胡同里悠然的琴声戏文,中国考古队足下写就的却是惊鬼泣神的生命之书。

5

而让我更为感动的,还有袁复礼先生的西行笔记。

第一次读到"流沙坠简"的字样,就暗自想象过西部神奇的过去,这四个字,仿佛将久违了的历史还原了。王国维与罗振玉当年选择它为书名,是饱含着对西部文明的敬意,直到后来,高尔泰这一代人在西北的敦煌苦苦劳作的时候,还喜欢用这一类意象来回忆自己的经历。我留心前人的文字,觉得文人笔下的沙漠与田野考古者笔下的荒野,在质感上有很大的区别。诗人喜欢引申题旨。秦汉的云烟与己身的苦楚集于一体,浩叹是深广的。高尔泰写其初入敦煌时的感受,就悲气淋漓,有着久久的诗韵。但对比那些科考队的科学家的考察笔记,另一种色调便出现了。人生的经验被一种理性的目光注视着,兴奋点却在自然结构的透视上。科学家置身于无人之地,是与地质里的遗迹对话、交流,内心呈现的是另外一种色泽。1927 年那次西部考察,留下了诸多文献,那多出于自然科学家之手,阅之亦有快感。那样的书写全然不同于散文家的滥情,是一些透明闪光的智性。沙漠枯河间的记述里,是有着现代人才有的精神逻辑的。

袁复礼是那一次西征队伍里最有学术实力的中方科学家。由于他的存在,整个活动有了实质性的成果。八十余年过去了,读着他留下的字迹,不由得颇生敬意。一个很有成就的科学家,亦有很高妙的文学造诣,这在那个时代是常见的。不知道为什么今人就很少有此类的复合型人才。查袁复礼的史料,都是学术式的描述,几乎看不出什么风风雨雨。但你细细品味,却有着一串串的故事。1893年在北京出生,1912年毕业于天津南开中学,1913年入清华学堂高等科学习,1915年到美国布朗大学读书,开始接触地质学理论,两年后转入哥伦比亚大学地质学专业。1921年回国开始了自己的专业实践。那一年他随几个洋人去了河南渑池县仰韶村,绘制了一幅《仰韶村遗址地形图》。据一些专家说,这是民国间中国的第一幅田野考古作品,也奠定了袁氏在考古界的地位。1937年春他的油印本《蒙新五年行程纪》在学界流行,让人略窥1927年的那次西部考古的实绩。这是一本与《徐旭生西游日记》同样重要的文献,考古界对这一册小书的评价一直很高。如果要了解考古思想史,我们是不得不翻阅这一册札记的。

以地质学为己任,且终身献身于此,袁复礼给后人留下了说不完的话题。新中国的几代地质探险者,都受到了他梦幻般的召唤,他的一些传奇的经历像火种般点燃了后人的热情。气象学家李宪之在《袁老是一位令人敬仰的地学家》中写道:

　　1927年5月9日,我们四个学生和中外考察团成员,由中方团长徐炳昶教授和瑞典方面的团长斯文·赫定带领,从西直门车站出发赴包头,袁老师因事晚走两天。搭考察团专车去包头的还有北大李四光教授和五名地质系学生(黄汲清、朱森、李春昱、杨曾威及一名日本学生)。在火车上,李先生给我们讲这讲那,但我们听不太懂。在北大校园里,我们常在路上碰到李先生,这次和我们同吃同住,同学们都非常兴奋。5月10日晚,大队到达包头,袁老师13日到。

去新疆的路上,在包头的北边工作了两个多月,我同袁老师常在一起,考察团分为南队、北队和中队三个分队,我在中队,袁老师在南队,我们的工作有分有合。我随德国气象学家赫德(Haude)到哈密筹建气象台,当地政府误认为我们是冯玉祥派来攻打新疆的军队,多方拦截,并把我们从哈密送往乌鲁木齐。后来到若羌建立了气象台,一年后回到乌鲁木齐,又和袁老师在一起工作和学习。袁老师性格稳重,遇事不慌不忙,既有耐性,又很灵活,什么事情都处理得很好。他主动帮助徐炳昶团长做了好多事情,出了许多主意。和当地人打交道,也常由袁老师出面。他英语好,在同外国团员交往中,他也起着重要的作用。他跟年轻人也处得很好,生活上照顾我们很周到,吃西餐时教我们如何使刀子、叉子;工作之余,教我们唱英文歌,跟我们一起跳舞,他还爱给大家讲笑话。袁老师是个乐观主义者,和他在一起,就不觉得苦,就不感到累。他知识面很广,我们问他什么问题都能回答。给我们几个搞气象的年轻人指出研究方向,他说:气象、气候、海洋、大气物理、海洋学这些方面都是地球科学研究的问题,国内还没有人研究,还有地震、地磁也没有人研究,你们都可以研究。对我们在工作中注意多方面收集资料,为后来选定研究方向有很大的启发。

上述文字引起了我很大的兴趣，在袁复礼身上好似也看到了与徐炳昶相近的东西。那一代科学家的乐天、果敢、勇于牺牲的一面，其实是嫁接在科学理性的传统上的。袁复礼的谈吐没有口号与道德演绎，实证逻辑与严明的理性散落在周身。他的西行笔记写得干净饱满，文白相间的字句流淌着智慧。我看他的笔记忽地想起"五四"文人，精神是朗照的，没有旧文人的老朽气。文章多是考古实录，看不到渲染己身夸大之词，就那么原原本本地记录着那一次艰难的跋涉。文中写寻觅石器、恐龙化石、植物化石、古人遗址等，亦多文人的诗情，词句古朴劲健，让人想起《梦溪笔谈》《水经注》的气韵。他的叙述不像徐炳昶那样易成幽情，只记过程，趣在文物地貌之中，偶有感叹，也只是轻描淡写，而韵致不凡。《蒙新五年行程纪》勾勒出一行人风餐露宿的悲壮之景，心和远古的苍生，以及茫茫的古道紧贴着，和沙石古物默默对流着。草木荒岭之空漠、死寂被发现旧迹的热情驱走了。在狼群、死海、沙暴之中，却看不到一丝畏缩与忧虑，一颗高贵的心照耀着枯湖野地、沙砾残岩。每每阅其文字，均有身临其境之感，你看他写途中所感，何等深切：

> 二十六日同人随车路西行，至胜金口，余与黄仲良、刘春舫则雇用蒙兵之马匹及汉回引路，由土马窦谷至赛尔吉布图拉。沿沟见石层向北及东北三十度斜倾，斜角约五十度。除附近及黄土沙丘外，岩层分三大层：一为上新统之砂砾层，二为白垩纪及下新生代之泥岩及砂岩，三为侏罗纪

之页岩及砂岩,岩石或红或灰互相参间,异常鲜艳。北部有断层二,约为新生代中期之变动作用,其上之洪积统称黄土,均平行无倾斜。此带地区,化石虽少,惟层岩变化甚多,应详加考查。或每寸每分,均能详为分析,则此区之远古天气变化,或能得一确证也。

赛尔吉布图拉有一土塔,其置佛像之龛皆已空空,一无所存。其内部墙梯上之墙泥未脱者,尚有"真元四年日画真俗卐唐"数字,唐德宗时(西历纪元后七百八十八年)遗墨也。后即沿小山南麓西行,午时至土峪沟,由本地乡约招待,遍视沟东之佛洞。虽历经各国考古家发掘,亦仍有未动者。余等只就已发掘地点试掘,有随行缠头儿童多人帮助,掘得破碎经片数百张,其中字迹尚多良好。下午二时许即离去,复穿小山北行,值苏巴什之南,再西转,沿小山北麓,至胜金口。此地处小山西端,其西北有贝滋克利克亦唐时佛洞,未经前人掘毕者。以时过晚,未得前去,晚间购得自该地出土之经一纸背有畏兀尔文。

二月二十七日胜金口处天山南一台上。在西南即下降至吐鲁番盆地,盆地上之土壤,不尽一致。东部为盐质沙壤,多芦草,而无水渠灌溉之利,故不能耕植,多为牲畜饲牧之区。吾人疲驼七只,即寄牧于此。近吐鲁番则为黄土层,然常受山水冲刷,故多沟壑。吐鲁番城东六十里为苏公塔,惟一保存之早年建筑物也。其左近庄村,则皆废圮矣。再前行,皆农地,甚富庶。吐鲁番东关甚长,街道亦宽大,吾人宿邻近东门外之客栈中。

寻路者

考古探险对学人的刺激，当比书斋里的悠然爬梳刻骨铭心。我们看王国维的《观堂集林》，见其论证西域文字，浩叹其博矣深矣，那是智慧之火，别人是难以发散出来的。而袁复礼的文字，则有血肉之感，学识是从血汗中所得，其中就有了王国维所无的生命的律动。袁氏的著述有史有诗，有古物亦有人生，西去路上的险途恶径，当比《观堂集林》更惊心动魄。袁复礼和徐炳昶在今天显得那样诱人，乃是学识和人生的交融，对于我们这些外行人而言，仅是那种敢于向陌生和极限挑战的一面，那便是坐而论道者所不及的。胡适在"五四"前后大讲实证精神，那也只是书本中的实践。而能到荒岭野路里实地勘测，阅读自然和社会这本大书，得到的是未知的东西，那显然是另一个境界。我有时想，像王国维这样的人，晚年在学业上大放光彩，是借助了考古学家的力量的。如不是西方人在西域发现了古物器皿，一些历史的痕迹就更为模糊了。近代以来史学与科学在中国的进步，探险者的考察活动起了不小的作用。民国的拓荒者们，真是功莫大焉。

月下诗魂

1

1928 年 3 月，在上海的徐志摩、闻一多、饶孟侃等人，发起组织了《新月》杂志，在左翼文学势力猛抬头的时候，这一本清丽、洋气又具书卷味的杂志激起了文坛的波澜。创刊号登有徐悲鸿的画作《向前》，一个裸体的女子高举着右手，周围是攒动的群狮。那画并不精致，较之画家后来的作品逊色很多。但这一唯美的倾向，配着内中的诸多半是贵族腔半是教授腔的文字，向人们透露了这份新生杂志的信息：举世混浊，我独清醒；四面豺狼，唯吾孤行。作者的队伍似乎是从现代评论派那里转过来的：胡适、陈西滢、徐志摩，加上沈从文、梁实秋、闻一多、叶公超等，与上海左翼文学的阵容大异。此后的几期，又增添了新的面孔：凌叔华、潘光旦、罗隆基、苏雪林、陆侃如等。《新月》的主力作者是梁实秋、徐志摩、胡适、闻一多、沈从文。每个人的个性不一，审美视角亦有差别，而在心绪的背后，有一个相近的背景，那就是远离血色与杀声，静静地沉浸在唯美的世界里。倘若在一个和平的年月，类似的杂志并不稀奇。而不幸恰逢乱世，在血雨腥风中，柔柔地躺在象牙塔里吟风弄月，自然引起读者不同的印象。

《新月》的面孔是受过洋风吹洗的，创作与批评都有分量，况且还有诸多学人的研究札记，在那时的文坛自然很有锐气。作者们大抵不喜欢阶级斗争的厮杀，唯有美与爱乃精神的寄托。徐志摩在创刊号上写的《〈新月〉的态度》，被人说成该派文人的精神宣言，其美学观与精神走向，是一看即明的。徐氏在文章中说，文坛大概有 13 个流派，它们是：1.感伤派；2.颓废派；3.唯美派；4.功利派；5.训世派；6.攻击派；7.偏激派；8.纤巧派；9.淫秽派；10.热狂派；11.稗贩派；12.标语派；13.主义派。徐志摩对其中的一些文学流派持一种警惕的态度，甚至高傲地指责非理性文学的流行乃是一种灾难。

> 我们不敢赞许感伤与狂热，因为我们相信感情不经理性的清滤是一注恶浊的乳泉，它那无方向的激射至少是一种精力的耗费。我们未尝不知道放火是一桩新鲜的玩艺，但我们却不忍为一时的快意造成不可救济的惨象。"狂风暴雨"有时是要来的，但狂风暴雨是不可终朝的。我们愿意在更平静的时刻中提防天时的诡变，不愿意藉口风雨的猖狂放弃清风白日的希冀。我们当然不反对解放情感，但在这头骏悍的野马的身背上我们不能不谨慎的安上理性的鞍索。

整篇文章写得气势很足，诗意与学理的因素都有一些，看法呢，未尝不是真诚的独语，也切中了文坛流俗的要害。只是在谈及左翼文学时，显得说教的空洞，未能窥到深层的东西。就观点看，徐志摩主要是针对左翼思潮的，创造社、太阳社诸人的弊病也尽入眼中，难说不是道破玄机。但那时的青年左翼文人背后的存在，确有大时代的阴晴之迹，以超人性的哲理判其死刑，也未免不是太简单化了的妄议。新月社的态度，昭示了一种脆弱的人文理念的诞生。其后很长一个时期，流音不断。我在近几年常可看到为其辩护的宏文。徐志摩、梁实秋的文字获得了不断被解析的意义，也未尝不对吧？

是否真的存在一个新月派，史家们自有看法。它对后来文化的辐射，时断时续，在今日仍有众多的同情者。近代以来，中国每陷内乱，怨怼之声四起，偶也流出中正平和之声，却无奈江河激愤，人文的暖风终被吹散。徐志摩、梁实秋、胡适等都是和善之人，为人之道与为文之道都有诸多可赞之处。文艺观的形态，也自成一家。比如都欣赏儒雅的诗文，或是沙龙里的吟哦，或为戏台中的歌咏，他们讲究纯之又纯，远离俗音，力避时调，似蒸馏水被过滤了一般，没有杂质者皆为上品。梁实秋在《文学的纪律》一文里，就感叹浪漫主义对规律的破坏，而文学的力量"不在于开扩，而在于集中；不在于放纵，而在于节制"。梁实秋和徐志摩都觉得，过分的紧张、焦虑是不好的，大概为病态所囿，那是大有问题的。梁实秋就直接批评法国的卢梭，挖苦其患着热病与自大狂，虽有天才，却是非常态的、可怖的天才，对人类的精神是有负面作用的。而他推崇的，则是白璧德的新古典主义，深信情感想象的理性节制的重要。梁氏的话，不仅徐志摩深以为然，连胡适、闻一多等人，也是赞成的。

2

在《新月》杂志创刊前的五年，即 1923 年，徐志摩在北京发起成立了新月社。关于"新月"二字的来源，说法不一，我觉得，大概是从泰戈尔的诗集《新月集》转用过来的。因为那一年徐志摩曾热情地陪伴泰戈尔在中国访问,对其推崇备至。据说新月社创立的初衷,只是提倡戏剧,地点在松树胡同七号。成员有胡适、张君劢、丁文江、林长眠、林徽因、闻一多、丁西林等。这个圈子的人以教授为多,受过西学的熏陶,在氛围上有着与别的文人团体不同的韵致。他们似乎都深爱学术,钟情唯美主义或古典艺术,绝无语丝社的"匪气"和莽原社的清冷之风。从欧美留学归国的人,在精神气质上大异于留日归国者,绅士的遗风多少伴随着众人,阅读习惯是学院派的冷观居多,不太注意民间性与当下性。学问趋于纯,是规范的、象牙塔式的。他们在行为上重节制,以含蓄为美。纵然有徐志摩那样以爱为上的诗人,可也天真得可爱,内心没有黑暗的遗存,可爱与可笑均在,不分彼此。许多年后创办的杂志《新月》,倒是这群人意识的注释。文学的梦和精神里的维度,都于此可以看到。

一个流派要在文学潮里形成气候,至少有两个因素:其一是创作上有相近的倾向,审美的向度可造成一股余力,渐次影响文化的进程;其二乃是有理论上的自觉,精神有着自主的轨迹,或为一哲学的呼应,或是旧传统心理的一种转换。这两者互为依存,在态度上近于一致,从感性的层面到理性的高度皆自成调式,引人进入新奇的园地。新月派是松散的团体,作家的气质几乎没有乡俗与市井的印痕,说其有贵族的气韵也是对的。闻一多诗歌的精英笔法,梁实秋散文的华贵气味,沈从文凝重的神异之趣,胡适温文尔雅的语态,徐志摩浓艳的抒情句式,陈梦家诗句的含蓄有力,不仅较《新青年》当年的风尚很远,而且与 20 世纪 20 年代末太阳社的浪漫之舞相比简直是别有天地，没有神似的地方。以梁实秋为代表的理论家，在精神上似乎比胡适更能给新月社注入新血。《新青年》解体之后，胡适的独语已经结束，再也释放不出新的内涵。梁实秋因为新从美国归来，头上又戴着新人文主义的帽子，恰好点到徐志摩诸人的穴位，力主宽容而非暴力，静观而非冲动，个性的独思而非庸众的盲从，把胡适的实验主义过渡到白璧德的古典人文主义。前者是哲学的沉思，后者乃审美的漫游，而这漫游在文学上进一步深化了贵族文人的情境，为分散的、零乱的写作个体找到了聚光点，于是幽玄儒雅温润的作品汇聚在一起，和新生的左翼队伍分庭抗礼了。

徐志摩、梁实秋、闻一多在那时心灵中的天性，透出精神的单一，旧文人的阴暗、诡谲在其身上是看不到的。他们有时单纯得通体透明，像未曾染尘的湖水，蕴涵着清澈的情思。奇形的、晦暗的、无序的思想之流在心里没有位置，或说受到了抑制。他们倾吐了苦水，却未跳入苦海；嘲笑了黑暗，却有意逃避了鬼影。在最残忍的画面后，却可体察到一种安宁的美。例如沈从文，笔触未尝没有尘世的阴影，可心绪抑制不住对善意之光的捕捉，以至于把故土的一切单一化和唯美化了。徐志摩写己身的经历，亦常有悲腔的运用，别离之怨与失恋之语，有着童贞的气味。但毕竟是稚气的、浅层次的诉求，未去黑暗的王国进行心灵的追问，清词丽句之间，照例脱不了贵公子式的缠绵。至于陈西滢，讲学理与诗文，与梁实秋较为接近，只是绅士的架子未落，端着面孔，文章未尝不是戴着面具，激进的青年大概不会亲近于他,可一般青年读者,从那舒缓有致的文风里,窥见了天下的一种常识。学问深切的潘光旦,写起文章毫无废话,他那时注重民俗与国民性的研究,泼墨之间,有着逻辑的张力,《新月》上的文章,让人窥见了社会学家严明的思维,其谈论日本与德国民众气质的长文,不设虚言,材料丰富,显示了那代学者的气象。二十世纪二十年代末的学术较为活跃,流派亦多。《新月》里的面孔,是高贵的教授之影,不是布衣的对白,你绝听不到粗野的国骂和神经质的仇语。他们穿着西服或长衫,有一条深深的沟,把饥色和忧郁民众隔开了。

与《新月》杂志相亲的作者与编者,在态度上沿袭了大学讲台上的学人不苟言笑的风气,言必谈修养,行必讲姿态,知耻,有礼,且止于规矩,绝不让非理性的魔影袭到面容上,于是一些价值走向相近的人如邵洵美、陈梦家等均步入其中。徐志摩还亲自邀请从法国留学归来的邵洵美编辑《新月》和《诗刊》。徐氏看中邵氏,大约是审美上的一致吧。他们办杂志,意在提倡高尚的趣味,摈弃低级的倾向,邵洵美有一个看法,"雕刻家都变成了裁缝,这是中国文学的根本症象"。他在一个人的谈话中,高度赞赏了胡适与徐志摩,原因无非二人是高尚者而非低级者,在中国文坛需要的恰是这样的人物。他说:

> 趣味的高尚与低级,在十九世纪的法兰西有极热烈的讨论,大家对他们作各种的讥笑。最近摩拉在《批评的序论》一文里又反复申说对高尚趣味的要求,因为它和文学有根本的关系。我也觉得人总是人,而人又总是半神半兽

的;他一方面被美来沉醉,一方面又会被丑来牵缠。譬如说,无论什么通俗的娱乐,去的人意识地或潜意识地一定有一种要看人家好看的心思。所以高尚的娱乐不只是感观的享受,它有一种宗教的力量,它会给我们一种生活的秩序。

当然,所谓高尚的趣味又是不容易找到定义的。有高尚的趣味的人,对于一切都极诚恳,都极认真:他能知道自己的力量;他能佩服人;他不说含糊的话;他不爱有使人误会的装饰;和天才一样,他不比较便能判断;他简单。

胡适之先生现在能不写小说不作诗,便是因为他有高尚的趣味。志摩能不做官,也便是因为他有高尚的趣味。

也有人把高尚趣味和学究态度,当做一样的东西:这是一个明显的错误。不过,多读书,的确可以养成高尚的典型;但是所读的书却应当有最严谨的选择。

高尚的趣味也没有道德观念,因为它不被社会习俗来转移。道德的标准是跟着时代交易的。它也没有阶级的区别;无论你代表哪个阶级说话,低级趣味总是要鄙弃的。

高尚趣味是建设的,低级趣味是破坏的。

邵洵美的看法,几乎和徐志摩、梁实秋一样,他们在二十世纪二十年代末发出的声音,有着浓浓的针对性,即不愿意让粗糙的、杂乱的、仇视的声音淹没了自己的生存世界。这些留过洋的绅士阶层的文人,渴望以自己的耕耘,种出剑桥与哈佛的绿地:到处是葱翠的草坛,木栅的古色,桥边荫下的绿梦,群雕下诗人的晚钟……中国布尔乔亚的梦幻，在这一群人中一直隐现着。由于此，一时也吸引了众多的目光。

3

最初的时候，《新月》以文学为主，并不怎么涉足政治，后来才渐渐对时局发话，自由主义倾向浓烈了。讨论中国现代知识群落的审美走向西化之梦，《新月》能给人提供丰富的话题，刊物引起的争鸣在今天亦难否定其大的意义。鲁迅就曾讽刺过《新月》的态度，这至今仍受到新自由主义文人的指责。这个问题很复杂，涉及二十世纪二三十年代的社会环境及知识阶级的价值取舍。其实文人的干政，常常是诗人式的单相思，政客们对其言论或压抑，或不理，作用多大还是个疑问。鲁迅与胡适、梁实秋等人的冲突，在蒋氏王朝看来不过是读书人的喧嚷，独裁者对文人者也，并未放在眼里的。

而《新月》里的诗人的吟咏与批评家的自语，在文坛有不小的影响，连激进主义文人也不得不承认这些人的修养迥异于别人。我们拿徐志摩为例，他的诗就真而精美，像个天真的孩子，未受伪道学的熏染，如一泓春水，清凉而爽目。他的爱情诗写得尤为大胆，并不见猥亵的毛病，倒让人对其纯真之气表示新奇。他的散文也很漂亮，虽有点浓艳，过于抒情，可在学理上与为人的态度上都不能说是陋俗的。他推崇的作家比如易卜生、拜伦、萧伯纳，左派的作家也并不拒绝，有时看法还很接近。他心目中喜爱的一些作家，其实也有激进与忧郁的色泽，比如曼斯菲尔德，就感伤而压抑，甚至亦有病态的美，但在他和陈西滢的眼里，因为属于高贵的精神遗存而被不断肯定着。还有拜伦、易卜生，左翼作家看到了反抗与社会批判的伟力，而《新月》杂志的作者则赞美的是那超俗的品格。徐志摩瞭望西洋文学，常常把复杂背景简化成几个观点，抽象为一种教义，剩下的只是唯美的象征。有时你觉得他确实是皮毛的感受，深的精魂是缺失的。但他纯情、果敢、天真，在最苦恼的日子里，仍不忘怀于美丽的夜莺的鸣唱。他的诗没有胡适的乏味，亦无闻一多的格律，而是心性的自然喷吐，有时失之简单稚气和过于自我，但谈吐中的快意是我们读后难忘的。他的散文也颇具特点，没有一定的程序，笔到意到，绝无庸人之累，轻松得没有枷锁。梁实秋在《徐志摩的诗与文》中说：

讲到散文，志摩也是能手。自古以来，有人能诗不能文，也有人能文不能诗。志摩是诗文并佳，我甚至一度认为他的散文在他的诗之上。一般人提起他的散文就想起他的《浓得化不开》。那两篇文字确是他自己认为得意之作，我记得他写成之后，情不自禁，自动地让我听他朗诵。他不善于读诵，我勉强听完。这两篇文字列入小说集中，其实是两篇散文游记，不过他的写法特殊，以细察的笔法捕捉繁华的印象，我不觉得这两篇文字是他的散文代表作。《巴黎的鳞爪》与《自剖》两集才是他的散文杰作。他的散文永远是亲切的，是他的人格的投射，好像是和读者晤言一室之内。他的散文自成一格，信笔所之，如行云流水。他自称为文如

"跑野马",没有固定目标,没有拟好的路线。严格讲,这不是正规的文章做法。志摩仗恃他有雄厚的本钱——热情与才智,故敢于跑野马,而且令人读来也觉得趣味盎然。这种写法是别人学不来的。

徐志摩的诗文受到好评,也缘于其人缘之好。周作人、胡适、林徽因对他都有好感与友情。林徽因夸赞他是"纯净的天真,对理想的愚诚",大概写到了本质。我猜想创办《新月》的目的大概为此,即把心的诚奉献给世人,且让更多的人会聚于此,那更有意味吧。

和徐志摩有相近的热度的闻一多,也是《新月》里耀眼的诗人。他和梁实秋、徐志摩有很好的交情,审美观差不多是叠合的。年轻的闻一多是个唯美主义者,自己深信为艺术而艺术乃永恒的追求。他在美国学的是绘画,而自己颇为敏感的却是诗歌,由美术而为文学,在他是因诗的冲动浓于色彩的冲动,而他的诗歌也确实有了雕塑与油画的味道,一起笔就有了不凡之气。闻一多写诗受到了英美传统的影响,这与徐志摩没有什么不同。差异是前者的情感是内敛的,寻找到了一种格律,所谓戴着镣铐舞蹈者正是。后者则奔放不羁,没有外在的束缚,是信马由缰的,是赤诚热情的。闻一多的诗比徐氏要多一份忧郁的东西,内涵不都是己身之苦,还有大的悲悯在。他不像徐志摩为单一的爱欲所囿,心绪与社会的苦难也深深交织着。《新月》前后的闻一多,相信纯净之美的伟力。他认为美的精神是有其内在秩序的,这和胡适确信治学必有一种正确的方法一样。其实那时《新月》的作家都差不多认为艺术是有一种信条的,每个人都在依偎着这样的信条。闻一多在《新月》上曾介绍过白朗宁夫人的诗及欧洲的"先拉飞主义"。这些译介有它的价值走向,那就是对超功利的美的静观,从复杂的艺术史里摸出一条光明的路。他那时何尝不是陷入黑暗之中?唯有艺术女神的光影,才是心里的唯一,他这样想。

比较新月派的作家,闻一多和徐志摩一样,兴奋仅在美学上,顶多是从诗文里涉猎到现实,但也只是涉猎,重点还在美的精神的营造上。不像罗隆基、胡适、梁实秋有较浓的思想倾向,或对政治现状发言,或回答文艺思潮中的难题。连同沈从文、凌淑华等人,也无政治倾向的冲动。他们还是较单一的书生,外面的风风雨雨,似乎与其还有很远的距离。在徐志摩看来,办《新月》乃力主创作,希望在中国能出现曼殊斐儿那一类精致的作家,而他的友人闻一多、沈从文正是往这条路上走的人。徐志摩在这几个人的身上看到了艺术女神的姿影,《新月》创刊初期,看到一本精致的杂志问世,他内心一定是得意的。

4

几乎每个时代都有些为艺术而艺术的人,那是文化生态使然,校正着文坛单一化和功利化的一面。二十世纪二十年代末的一些文人以美为极致的存在,且顶礼膜拜,是有种类似宗教的冲动的。他们认可泰戈尔的宁静里的肃穆;热爱白朗宁夫人的赤诚;欣赏波特莱儿(现通译为波德莱尔)"性灵的抒情的动荡,沉思的纡回的轮廓";礼赞罗艾尔诗中的印象色彩。大凡有神圣灵光的艺术之作,悉人眼中,不分中外,既引介域外诗神,又研讨传统诗文,给人宽厚的感觉。新月派里的人热衷纯粹之美,对杂色与晦暗殊不满意,以为是乱世之音。本来他们可以按自己的思路平静地走下去,无奈有几个作者耐不住寂寞,遂引来一些论战,在文坛的声势反而更大了。梁实秋在那时是《新月》的理论家,许多看法集中了众人的观点,但又自成体系,精神从其老师白璧德那儿过来,把古典主义美学情调加大了。他在杂志上发表的系列文章,都有着针对性,把左翼思潮看成自己的对立面,而且将左翼的精神源头直指向法国思想家卢梭身上,以为其大有偏颇之处。这引起了鲁迅等人的不满,两人便交起锋来,遂留下了文坛的一段旧怨。

鲁迅看不上新月派,由来已久。因为那里的作者多是从现代评论派过来的,胡适、陈源、徐志摩等,他都不太喜欢,要么拿其打趣,要么与之交恶论战。当梁实秋出现在上海文坛时,鲁迅似乎看到了陈源当年的余影。

1927 年底,鲁迅看到《复旦旬刊》发表的梁实秋的《卢梭论女子教育》一文时,觉得颇可商榷,遂写了篇《卢梭的胃口》,谈到评价历史人物时的尺度:梁氏以个人胃口来取舍历史人物是不对的。鲁迅这篇文章并无什么恶意,真真是学理的交谈。梁氏却对此大为不满,遂做出自己的反应,与鲁迅的交锋就这样开始了。

他们论战的焦点有三:其一,文学是否有阶级性;其二,翻译中的硬译问题;其三,关于批评中的态度。

1929 年，梁实秋在《新月》上发表《文学是有阶级性的吗?》，从人性论的角度抨击左翼文学的问题。应当说，此文中有一些现象的把握，未尝不准，但立论却大有漏洞。鲁迅在《文学与出汗》中进行了反击，那文章写得很妙，为一般文人所写不出来的。梁氏认为："文学就没有阶级的区别，资产阶级文学、无产阶级文学都是实际革命家造出来的口号标语，文学并没有这种区别。"这等于说，人性是不变的，没有异样的统一体，而鲁迅则看到了人的进化与多样性，即社会属性。他说："自然，'喜怒哀乐，人之情也'。然而穷人决无交易所折本的懊恼，煤油大王哪会知道北京捡煤渣老婆子身受的酸辛，饥区的灾民，大约总不会去种兰花，像阔人的老太爷一样，贾府上的焦大，也不爱林妹妹的。"鲁迅还用归谬法，指梁实秋"作品的阶级性和作品无关""好的作品永远是少数人的专利品"等看法的破绽。梁实秋明明主张文学无阶级性，但却指"穷人为劣败的渣滓"，无疑是站在了阔人的立场上，故其文字也有了阶级性。人性的话题，要说清楚的确太难。要做超阶级的文人固然不可，但屁股总要坐在板凳上。而这板凳有人就坐不起，身份不同也。《新月》那一派人，其实是有产阶级里的雅士，他们的趣味，未尝不是艺术精神中的一类，但以为文坛只应有此而无彼，气量就显得小了。

关于硬译现象，乃是一个学术问题，鲁迅和《新月》诸人未必看法一致。这是一个文字学与接受学的话题，观点分歧是自然的。梁实秋和徐志摩等人都喜欢翻译中的化境，即让人读得懂其意，达到中西合璧之效果。胡适看到《新月》上梁实秋谈翻译的文章，持一种赞赏的态度，并也参与讨论。不过梁实秋并不像胡适那么宽容,他对鲁迅的翻译大不以为然,在《论鲁迅先生的"硬译"》里,先引用鲁迅的恶敌陈源的话刺激鲁迅,遂又以鲁迅为例子,射其躯体,认为其译文离"死译"不远了:"有谁能看得懂这稀奇古怪的句法呢?"鲁迅在《"硬译"与"文学的阶级性"》一文中回答了挑战,坦言之所以不用像创作那样的流利的笔法进行翻译,乃因为要改变中国人的思维习惯。我们国人思维的不精确与语法有关,输进一些新的语法与叙述结构,对改造国人思维上的糊涂多有益处。两人的论辩,其实是两种人生境界的摩擦,新月派的人起初并未意识到鲁迅批评的要义。只是后来闻一多在身处绝境时,方感到鲁迅的深切,那已是后话了。

　　围绕人性与翻译诸问题的争论,后来大伤和气,渐次升为血气的厮杀。许多左翼文人也卷入其中。冯乃超等人撰文讥讽梁氏是"资本家的走狗"。梁实秋在《"资本家的走狗"》一文答辩说:"说我是资本家的走狗,是哪一个资本家!我还不知道自己的主子是谁,我若知道,我一定带着几份杂志去到主子面前表功……"作为一介书生,梁氏的表白,或是真话,但鲁迅却认为这正是"资本家走狗"的活写真:"凡走狗,虽或为一个资本家所豢养,其实是属于所有的资本家的,所以它遇见所有的阔人都驯良,遇见所有的穷人都狂吠。"鲁迅在《"丧家的""资本家的乏走狗"》一文中显示的力度,是梁氏无法招架的。也成了其一生的心痛。梁氏曾暗喻鲁迅拿了卢布,语意狠毒,可谓发难于前,鲁迅深知来意不善,便还手于后,杀伤力远过前者,文风之峻急、冷酷,使《新月》的理论家大为难堪。那年月的雅士、君子,遇

寻路者

上了软硬不吃的斗士,难说不是一种境遇的窘态。

其实,鲁迅与梁实秋为理论代表的新月社诸君的分歧,是对社会与人生的态度。梁氏在《论批评的态度》上,批评文坛一些人"不严正":"我觉得中国人比较的不大能领略幽默讽刺,严声相骂才是中国人的擅长。"鲁迅在《新月社批评家的任务》一文却说:"新月社的批评家,是很憎恶嘲骂的,但只嘲骂一种人,是做嘲骂文章者。新月社的批评家,是很不以不满于现状的人为然的,但只不满于一种现状,是现在竟有不满于现状者。"这大概是理解鲁迅与新月社诸人冲突的根本点吧?喜欢平静纯美的东西并不错,但在一个混乱的年代,要纯而又纯,不允有反混乱、反压迫的斗争壮举,侈谈"公理",侈谈超阶级的永恒不变的人性,无论动机如何,实际上起到的都是"维持治安"的角色作用。新月派人物的天真与固执,在二十世纪三十年代初的文坛,有时是有点尴尬的。

5

现代文学界是个众声喧哗的所在,并无定于一尊的局面。看法呢,也各有千秋,彼此纠缠着、并列着、重叠着,有大的趣味在。我读《新月》杂志里诸人的文章,一是觉得编者的意图之明确,绝无"学匪"的声音,节制思想的表达,左翼的倾向几乎是没有的。二是知识面较宽,趣味是较多的。菊农、彭基相的谈哲学,叶公超、余上沅、张嘉铸的讲西欧文学,邵洵美、胡适、徐志摩的文体自白,各显自我。他们谈理论时,滔滔不绝,思想亦有锋芒。

常常也说出精辟的句子。比如《新月》一卷三号余上沅的《易卜生的艺术》，其看法与左翼文人是接近的。文中说：

> 易卜生所创造出的人物没有一个是浪漫的男女英雄，他们却都是形形色色的普通一般人。他剧中所描写的生活自然也是日常实际生活，背景也是起居室一类的日常经见的环境。极平凡的人，在极平凡的环境里，说极平凡的话，做极平凡的事；然而在这极平凡的背后，易卜生却指点出一个也许不平凡的意象来：这是艺术家点石成金的大手腕。

今人看这样的描述，深以为然，这样的话难说不对，在眼光上是独到的。但左翼作家那时批评新月派文人，大抵是感到他们多为纸上谈兵，只是把易卜生供到桌上，只会赏玩，却不懂以其生活态度对待人生。再如二卷二号上黄肇年所译拉斯基教授《共产主义的历史研究》，陈述马克思主义的来源及发展，颇有学理价值。其文是社会民主党式的风格，亦拒绝社会极端之发生，有一段话给人深刻印象：

> 我们见到的地方，马克思也许未曾见到，也许见到未能料及能有今日的重要。然而无论用哪种眼光看来，一个脑筋清楚的人，不能不承认今日社会的需求，已完全改变。应当利用国家这个机关去取消社会上种种不平等的时机已经到了。我们已经根本觉悟把人民永远划为贫富两阶级的国家，绝对不合社会正义。我们目前的办法，只有两种：

一，现在掌权的阶级，立志表示一处有史以来所未有的大让步；二，若不然，那般认现今社会制度的基础者必群起而推翻之。各阶级之间，未始不可随时互相调和，马克思自己也承认在英国这种调和的方法，是过渡时期可能的事。

拉斯基的看法，是合乎《新月》同人的口吻的，基调是温和的、自由的。《新月》的许多有思想的文字，在色调上几乎都有类似的特征，包括胡适、罗隆基诸人，深味此一色调的意义。我们读沈从文、林徽因的作品，也能嗅出温馨的气息，似乎和那些不偏不倚的理论描述共鸣着，尽管有时彼此在不同的世界里，甚至气质相反。《新月》诸人谈历史，讲学理，都有特别的地方，独独对现实发言时，少了穿透力，与鲁迅、周作人这样的人比，似乎天真了许多，未尝不是隔靴搔痒。

中国历来的文人，喜欢师法什么，依傍在某一精神的靠板上。谈鬼说狐，讲梦述理，自有妙处。然而看人看事，单一的态度多，复杂的眼光少。议事非此即彼，殊难以诘问之姿进入问题，往往简化对象，未能进入心灵深处。我读胡适诸人的文字，常常觉得他们美好的态度对现实是无力的，少的恰是自我的痛感，也未能予人以深深的痛感。打不中对手的内脏。新月派的批判意识是梦的游走，几乎不能搬动眼前的冰山。但如果看看鲁迅的冷峻与热力，却可以融化些什么，将阴冷的氛围驱走了。鲁迅的不同于自由主义文人在于，不相信一个确切的要领可以涵盖一切。生命乃一个过程，人很可能成为自己选择的对象的奴隶。当自由主义按其理念设计什么的时候，他也可能掉入自己设计的陷阱。所以在鲁迅看来，警惕自己与警惕他人同样重要。问题不在于公理的好坏，而是对恶要有恶的思维，对善要有善的办法，疗救百病的药是没有的。新月派文人天真而单纯，你如果进入那个团体，亦可感到彼此的暖意。但他们说梦可以，讲世故之风与人情之险，却被什么绊住了。所以鲁迅的讽刺他们，并非视其为恶人，只是觉得在魑魅魍魉的世间，以精神的躯体去肉搏惨淡的黑夜，也许更为紧迫，反抗与挣扎，甚至用溅血的声音叫出世间的苦楚，让无数人知道今天还是奴隶，且挣脱这种奴隶之锁，是何等的重要！人只有不断摆脱外套束缚且质疑着这个世界时，大约才能免遭苦役。左翼文化中的这种血性之迹，在旧中国的价值，并非今人想象得那么低矮。比较一下新月文人与其分别，会看出些什么的。

闻一多后来的变化，是意味深长的。那是对新月派的一种反省与注释，大可看出其间的问题。二十世纪四十年代经历了极度的黑暗后，当现实的苦难感深深地窒息着自己的时候，回想当年在《新月》上的文章，以及私下与友人讥刺鲁迅的情形，闻一多有着深深的内疚。他忽地发现了象牙塔里的人精神上的浅，对世界认知之简单可笑。他说：

　　有人不喜欢鲁迅，也不让别人喜欢，因为嫌他说话讨厌，所以不准提到鲁迅的名字。也有人不喜欢鲁迅，倒愿意常常提到鲁迅的名字，是为了骂骂鲁迅。因为，据说当时一旦鲁迅回骂就可以出名。现在，也可以对某些人表明自己的"忠诚"。前者可谓之反动，后者只好叫做无耻了。其实，反动和无耻本来也是分不开的。

除了这样两种人，也还有一种自命清高的人，就像我自己这样的一批人。从前我们住在北平，我们有一些自称"京派"的学者先生，看不起鲁迅，说他是"海派"。就是没有跟着骂的人，反正也是不把"海派"放在眼上的。现在我向鲁迅忏悔：鲁迅对，我们错了！当鲁迅受苦受害的时候，我们都正在享福，当时我们如果都有鲁迅那样的骨头，哪怕只有一点，中国也不至于这样了。

一个曾在新月社当红的学人，后来转而看到当年的窘态，总是让人感动的。闻一多的话，不仅是对书斋中的人的警示，也是对同人们旧梦的一次颠覆。海市蜃楼固然美，那却是缥缈的存在。人毕竟生活在人间世中。有梦是好的，如能睁着眼睛看到梦之外的风风雨雨，知道还是可怜世间的匆匆过客，那么庶几不为幻觉所扰，一边幻想着，一边实干着，大约就不会沦为清议的虚妄。新月派后来的各自东西，便是现实的苦难所使然。对于当下生活，儒雅清高的文人君子，大多还是交了白卷的。

帝都之影

陈师曾有一册《北京风俗图》，描绘出帝都胡同里的人们，颇为传神。那是文人画的标本，看得人心要沉静下去，有与古老的街市默默对视的冲动。但这似乎是外在于帝京的审美，作者不过是都市的看者，并无血缘的联系。倒是老舍那样的作家，写出了古城的本然之声，倘若看看老舍的文字，当感受到陈师曾作品里没有的东西。

有文字记载的历史里，北京还没有出现过老舍这样的艺术家。他贫民性的写作和都市风景的刻画，流动出士大夫文化与绅士之外的另一种风致。皇权之外的精神灵光，是被他捕捉和创造出来的。

说起老舍这个人，生前过得不太如意，他早期记忆并不好，幼年便遭到不幸。1900年，八国联军进京的时候，父亲在紫禁城外殉难。清朝灭亡以后，老舍的家一贫如洗，深味人间的清苦之路。作为满族作家，他一生都没有忘记自己的身份背后的历史，乃至这些苦楚的记忆成了其写作的因由之一。

关于他的童年，老舍自己的回忆多的是清苦之味，他上学很晚，后来只读过北京师范学校。毕业以后就去了南开中学教书，不久又在北京的一个学校做过校长和学监。他在二十几岁的时候受了洗礼，成为一名基督徒。1924年，在一个牧师的介绍下去了英国东方学院。在英国的几年间，除了讲汉语以外，生活是寂寞的。在这一段时间里，他通过阅读英国人、法国人的小说，心窗忽开，有了创作的欲望，遂写了《老张的哲学》《二马》等作品。文学是寂寞人的事，他不过借此摆脱无聊与枯燥的生活，这种无用之用，也成全了自己，在遥远的伦敦发现了北京，且写出古都众生的灵魂。有人说这差异性语境起了作用，但我感觉到，这是借此警惕自己在异域的迷失。因为写作，便感到了一个真的自我的存在。

他离开英国并没有马上回到故乡，曾经在新加坡待了一段时间，写过一部长篇小说《小坡的生日》，在那时已经显示出他的才华了。几部小说在《小说月报》上发表以后，受到了人们的欢迎。他的文风，与任何一个人都不一样，当时的作家写作几乎都是在文白间的游移，用的是语体文。可是老舍走的是另一条路，心仪的是北京人的口语，辞章里流动的是市井气。文人的那些习惯与士大夫的遗音，在其笔下是看不到的。

他回国后去了济南一所教会主办的齐鲁大学，在济南期间，他的创作如泉奔涌。但环境并不如意，民间对教会有复杂的感情，有的非常讨厌传教士。学潮影响了他的教学，于是来到青岛。那时候写了《大明湖》，稿子寄到了上海商务印书馆的时候，由于日本轰炸，毁于火海。其中烧毁的还有巴金的长篇小说手稿。这件事对他刺激很大，他的国家意识比先前更浓了。

在山东最大的收获是写了《骆驼祥子》，这比他的《猫城记》《离婚》《牛天赐传》等都有影响。《骆驼祥子》被翻译成四十种文字，成为其代表作。对他的创作给予支持的人很多，二十世纪四十年代末他去美国的时候，得到了赛珍珠的帮助。赛珍珠对老舍非常关照，老舍的书被翻译成英文以后，出现版权问题，是赛珍珠帮助解决的。后来他写了一个话剧叫《方珍珠》，有人说他是在感谢赛珍珠,我们不得而知,仔细想来,也有可能吧。

抗日战争爆发以后,老舍把孩子、夫人留在山东,一个人去了重庆。当时中国共产党要联合所有的作家,就需要一个各方都能接受的人物。左派与右派都不合适,人们最终认可的是老舍先生。

日本入侵打破了老舍以往的思维惯性,他觉得在悲观的人生里不能解放世界,国家命运与己身的一切是密切相连的。他灰色的记忆被一种光亮所照射,儒家思想在他那里也渐渐浓烈起来。

在重庆,整个文化工作协会的领导工作是由老舍先生来承担的。他在这期间写了很多剧本,有意思的是除了写那些地域性的小说之外,他还涉猎曲艺领域,相声、快板也创作了许多。其底层意识和人间情怀,被众多的文人欣赏、喜爱。

在抗战期间,他的生活很苦,可是心情颇佳,还和女作家赵清阁合写了一些话剧。这些话剧反映了当时抗日的生活,乃社会心理的记录。那时候的思想已经与过去有了很大的区别,民族意识有了新的内容。抗战胜利以后,老舍和曹禺去了美国。他原来以为到了美国后,可能摆脱一些困惑,将来能够有另一种生活,可是此事大难。老舍回国以后,在北京市担任文联主席,生活与社会环境都有了变化。

老舍在美国的时候,完成了著名的长篇小说《四世同堂》,《四世同堂》应当说是他试图全景地反映抗战时期北京的生活的力作,这是一部史诗,后来拍成电视剧和电影,影响很大,这显示了他整个的价值观和审美观。二十世纪五十年代,他全身心投入到社会主义建设里面，不像茅盾、曹禺那样停下笔来，而是获得了全新的收获期。他觉得一个破破烂烂的旧中国，在中国共产党的领导下一下子发生了这么大的变化，心存无限的感激。

他在文联的口碑甚好，中华人民共和国成立之初北京艺人几乎全部失业，他觉得这是城市里的精神绿地，需细心爱护才是。于是给中央领导写信，把这些艺人组织起来，成立相关协会，说唱团、评剧团、京剧团等纷纷面世。他还团结了许多画家、书法家，与齐白石、梅兰芳等人保持着良好的关系。因了他的磁石般的存在，北京艺人与草根文人从他那里得到了关爱。

他的梦很美好，作为底层出身的作家，拥有着旧文人精神里没有的明快与通达，这些都折射在其作品里。所作《龙须沟》《茶馆》，新旧对比中的生活感悟，立体地呈现出中国社会变迁之迹。作品毫无旧习，是心灵里流淌出的声音。而小说与剧本里语言越发老到，民风里舒展着底层哲学的智慧，在百姓的寻常生活里，命运之神跳出新式的舞蹈。老舍在自己的故土，找到了属于百姓的审美底色，京城的岁时、风月与胡同的春秋，都被一种新式精神重写了。他兴奋的是，不仅百姓翻身了，自己也有了社会主人的感觉："在国民党的黑暗统治下我是经常住在'沙漠'里。""我已有三十年的写作生活，可是只有在最近的五年中的新社会里我才得到一个作家应得的尊重。"

但"文化大革命"到来，他遭到厄运，内部作家的攻击和红卫兵的毒打，摧毁了一切，世界被颠倒过来了。落入绝望之地的老舍，不堪忍受生命之辱，便在太平湖自溺身亡，走完了六十余岁的生命。他一生最为撼动人心的，便是这死于所爱之地，如此撕心的一笔，成了文学史中最为沉重的乐章。

他的作品因了那悲壮的死，也有了另一种难以述说的分量。

在他的一生里，基督徒的身份是飘忽隐秘的，后来几近消失。假如他不是因为这个背景，估计不会写出《骆驼祥子》来。他对百姓，对芸芸众生那种悲悯情感，跟鲁迅非常像。但鲁迅不是一个基督徒，精神有另外的东西。可是老舍不同，他的爱意里，有基督文化明快的一面。不过据胡絜青的回忆，他自己从来不礼拜，也不参加教会的仪式，而且他和基督教还是有一点点的距离。尽管这样，基督精神对他还是有积极影响的。中国的很多作家在民国时期是基督徒，但在宗教信仰上并不彻底，后来多回到了儒家的秩序里。这个现象读解下来，也能看出国人文化心理本然的一面。

老舍对佛教、伊斯兰教都有好感。因为有信仰的人，行为是有节制的，且有自我牺牲的精神。他有一篇文章叫《宗月大师》，介绍了他如何受到了宗月大师的帮助。他说，自己小的时候，因家贫而身体很弱，一直到九岁还不识一个字。是宗月大师帮他上了学。宗月大师把自己的财产全散了，都分给了穷人。他有一种布道精神，有一点像教会里面那些施舍的善人，给世界不少温暖的东西。"没有他，我也许一辈子也不会入学读书。没有他，也许我永远想不起帮助别人的乐趣与意义。"老舍后来加入基督教会，跟这个有很大的关系。

老舍的入教，没有使他成为排他的人，对弱势群体颇为体贴。比如对穆斯林群众，就有爱心，专门写过关于穆斯林生活的作品，能够理解他们的生活。这又体现出儒家的感觉，精神是有一种包容意识的。

宗教情怀使其审美的眼光与人颇为不同。他多次谈到但丁的《神曲》，认为《神曲》是一部伟大的作品，文字间彰显了灵魂的深。他在山东汉藏教育学院做过一个演讲，题目叫《灵的文学与佛教》。这里面他从古希腊、罗马文艺说起，一直讲到文艺复兴，讲到近代以来的文学，讲到佛学和文学之间的关系。我觉得这篇文章非常有意思，在《灵的文学与佛教》里，他主张文学要表现人的心灵世界，不单单是世俗生活简单的描摹，应当对人的内心、对灵魂、对天堂、对地狱，对这些事情要有所关照，而且他礼赞了但丁的《神曲》，那么精确地描绘了人在地狱里的惨状，又如何超越这种苦难，寻找光明，很有感人之力。

他谈到中国灵的生活和灵的文学，道教是算不上的，因为他是根据老庄的哲学再糅进一些佛教的彩色成了宗教，他说这够不上真正的灵的文学。中国的佛教已经宣传了将近两千年，但未能把灵的生活推动到社会上去，送到人民的脑海里，致使中国的社会乱七八糟，人民的心里卑鄙无耻，这点我们不能不引以为憾。这个观点跟传教士对中国的判断是非常接近的。明代开始，许多传教士到中国来，写过许多文章。有一本书叫《支那人的气质》，这是美国的一个传教士斯密斯的作品。1905 年被翻译成日文，鲁迅看了以后很感动，他当时讲说中华文化，是没有经过大洪水的文化，上帝的灵光没有照耀到那个地方。中国人很勤劳，但也愚昧；很聪明，可是保守；有思想，不过却中庸。此书从各个方面分析我们的国民性。老舍早期受到类似的思想的熏陶,他后来的文学活动,多少与此有关。

他能够一生坚持写北京的底层人,与鲁迅一样,是爱心使然。鲁迅写祥林嫂、写阿Q、写闰土,充满了悲悯。老舍写的人更底层化,都是土掉渣子的不幸者。他在日本占领了北平以后,写了一篇怀念北平的文章,从来不提故宫,不提长城,不提王爷府,他对那些不感兴趣,他脑子里的世界是胡同、地摊、庙会,是老百姓日常的生活。他的这种情感就是有一点基督的意识,自己背负着一种使命,度众生于苦海。宗教情绪对他影响很大,他的道德也是很分明的。比如他很尊重周作人,可是周作人落水以后,就非常愤怒。鲁迅刚刚去世的时候,他对周作人那种自私的行为不以为然,觉得周作人很有学问,可是只想自己,没有对他人进行关注的这样一种胸怀。我们从《龙须沟》等一些作品里面,都能感觉到他的那种爱,希望自己的头顶上有一个太阳。过去是神,是释迦牟尼,现在是共产党,是马克思主义。

这是那一代作家特有的现象,只是老舍表现得格外突出罢了。老舍一生的选择,荣也因之,辱也由此,现代革命的悖论,在他那里体现得颇为充分。恰恰是他高远的目光,从日常生活里头发现了另一种存在,故土的存在被其精神之光照亮了。

老舍到了英国以后,发现这个古老帝国的文化和中国的文化差异那么巨大,仿佛一面镜子照出了自己的影子。这种感觉和鲁迅当年在东京的感觉非常接近。在《二马》《老张的哲学》这些作品里,底层人的生活,形态种种,悲楚多多,书中的芸芸众生相,美丑互现,高低各显。在《老张的哲学》里,一个教育界的老张如何的自私，为了金钱和个人的利益如何的无耻，都让人真切可感。帝都的年轻人、老年人，无一不染有劣根的病症。《二马》里写马氏父子和英国人交往的过程中的可笑性，可以看出礼仪里面的虚伪。从大的文化对比看国民性，他自然得出与鲁迅相近的结论，哀叹自己民族的落后，正视自身的"残疾"，成了写作的内因之一。

《牛天赐传》《小坡的生日》《骆驼祥子》《月牙儿》《我这一辈子》《四世同堂》等等作品里，他对中国各种各样的根性都进行了更为深入的描述。有人问他是不是受了鲁迅的影响？他说那时候没有看过鲁迅的文字。如此说来，是彼此的精神有交叉吧。后来他去上海，本来和鲁迅能见上一面，但是那天鲁迅有事，于是失之交臂。鲁迅对他的作品印象并不太好，觉得过于油滑，把什么淹没了。老舍早期的小说很幽默，可是未能在该止处止之，破坏了作品的和谐。不过老舍后来对鲁迅是非常推崇，在国民性的看法上，两个人惊人的一致。早于毛泽东多年，他就对鲁迅有很高的评价。作家谷林有一篇文章，记叙老舍当年在重庆参加纪念鲁迅的活动，其朗诵鲁迅的作品的片段，颇为生动：

　　这中间又看到坐在靠里角左侧的老舍，把一卷纸交他的邻座，示意往右传递。传到坐在靠右壁角落的胡风手里。胡风接过，低头细看，很看了一阵子。然后伸长脖子点点头，又把卷子传还到老舍那里。老舍发言原来是这次纪念会的大轴节目：朗诵一章《阿Q正传》。说是朗诵，可是发音不高，也没有那种诗人气派的抑扬顿挫，显得沉静温

　　　　　　　　　　　　　　　　寻路者

雅，字句却分外清晰，听来直沁心脾。几十年过去了，犹若余音绕梁，平生机遇，仅此一遭。《阿 Q 正传》当然无人不晓，小说里原本很有些逗乐传神的描述，意想不到的是经过老舍口传，旧篇恍成新章，一座尽靡，无不开怀绝倒。朗诵之前，老舍还有一段开场白，也是同样声腔，反响热烈如潮，他说罢一句，满座便是一阵哄笑，老舍则纹丝不动，少俟片刻，再以平易的音调，续发蕴藉的妙绪，递推以迄终场。

以京味的口吻戏仿绍兴的无业游民的生活，且唤出场景的气息，以及人物的形象，那也要深入领会方能得之。讽刺背后有无奈的爱意，不是人人可以体察。老舍从鲁迅的文字中读出苦楚之心，那审美肌理里核心的存在，自己也是存有一二的吧。

鲁迅去世之后，老舍不断地写关于鲁迅的文章，多是关于国民性的话题。他以为鲁迅在国民性的思考上比自己要深刻。比如鲁迅的小品文，就有深的埋伏和智性。他说："小品文，在五十年内恐怕没有第二把手来与他争光。他会怒，越怒文字越好。文字容易模仿，怒火可是不易借来。他的旧学问好，新知识广博，他能由旧而新，随手拾掇极精确的字与词，得到惊人的效果。你只能摘用他所用过的，而不易像他那样把新旧的工具都搬来应用，用创造的能力把古今的距离缩短，而成为他独有的东西。他长于古文古诗，又博览东西的文艺，所以他会把最简单的言语，调动得跌宕多姿，永远新鲜，永远清晰，永远软中透硬，永远厉害而不粗鄙。他以最大的力量，把感情、思想、文字容纳在一两千字里,像块玲珑的瘦石,而有手榴弹的作用。只写了些短文吗?啊,这是前无古人,恐怕也是后无来者的。"他到美国大学讲学的时候,曾介绍过中国的文学,其中重点谈的是鲁迅。因为从鲁迅那里,他知道自己该选择什么,拒绝什么。

而他写作的时候,并不能像鲁迅那样以刀子般的笔切开经脉,但风俗之图中的沉闷,与鲁镇、未庄的氛围比不差。在《骆驼祥子》里,祥子、虎妞、刘四爷,是不同人生的解剖,每个人都在畸形的空间里存活着。祥子这个形象,比阿Q要勤劳、善良,没有流氓气和游民气。"仿佛就是在地狱里也能作个好鬼似的。"老舍写他这个人"确乎有点像棵树,坚壮,沉默,而又有生气。他有自己的打算,有些心眼,但不好向别人讲论"。好不容易买了一辆车,却被大兵掠去。不得已重新开始,继续拉车。他想靠自己的劳动获得好的生活,但社会没有给他这样的机会,不断陷入无望的枯井里。祥子和虎妞的婚姻,本身就荒唐,自己没有获得一点尊严。命运给他的,几乎没有美丽的东西,最后的滑落、困苦是必然的。

祥子眼里的北平,没有庄严、神圣的一面,有时候还带有惊恐的凄凉感。他被虎妞骗婚的时候,三海边竟是惨白的风景,似乎要窒息了自己一般。胡同里的人物,也多无生气,都在昏暗里偷生。即便是知识人,也无法拯救这些苦人,大家照例在非人的世界。短短时间,祥子就经历了诸多变故,自己也越来越堕落下来。老舍要暗示的是,北平的一切是冰冷的,大家活在一个死灭的世界里。生命没有热力,从人退化到野兽的行列。作者写道:

　　　　　　　　　　　　　寻路者

人把自己从野兽中提拔出，可是到现在人还把自己的同类驱逐到野兽里去。祥子还在那文化之城，可是变成了走兽。一点也不是他自己的过错。他停止住思想，所以就是杀了人，他也不负什么责任。他不再有希望，就那么迷迷糊糊地往下坠，坠入那无底的深坑。他吃，他喝，他嫖，他赌，他懒，他狡猾，因为他没了心，他的心被人家摘了去。他只剩下那个高大的肉架子，等着溃烂，预备着到乱死岗子去。

他将自己笔下的人物送进坟墓，那是怎样的悲哀。但有时作者抑制着这种感情，以滑稽幽默的笔触，将自己的经验寓言化。《猫城记》的创作，显示了他的才华。带有一丝寓言的味道。《猫城记》写了外星球的一个国家，其实就是中国，里面有很多的政党，什么大家克夫斯基，他影射马克思主义，对马克思主义是讽刺的，显示了自由主义文人的特点。在《猫城记》里面，他写了各种各样的人，都是灰色的人生。作者坦言道：

> 猫人的糟糕是无可否认的。我之揭露他们的坏处原是出于爱他们也是无可否认的。可惜我没给他们想出办法来。我也糟糕！可是，我必须说出来：即使我给猫人出了最高明的主意，他们一定会把这个主意弄成个五光十色的大笑话；猫人的糊涂与聪明是相等的。我爱他们，惭愧！我到底只能讽刺他们了！

老舍以自己不凡的想象力去刻画一个衰败、凌乱的国度，字里行间还残留着一丝的光亮。可是他的想象力有时候过于贴近市井，飞不起来的时候居多。民间"灵"的生活缺席，总有些苍白，鲁迅的那种更复杂的精神隐含，老舍没有。他意识到自己的单一，所以后来力避人物的扁平，去写更为复杂的事件。小说《四世同堂》视角有了些变化，对国民性的透视有了新意。这是部带有史诗意味的作品，力图全景再现北平人的抗日生活，人物、情节都有了以往作品少见的内涵。抵抗者、庸众、汉奸、政客、知识分子，构成了特殊时期的文化景观。在市井之间，上演着各类悲喜剧，作者的神往之情也历历在目。一个衰败的民族，倘若还有自救的星火，黑暗总可以过去的。青年人不安于现状，寻找光明、走上革命之路的过程，都有非同寻常的笔墨。

这个时候，老舍对于民族独立与新的国家，有了一种渴念之情。写作也发生了不小的变化。这个变化也告诉读者，老舍后来为新中国歌之、颂之，都是有一个逻辑过程的。

老舍了不起的地方是创作出一种京味儿文学。这是用北京方言来表现风情的文字，北京的民俗、趣味弥散在一种有韵律的表述里。在日常生活里，发现人情的美和世俗社会的真意，给审美带来浓郁的地方特色。京味儿作品有一种命运感的交织，它的语言并不是日常口语的简单移植，而是有色彩的，胡同里的命运感和老北京的苍老之风流溢，小而见大，苦而含乐，都在这种味道里集结着。

《红楼梦》也写北京的生活，可是它是大观园里的生活。《红楼梦》的语言漂亮，它很温润，有磁性，每一个人的对话都有身份和痕迹，而且都有个性。日常生活中我们看来不能够进入到诗文里的东西,《红楼梦》里面都有。可是在老舍这里,士大夫的感觉消失了,民间的苦乐成为了主题。皇城根下流民之影,胡同里的婚丧嫁娶之音,枯树下男女的恩恩怨怨,都是曹雪芹所顾及不到的领域。老舍扩大了写作的边界,注入了谣俗之风。

比如《我这一辈子》写一个裱糊匠,都是日常生活,主人公娶一个媳妇儿,不久让朋友给拐跑了。他又去做巡警,那时候的巡警,受到当时社会的压迫,乃下层职业,可谓苦不堪言。一个打击跟着一个打击,是失败的人生。《月牙儿》是有着痛感的文字,那沉闷的叙述里,隐含着绝望。《月牙儿》的凄惨的叙述语态,感人的故事,已看不出一点笑料的味道,而是一种对他来说罕有的细致、婉转。其绵绵的抒情笔致,在作者的小说中,是为数不多的。老舍写下层人的生活,有他特殊的体验和笔法,而对贫困女子的生存状态了解之深,令人惊异。他先前写《猫城记》,多有反讽的东西在,曾受到过非议;写《二马》《赵子曰》等,因过度游戏化,也受到冷遇。但到了《月牙儿》这里,艺术上的缺陷渐渐减少,如同《骆驼祥子》一样,流动着人本的哀凉。《月牙儿》写女子的不幸,有泪、有血、亦有不予之声。近代以来,写女子苦境的小说甚多,但像老舍这样以第一人称来叙述“我”的境遇,在男性作家那里是不多见的。他习惯于写小人物的悲剧,善良者的死在作品中常可见到。《骆驼祥子》描述小福子的死,虽不是直面介绍,但从人物对白中可以感到那景象的凄然。老舍写人间的绝境,笔触残酷,像是咀嚼着其中的鬼气,其内心的苦楚,是可以体察到的。

在老舍众多的作品里,压抑的心绪雾一般弥漫着,少有光点。小说写环境、人物的内心与命运，都在京味儿的气息里，可是那些美丽的声音、色彩，都与他的本色人格无关，在京腔京调里，隐含着天底下的大悲苦。老舍的词语是爱意的词语，京味里有对故乡的眷恋。那不乏对于苦楚的逃逸，但笑意地抵抗虚妄的姿态也是有的。老舍发现了北京城的人生存的智慧，他知道，无趣之趣，才是大的哀凉。这种语言里的人生，却是绝望的存在，古老的街市，打不开的恰是光明之门。

老舍善写谣俗与民调。《四世同堂》写道：

祁家的房子坐落在西城护国寺附近的"小羊圈"。说不定，这个地方在当初或者真是个羊圈，因为它不像一般的北平的胡同那样直直的，或略微有一两个弯儿，而是颇像一个葫芦。通到西大街去的是葫芦的嘴和脖子，很细很长，而且很脏……祁家的房便是在葫芦胸里。街门朝西，斜对着一棵大槐树。在当初，祁老人选购房子的时候，房子的地位决定了他的去取。他爱这个地方。胡同口是那么狭窄不惹人注意，使他觉到安全；而葫芦胸里有六七家人家，又使他觉到温暖。门外呢，两株大槐下可供孩子们玩耍，既无车马，又有槐豆槐花与槐虫可以当作儿童的玩具。同时，地点虽是陋巷，而西通大街，背后是护国寺——每逢七八两日有庙会——买东西不算不方便。所以，他决定买下那所房。

当他写到这个胡同的时候，他的语言非常有感情，非常有意思。而且他写北京的春夏秋冬，写得都很有趣。如《正红旗下》

第五章写北京刮风：

> 这一年,春天来的较早。在我满月的前几天,北京已经
> 刮过两三次大风。是的,北京的春风似乎不是把春天送来,
> 而是狂暴地要把春天吹跑。在那年月,人们只知道砍树,不
> 晓得栽树,慢慢的山成了秃山,地成了光地。从前,就连我
> 们的小小的坟地上也有三五株柏树,可是到我父亲这一
> 辈,这已经变为传说了。北边的秃山挡不住来自塞外的狂
> 风,北京的城墙,虽然那么坚厚,也挡不住它。寒风,卷着黄
> 沙,鬼哭神号地吹来,天昏地暗,日月无光。青天变成黄天,
> 降落着黄沙。地上,含有马尿驴粪的黑土与鸡毛蒜皮一齐
> 得意地飞向天空。半空中,黑黄上下,渐渐混合,结成一片
> 深灰的沙雾,遮住阳光。太阳所在的地方,黄中透出红来,
> 像凝固了的血块。

老舍的小说里面就记叙了晚清北京的自然环境,历史学家
从中可感悟的存在一定很多。

关于日常生活,老舍也有诸多妙笔。因为是旗人,他特别愿
意写满族人的生活,但他觉得满族人不争气,晋了官以后,都吃
俸禄,不劳动。北京贵族每天听听戏,喝喝茶,每天沉浸在那种
快乐里面,变成一些无用之人。老舍晚年的《正红旗下》的语言
更纯粹,在那里他把北京的语言都过滤了,不是原汁原味的北
京话,他虽然写的是日常生活,可是日常北京人骂人的话,龌龊
的话,都被驱走了,他把北京话提纯起来,把那京味通过人工的

方式给制造出来。北京的京味,有时非常土,含有粗俗的东西,他认为不好。作为一个基督徒,他希望语言是纯净的。他原来对中文的深度的认识并不自觉,去了英国之后有了对比,英国的语言表达多么丰富,还有欧洲其他国家的语言,也很丰富。简单的词语便有丰富的意象,这个民族是有活力的。他要寻找的就是有生命力的语言。

他对旗人日常生活的描述不都是赞美,也有批判的地方。老舍并不是一个狭隘的民族主义者。《正红旗下》第二章有一段话,也是对日常生活的描述:

　　二百多年积下的历史尘垢,使一般的旗人既忘了自谴,也忘了自励。我们创造了一种独具风格的生活方式:有钱的真讲究,没钱的穷讲究。生命就这么沉浮在有讲究的一汪死水里。是呀,以大姐的公公来说吧,他为官如何,和会不会冲锋陷阵,倒似乎都是次要的。他和他的亲友仿佛一致认为他应当食王禄,唱快书,和养四只靛颏儿。同样地,大姐丈不仅满意他的"满天飞元宝",而且情愿随时为一只鸽子而牺牲了自己。是,不管他去办多么要紧的公事或私事,他的眼睛总看着天空,决不考虑可能撞倒一位老太太或自己的头上碰个大包。他必须看着天空。万一有那么一只掉了队的鸽子,飞的很低,东张西望,分明是十分疲乏,急于找个地方休息一下。见此光景,就是身带十万火急的军令,他也得飞跑回家,放起几只鸽子,把那只自天而降的"元宝"裹了下来。能够这样俘获一只别人家的鸽子,对大姐夫来说,实在是最大最美的享受!

旗人最后没有创造性了,与环境和制度有很大关系。人们知道玩,知道美,可是自我创造性却渐渐丧失。老舍感到了一种沉重。

不过有时他用幽默的语调冲刷着这种沉重。以讽刺的方式凝视自己身边的人与事,自然含着批判意识。老舍的语言有时候在滑稽的路上滑动,其实也有自己的叙事策略。他在使用这种叙述方式的时候,内心有朗然的东西。京味文学的特点是什么?我觉得是朗然、幽默。所谓朗然,就是干净利落,没有隐晦气,口吻颇为明快。幽默则是发现存在荒诞的瞬间的会心一笑。他早期文章是不太正经的,有点亵渎自己的同胞,拿着国民性开玩笑,就不太正经,可是这个不正经其实是非常正经的。像王小波写《黄金时代》的王二,特别不正经。可是你觉得作者特别干净,特神圣,特纯情的一个人。老舍也是这样,老舍很幽默,他在《二马》里边写母女俩,温都太太,在取笑人家:

> 温都姑娘和她母亲站在一块儿,她要高出一头来。那双大脚和她母亲的又瘦又尖的脚比起来,她们娘儿俩好像不是一家人。因为要显着脚小,她老买比脚小看一号儿的皮鞋;系上鞋带儿,脚面上凸出两个小肉馒头。母亲走道儿好像小公鸡啄米粒儿似的,一逗一逗的好看。女儿走起道儿来是咚咚的山响,连脸蛋上的肉都震得一哆嗦一哆嗦的。

倘若分析老舍的背景，可以见到他与古代文化特别的联系。懂得一点文章学理念的老舍，谙熟桐城派的辞章之路，他在表达生活的时候，特意隐去了古人的套路，将旧式的表达置换出新意，创造了京味儿文体。俗语虽多，却带文气，在百姓的语调里，辞赋的节奏也跳跃其间。《正红旗下》写旧时光里的人与物，都是老百姓的感觉，土语里有美的韵致，选词用句颇为精心。句子与句子起伏多样，峰回路转间，妙趣横生。他从俗语之中建立了新的美文的样式，看似大众口语，背后却有文言文的气韵。这种转换使辞章有了灵动之感。《正红旗下》的文脉让人想起《红楼梦》某些气象，不是没有道理。

　　汪曾祺回忆老舍的时候，说到了这位京味作家对齐白石的喜爱，注意到了二者气质上的联系，这是重要的。我觉得要认识老舍，齐白石的存在当是一个参照。因为二者都涉及到艺术根本的问题。这两个人在创作上独步江湖的原因，大概就有底色的相近性。他们在杂音扰扰的世间，不趋同于潮流，在民间资源里，都找到了属于自己也属于民族的艺术表达方式。

　　回望我们的艺术史，士大夫的笔墨是占据着主要的地位的，文人们在思维习惯与审美习惯里，有一种道统的东西，这些对于千百年间的读书人影响甚深。五四新文化运动，其实就是要颠覆这个传统。于是山野的气息来了，民间的声音多了，精神也溢出了儒家的陈旧的框子，飘出鲜活的气息。古人说"百姓日用即道"，大凡深味人生的人，都认同此理。像《骆驼祥子》在文坛的出现，就与士大夫的遗绪没有什么关系，走的完全是一

　　　　　　　　　　　寻路者

条新的路途。老舍与齐白石一样，远离了台阁间的艺术，于阡陌野径里，拓出艺术的园地。那些被漠视的、细小的、司空见惯的存在，经由其笔，都获得多样的内涵。平淡背后，幽思散出；跌宕之中，爱意种种。在谣俗的美质中能够自成化境，不是人人能够做到的。

反士大夫化的过程，也是重新寻找精神参照的过程。一是不再简单的拟古，被象牙塔的文字所牵引，而是在旧习中走出，赋予语言以新意。二是向百姓学习，向民间艺术求宝，引车卖浆者流的语言成为凝视的对象。他发现鼓词、相声、评书、琴书等戏曲形式有不少的智慧，有生命力的东西暗藏在艺人的世界里。自己也尝试以这些方式表达对生活的认识。抗战时期，他写了大量曲艺作品，《我怎样写通俗文艺》一文中说到他一个不断重复的观点：

把旧的一套先学会，然后才能推陈出新。无论是旧戏，还是鼓词，虽然都是陈旧的东西，可是它们也还都活着。我们来写，就是要给这些活着的东西一些新的血液，使他们进步，使他们对抗战发生作用。这就难了。你须先学会那些套数，否则大海茫茫，无从落笔。然后，你须斟酌着旧的情形而加入新的成分。你须得把它写得像个样子，而留神着你自己别迷陷在里面。你须把新的成分逐渐添加进去，而使新旧谐调，无论从字汇上，还是技巧上，都不显出挂着辫子而戴大礼帽的蠢样子。

这句话显示了其审美的本色。学习旧的，却不被其所囿，能够输入新鲜的血液。他知道，推陈出新，方有艺术的突围。我们看他在《龙须沟》《茶馆》等作品里，充分运用了戏曲的元素，这些与西方话剧的格式揉在一起，遂有了中国气派。老舍的这些经验，对于今人是不小的启示。京味小说要超越老舍，没有这样的向各种民间文化学习的经验，恐怕不会有大的成就。

寻路者

飞于俗外

1

老舍先生第一次阅读巴金的作品时,叹道那文字间的纯然之美,是自己所陌生的。那是市井里没有的存在,恍若神灵之光的降临,谈吐之间,晦气渐渐消失,悲壮的情节里面的人物,带出缕缕的爱意。较之于同代的许多作家,巴金是天真而内倾的少男,周身是诗人式的韵致。那些没有被污染的句子,一洗旧诗文里的暮气,四边散发的是青春的热气。

他的单一的情感却没有将自己封闭起来,整体的气韵是敞开的。从其文气来看,有很焦虑、不安的情绪的流溢,但信徒般的使命感有时候消解了那种内在的不安。你可能不认同他的价值判断,但却无法抵挡他的情感之潮的冲击。他的写作与俄国作家有某种相似的地方,似一个意义的寻找者,跳动的是不安定的灵魂:

> 每天每夜热情在我身体内燃烧起来,好像一条鞭子抽着我的心,寂寞咬着我的脑子,眼前是无数的惨痛的图画,大多数人的受苦和我自己的受苦,它们使我的手颤动,拿了笔在白纸上写黑字,我不停地写,忘了健康,忘了疲倦地写,日也写,夜也写,好像我的生命就是在这些白纸上面……似乎许多人都借着我的笔来倾诉他们的痛苦了。我忘掉了自己,忘掉了周围的一切。我简直变成了一架写作机器。我

飞于俗外

时而踩在椅子上，时而把头附在方桌上，或者又站起来走到沙发前面坐在那里激动地写字。

我们在此看到一种精神的强迫症似的写作者的形象。除了崇尚的理性外，内心的冲动与热情，把他的一切通通淹没了。巴金早期的小说，差不多都充塞着这些忘我的激情。写作有时甚至是为了发泄被压抑的意识。迷狂与骚动把他推向了光亮的境地：

> 我有感情必须发泄，有爱憎必须倾吐。否则我这颗年轻的心就会枯死。所以我拿起笔来，在一个练习本上写下一些东西来发泄我的情感，倾吐我的爱憎。每天晚上我感到寂寞时，就推开练习本，一面听巴黎圣母院的钟声，一面挥笔，一直写到我的脑筋迟钝，才上床睡去。我写的不能说是小说，它们只是一些场面或者心理的描写。

由于这种写作的冲动性，他的作品常常呈现出同质化的结构，情绪的流动有时是先验式的，安那其主义的元素暗化在文字背后。《灭亡》《新生》《死去的太阳》《春天里的秋天》等作品，故事都有点破碎，作者似乎无力勾勒出一个完整的、有繁复结构的时空，不妨将那些文字看成一种独白。在感性的表述里，所有的意象都含有寄托和隐喻的元素，整体呈现的是一种别有寄托的抒情风格。

巴金一再强调自己不是作家，并非谦逊之词。写作对于他而言，是精神受挫的无奈选择。在信仰不能实现的时候，文学对于他而言无疑是一种本雅明所云的"救赎"。他远涉异国的时候，孤独曾使他失去与异国朋友对话的能力，只有那支笔，成了他精神的支柱。创作需要这种混沌的精神觉态，他的茫然不知所措的冲动，在他的作品里形成了风暴。仿佛诗人的歌咏，除了精神天幕的神意的星座，别的无法吸引他的目光。那些冲动的，甚至重复的表述，看得出思想的稚气。《新生》与《死去的太阳》中对于人物命运的把握，充满了惶惑之感。在那里，认知视角常常被颠倒过来，忧郁、恐怖、死亡等暗影不断地闪现着，使人无法理出一个头绪。这些尚不成熟的心灵絮语，大多是在一种直觉下完成的，本能的骚动和道义承担下的苦楚，撕裂了小说的空间。

《灭亡》中的杜大心形象，从某种意义上讲，把作者所信仰的安那其主义形象化和诗意化了。这里既有个性解放的呼号，又多道义承担下的压抑；既有炽热的爱，但又被无法挣脱的恨所摆布。在对这位人物的塑造上，作者的笔调完全失重了，他好像驾驭不了自己的主人公，从开始到最后，一直被疯狂般的格斗所左右。这种心境让人不免难过，忧郁症的影子也是有的。作为小说文本，巴金早期的许多作品都是失败之作，似乎没有良好的写作准备。但这些作品流露出的情绪，其诗意的成分，多少弥补了创作中的不足。在这些宣泄与呼号中，读者与他一起经历了历险中的快感。

最初走向文坛的时候，他展现给世人的便是诗人的气质，一方面为其政治上的乌托邦做了美妙的涂饰，另一方面，某些唯意志的元素在不断滋长。但这唯意志的存在不是叔本华式的，与尼采的传统也甚为不同。他自己的精神还没有走到德国哲学的边缘，只是在抒发感情的时候，让人联想起感伤的浪漫主义文学。但这种抒情也非无边际的，乃存在着表达中的自塑之意。抒情也是突围。在这种突围里，精神从暗影里走出，远远的星光终于照耀了自己的世界。

可以说，巴金的写作都非刻意的表现，笔触是瞭望式的，于是日常的生活，世俗的信念、审美都让位于遥远的乌托邦。那些市井的情趣、光、电的冲击，以及形形色色的现代生活的怪影并没有全景式地展现在作品里。他似乎无力把握身边急剧变化的世界，陌生而复杂的生活之网被无意中遗忘掉了。他的触觉几乎全部收敛在对内心记忆的体味与回忆中。心灵的独白与低语，占据了作品的大半空间。他的作品，主要局限在一种自我的天地间。除了《家》等几部小说表现出一种开阔的境界外，其他的作品还是拘谨的。

那时候的文坛，周围布满了消遣、自娱、自大的文本，俗人之气和酸腐之言有相当的市场，新文学还没有广阔的天地。但巴金与这些格格不入。他飞动于俗世之外，倾诉的是另一种特别的语言。非日常化的冥想而导致的极度精神化的书写，是他与海派作家以及左翼作家不同的地方。许多作品的梦幻式格式，流动着极为主观的印象。他把未能实现的存在作为实体加以表现，于是述梦之影闪闪，隐喻之形历历。那些未能实现的梦幻，在其笔下成了最为难忘的部分。

他以诗的方式写小说，也以小说的方式为诗。这是新文学的青春期写作的征候，也是他的生命的一种状态。

2

巴金不是一个无所节制的抒情者。在他那里,一直存有一种戒律,他既无士大夫的积习,也少有绅士的雅好,仿佛是一个真诚的信徒,一直在抵抗流行之物,选择的是纯粹的精神。对他来说,恪守一种信念和审美法则,并且持之以恒地献身于美的理想,是自己必做的选择。

巴金的诗人气质,决定了他审美走向的这种稳定性。从下面列出的外国作家的名单之中,可以看出他的审美偏好:托尔斯泰、屠格涅夫、阿尔志跋绥夫、陀思妥耶夫斯基、爱罗先珂、高尔基、卢梭、雨果、王尔德⋯⋯这些人物都有一个大致的特点,具有浓厚的道德激情和某种殉道精神。巴金在对这些作家的译介中,常常剔除了复杂的元素,被几种深切的爱意深深吸引。这些他所喜爱的作家都有诗人般的气质,其间从世俗王国升腾的一种反世俗精神,恰是最值得珍贵的部分。

在译过了爱罗先珂的《幸福的船》后,他写道:

> 爱罗先珂是我们大家所敬爱的友人。他的垂到肩头的波纹的亚麻色头发,妇女似的面庞,紧闭的两只眼睛,这一切好像还深印在我们的心上。这个俄罗斯的盲诗人,他以人类的悲哀为自己的悲哀,他爱人类更甚于爱自身。他像一个琴师,他把他的对于人类的爱和对于现社会制度的恨谱入了琴弦,带上一个美妙而凄哀的形式,弹奏出来打动

飞于俗外

了人们的心坎。即便是在中国的短期停留中,他也已经留下一个不灭的印象在中国青年的心上了。

鲁迅也写过关于爱罗先珂的印象,但两人略有不同。爱罗先珂对于巴金的引力,恐怕主要是博爱精神下的批判意识。那不沾染丝毫知识人恶习的审视世界的视角,梦幻里的无私之爱,恰是中国文化里缺少的元素。巴金特别留意这一切,因为在那些优美而感伤的文字间,可以领略到穿越悲哀而普度众生的力量。更主要的是,这位盲人诗人结识过克鲁泡特金,支持过安那其主义运动。巴金感到,从他的思想里,可以吸收到进步的参考,爱罗先珂作品中淡淡的哀思,"热烈而无所不爱的心",把人带到了一个神意的幻境里。那里,脆弱变为刚强,无奈转为信念,绝望化为勇气。这是诗人的力量,在没有光泽的地方,只有诗的灯在闪闪发亮。

因了这样的心境,他对于那些有非理性倾向的作家是偏爱的。迦尔洵、陀思妥耶夫斯基、阿尔志跋绥夫给他带来的惊异颇多。他感兴趣的不是这些作家文字背后的宗教的背景,而是脱离了这一背景的耀世的精神之流。那些异于传统的情感表达方式,恰是中国的士大夫文字缺失的部分。陀思妥耶夫斯基的痉挛与迦尔洵的骚动,对于巴金的意义不是表现在对社会深刻的思索上,而是人的心绪里的爱的精神。在这些近于扭曲的人的情感表达方式里,巴金看到了悲壮之美。

在他所译介的西方名著中,没有一部是纯粹的思辨之作。他不像鲁迅那样硬着头皮去翻译普列汉诺夫、卢那尔斯基的哲学著作,学会在反诘与对比里思考复杂的社会问题,解决的是认识论的难题。巴金的翻译面对的是信仰的问题和诗学的问题。克鲁泡特金、赫尔岑等人的著作,多属于人生哲学,这种半是理论、半是散文的著作,缠绕着诗意的热风,蒸腾着人间的情思。他曾承认,康德的著作自己一直未能读懂,那些枯燥的文字对他如入迷津。他从一开始,就不适应纯粹的思辨,而是把那些近于诗一般的伦理化的思想著作,视为自己的良师益友。

在从事文学创作之前,他的大量时间被宣传安那其主义的工作所占去。介绍克鲁泡特金的思想,耗去了许多心血。这是一个有意思的现象,他后来没有走进政界,也未能成为理论家,而是走进了创作中。在许多创作中,我们看不到理论的生硬痕迹。这个现象表明,他的气质与个性心理,阻塞了他通往其他路径的可能。那些亚理论中情感的因素与道德的因素,才是他信以为然的存在。

甚至在与中国作家的交往里,巴金更喜欢具有诗人魅力的人物。他对于鲁迅的热爱,已经达到崇仰的地步。鲁迅之于巴金,是一个精神偶像,其博大与深刻,不能不叹为观止。鲁迅身上的尼采式的独白,杜甫式的忧患,托尔斯泰式的暖意,强烈地吸引着自己。他在其间发现了生命的强力,它不拘于礼俗,高蹈于黑暗王国之上,那种冲破传统的力度,给他带来了勇气。他对于鲁迅文化批判思想的接受,没有像对其人格内聚力的接受那么强烈。在对鲁迅的认识中,倒是对于其反传统的个性品格,给予更高的评价。而在对于鲁迅的思想的复杂性的认识上,他似乎没有提供比瞿秋白、茅盾更丰富的认识。

巴金的这一选择，被一种潜在的目的性的因素制约着，尽管他并没清醒地察觉到这一点。在他的视野里，歌德式的哲论精神，莫里哀的理性主义，是不会唤起热情的。这使他没有陷入经院式的凝视里，但另一面，又常常被模糊的、游移不定的情绪所摆布。他最终还是停留在诗人式的境地来审视对象世界，这多少束缚了小说的写作。一个有趣的现象是，他的文本虽然受到俄罗斯作家的影响，但是抒情方式以及理念的表达，却与英国诗人雪莱有着惊人的相似性。比如雪莱对教会制度的批判，在巴金那里则是对礼教的批判；雪莱的诗歌常常泾渭分明，而巴金也是黑白清晰的，二者都有着二元对立的哲学。重要的是，他们在无路可走的时候，常常唱起希望之歌，相信未来的美好不是虚词。恰如穆旦分析中所说，"雪莱相信：丑恶的现实是转瞬即逝的，真善美将永远存在；人可以不断提高和改善自己，人的智慧和宇宙的智慧和谐一致，世界的黄金时代必将到来"。这个评价移用到巴金作品的审视里，也显得极为合适。

于是我们发现，他在作品里吟哦了青春的抵抗之美，礼赞了寻梦者的爱意，嘲讽了一切守旧与没落之人，将新生的风吹到文本的深处。而在极为萧瑟的寒夜里，他也苦苦期待曙色的到来。故事、人物、自然之景，都沐浴在巨大的温情的朗照里。我们在此看到了启蒙时代以来许多欧洲诗人身上普遍具有的抒情风格，他的诗意化的写作，其内在的强力，比起同代的中国诗人毫不逊色。

当把写作当作寻找真理的过程时，巴金还是纸上的革命者。后来的经历使他意识到自己的孱弱性，有时发现自己陷落在苦楚的世界，于是寻找暖意成了他的动力。他的内心世界，隐隐有着童话式的寓言世界。这种寓言情结一方面给他带来了精神"幻象"，另一方面，把审美品位到神异、庄严的层面上。

他那么喜爱屠格涅夫和高尔基的作品，也许是那里的寓言的影子适合自己的精神维度。那些域外的辞章，满足了他的寓言情结。对于他来说，寓言情结乃是在情感中包含着对于彼岸世界的一种期待。这种期待也是一种对现存世界否定的表述。在超越此岸世界时，将自己委身于彼岸的理念王国中。作品中的一切都被彼岸的那个神意的光环所牵动。于是，忍受现实苦难而不倦地寻找，追求的精神形象笼罩了一切。一种宗教般的殉道精神，在作品里一时难以消散。

1927年出版的散文集《海行杂记》，完全体现出其童话般的写作激情。其中《海上的日出》里，流溢的是一种穿透云霞的、负着重荷的太阳的光彩。在这辉煌的奇观的背后，心灵的憧憬温暖而真挚。他好像将自己置于那灿烂的光亮之中，而在《海上生明月》里，那幅暗淡、冷峭的夜景中，恰恰衬托着我们的作者孤单、宁静之中寻找温情的心境。巴金很少在作品里对自己做自恋性的肯定，他的不自信的表达在外在的世界面前显得有些变形。在他的视野里，美的、诱人的东西是存在于人之外的那个理念王国的。因而，自然之景被他赋予了深奥的色彩。这些在童话中出现的景致是令其心迷之所。1941 年,他写下了《爱尔克的灯光》,这篇作品中绝望而苦求的声音是让读者为之惊异的,在最为困顿的时候,他的心灵依然无法抹去那微弱的光亮:

> 一年前在上海我常常睁起眼睛做梦。我望着远远的在窗前发亮的灯,我面前横着一片大海,灯光在呼唤我,我恨不得腋下生出翅膀,即可飞到那边去。沉重的梦压住我的心灵,我好像在跟许多无形的魔手挣扎。我望着那灯光,路是那么远,我又没有翅膀。我只有一个渴望:飞! 飞! 那些熬着心的日子! 那些可怕的梦魇!

这种表达方式在他那里成了持久的模式,失落、寻找、再失落。巴金在自我的冲动里,将心灵的寓言展示给广大的读者。他好像觉得,受难者无论怎样坎坷,经过自己的搏击,毕竟可以找到自己的希望和归宿。而那归宿是外在于自己的另类的存在。至于在什么地方可以找到,他给予读者的却是童话式的答案。

在巴金的梦幻般的絮语里,我们常常可以发现他心目中那个寓言性的东西不断地充塞着自己的世界。这种情节的出现完全是不自觉的,他有时无法控制自己的冲动。无论作者怎样释放着自己的情感,最终还是被一种道德律界定着。这一道德律,呈现出一种感性的形式,它把作者潜在的思想外化了出来。

以小说《化雪的日子》为例,巴金在这个忧伤的故事里,向人们展示了信仰与爱情间的冲突。男主人公为了自己的事业,不惜告别自己的爱妻,献身于自己崇仰的社会运动。在这篇充满情感的作品里，作者对于男女主人公的同情包含多重内蕴，字里行间流溢着生命的可贵和信仰的神圣。在个人幸福与人类幸福中，男主人公选择了后者。但这种选择是痛苦的、煎熬的。青春的冲动与爱的冲动一方面给人以应有的快乐，可这种小我的幸福对于殉道者而言，是世俗的。另一方面，在巴金看来，最美好而诱人的是牺牲"小我"而献身于主义的精神。这与俄国民粹主义与后来的左翼思维有许多相似之处。

因而，牺牲自我，殉身于主义，在作品里成了常见的主题，其中能看出所巴金信仰的安那其主义的内在逻辑。小说《亚丽安娜·渥柏尔格》《电椅》等，表现出视死如归的精神，这些借着域外英雄的故事表述内在欲求的作品，内蕴极为一致。在青年思想者和斗士那里，精神天幕永远悬着一颗诱人的星座。在冥冥之中，这一神意的光彩成为苦难之中挣扎、搏斗者的希望之源。巴金作品的这些意象，在他的安那其主义随笔里可以找到诸多依据，他将此感性地诉诸笔端，那些潜在于心灵中的价值观与道德观，以诗意的方式流出胸间。

童话式的寓言情结在巴金那里最为显著的特征是，把小说的精神走向指在一种先在的理念之中。除了像《寒夜》等作品外，小说的悲剧最后往往消解在信念的达成上。他不像鲁迅那样撕破了大团圆的格式，把绝望和空寂抛给人们，无论作品怎样伤感，他往往把一种从苦寂到幸福的历史过程，暗示给人们，并且告诉人们历史应该是这样的。

于是，在他那里，一直呈现着一种"寻找"的主题。人们不断奔走，不断探索，在崎岖的小径行走着。这似乎受到了高尔基某些寓言的影响,斯拉夫文化的奔放之流在汩汩流动着。小说《五十多个》写了一群破产的农民们告别了乡村,从一个城市到另一个城市,从一个村庄到另一个村庄寻找幸福的经过。人们一次又一次地绝望,一次又一次地希望,黑暗不断压来。"前面是黑暗,后面也的。他们不知道已经走了多少路程,也不知道还要走多少路程,更不知道是不是还迷失在树林里面。黑暗依旧的浓密,好像这个黑暗永远不会天明,路程永远不会完结。"在这里,农民们的生存状态被作者抽象化了,由于不了解乡下生活,也由于缺少对于下层社会心灵的体验,这类象征性的作品显得较为空灵,泥土气与民俗气被童话的意味代替了。这篇作品之所以还能被读者接受,乃是因为情感的因素与寓意的所指,带有叙事抒情诗的品格,思想的隐含诗意的部分弥补了小说的不足。在巴金看来,希望是存在的,正像童话里的寓言,正义总要战胜邪恶,幸福总要代替苦难,前途是光明的。《五十多个》结尾写道:"铁匠冯六望着那个村庄,眼睛里发出光来,似乎有一个奇特的思想在他的脑子里产生了。他不再想'这是多么不公道呀!'却回过头来捏紧拳头,用眼睛计数了同伴的数目,安慰地自语道:'还是五十多个,有手,有脚,有胆量,有力气。'于是他微笑地对他们说:'我们快往前面走罢,村庄就在面前了。在那儿我们一定有饱饭吃!'"中国农民的凡俗中的苦难和苦涩的诉求,被我们的作者抽象出一束升腾的光。这是艾青的诗里才有的句子,是涅克拉索夫《在俄罗斯谁快乐而自由》曾出现的句子,也是在教堂里的牧师有过的句子。巴金在小说里以非小说的方式,书写着一代人的内心的热望。

批评家对于巴金的风格一直有近似的理解,但常常忽略他何以如此刻意复写、改造域外作家文本的原因。耶鲁学派的批评家在总结欧美作家的创作时,对于模仿的写作有过有趣的分析,似乎可以是一个参考。这个学派的哈罗德·布鲁姆就认为:写作者"总企图活在已活在他们身上已故诗人的身上"。巴金的作品常常是域外作家精神的仿照、复制,他在有意复活卢梭、托尔斯泰的某些精神。他沿着别人的路在走的时候,我们看到了信仰者的脚步。他可能是最有西化特点的作家,但又是对于青年最有引力的作家,从世界的文学里透视中国人的精神意象,他是尝试着的,也是自觉的。

4

可以说,一个人迷于一种精神谱系的时候,自然存在着排他性,我们不妨将此看成类宗教性的写作。以此来看巴金,有些地方确有信徒般的姿态。实际上,吸引巴金的就有那些宗教气质较浓的作家,他的文本重要一面,是词语间处处闪动着圣界的光泽。虽然不是宗教徒,对于基督教文化甚至有些隔膜,但欧洲文学的表达方式里的宗教隐喻,在他看来是新文化人不能不参照的对象。

巴金作品里的许多人物形象是模仿欧洲小说的一些典型人物的。意境也多来自自己译介过的作品里的片段。《雾》《雨》《电》完全不像中国都市青年的小说,但我们却认可了这样一种叙述方式,这是巴金非同寻常的地方。这三部曲乃作者心灵的圣境的一种表露,带有某种宗教的样式。在那里,许多人物被英雄化处理着,仿佛都有一点不食人间烟火。陈真是巴金笔下少有的人物,我们不妨把他视为殉道者。这位拖着病身的青年,他的疯狂工作的精神,有一种速朽的快感。他割舍着青春的欢愉,将爱深深埋在心底。他的单调的生活和禁欲的选择,尤其忍受病苦折磨的毅力,可以发现有着儒家文化中没有的精神。苦行之乐高于世俗之乐,残酷中的美,其实才接近心中膜拜的圣境。我们说陈真有巴金自己的影子,也是对的。

巴金的许多作品都如此伸展着精神的维度。在《海的梦》中,巴金对于女主人公里娜的描绘,与西洋小说颇为近似。里娜的那段传奇经历,在巴金看来是令人神往的。她为了奴隶的解放所从事的工作,体现了人的真正的价值。在这位女性身上,巴金融入了圣母的光泽,一切灰暗、龌龊的影子与其无关,她像引导人们前行的女神,走在苦路的前面。《海的梦》完全像一部童话,我们阅读它忘记了真实与否,觉得在天边发生的一切,似乎都与我们有关,是有信仰的人的意识形态。作者浸润在浪漫式的冥想里,一边是茫茫的苦海,一边是圣境的召唤。他觉得中国需要这样的英雄,人类解放离不开这样的英雄。《海的梦》调动了作者的所有的热情和想象力,把奇幻的、炫目的精神之光引入灰暗的存在里。从《雾》《雨》《电》到《海的梦》,青年巴金的人生哲学都得到了生动的注释。

一般的个性主义者往往因了焦虑和冲动把自己囚禁在狭小的天地间,巴金却走着相反的路,启蒙者的明快的精神衔接了他的自我意识,在作品里释放了大爱的理念,永远忠诚地恪守着自己的这种写作信念。爱人类,爱真理,把美的精神献给读者。在他那里,意志是一种精神光源,它把世界分为泾渭分明的两面。只有扩大光的领域,才能使遮蔽的世界得以显现。而英雄恰是这光源的承载者,在无畏惧的选择里,世界才能成为理想的样子。

因此,在许多作品里,巴金不断强化这种理念,其叙述模式一再延伸着。这很类似斯宾诺莎的泛神论的观点,人在万物中被一个不可见的神圣之物所主宰,而自己的一切都可以从外在于自己的那个神圣的存在里得以安慰。他喜欢在作品里借用宗教类的话语,强调自己心中的期盼。因为在中国的汉语里,找不到另类的格式了。爱情三部曲中录下的《启示录》和《约翰福音》中的几句话:

我又看见了一个新天地,因为以前的天和以前的地已经过去了。海也不再有了。我又看见圣城新耶路撒冷,从天上上帝那里降下来预备好了,好像新妇装饰好了等候丈夫。我又听见有大声音从宝座出来说:看哪!上帝的帐幕在人中间。他要和他们同住,他们要做他的民,上帝要亲自和他们同在,作他们的上帝。上帝也要擦去他们一切的眼泪。不再有死,也不再有悲哀、哭号、疼痛。因为以前的事都过去了。坐宝座的说:看哪!我将一切都更新了。又说:你要写上,因为这些话是可信的,是真实的。

我到世上来,乃是光,叫凡信我的不住在黑暗里。若有人听见我的话不遵守,我不来审判他。我来本不是要审判世界,乃是要拯救世界。

我就是复活,我就是生命。信我的人虽然死了,也必活着;凡活着信我的人,必永远不死。

巴金觉得,这些话对于帮助自己表达信念是威力无穷的参照。这种圣洁的语言也恰是安那其主义者欣赏的语言。有意思的是,这种非基督徒的基督徒化的表述,把新文学里现实的话语引入了形而上意味的冥想里。这些作品被人们所喜爱的原因,在于这种超凡式的领悟里的醇厚的精神。把社会学的思想圣化地理解,在认识论里有许多暗区,但对于文学家而言,却多了诗意的飘逸和美感。他把东方道德里的美质与基督教表述合一的时候,思想解放的话语却不由得显出必然的悖论来。

理解巴金的这些思想很重要,这成了其精神的重要底色。在存在与意义间,先于自我的存在是被意义规定的。巴金尽管是儒家思想的反对者,但精神却是儒家的逻辑的现代版。焦虑的情绪只是生命过程的一部分,在意识层面,他存在着克服自己焦虑的动能。即使在最黑暗的体验里,他依然期待得到微弱的光明。《新生》的主人公毕竟找到了自我;《家》的结尾使人看到了一缕希望;《火》则有民族新生的太阳的朗照;《憩园》却依然可以看到植于人自身的那种人性的价值力量。陈真、觉慧、里娜、杨大夫等人,都够不上"圣人"资格,却染有圣界的光泽。在《第四病室》这样郁闷的环境里,作者写出了母爱的精神,杨

寻路者

大夫的形象折射出的美,其实恰是托尔斯泰笔下的圣洁之人的美。

应当说,巴金的作品有着自己独特的伦理学的诗学。在精神深处,他缺乏尼采洞悉文明的慧眼,却学会了在悲剧里拯救自我的能力。尼采曾觉得"只有通过艺术,只有通过'悲剧性',才能拯救认识者、行动者和受难者,才能肯定和激励生命,才能抵抗悲观主义和虚无主义"。但在真正的认识论层面,巴金的审美不属于尼采式的,倒仿佛斯宾诺莎的伦理意识的翻版。他的安那其主义背后倒是无意中传染了类似于斯宾诺莎式的神学精神,即"依某种有恒的必然性自知其自身"。只是巴金将神置换成信仰的主义,这些与基督教的语义的区别又是显而易见的。

这是个有趣的现象,接近宗教话语又远离宗教的精神,思想回到了"五四"的维度里。比如像老舍的早期就有基督教的痕迹,他曾在缸瓦市接受过洗礼,而后来的思想却转为国家主义。不能像托尔斯泰那样保持着圣者的潜在性的对话,也是中国新文学作家普遍的现象,毕竟,中国现代作家面临的环境是与俄国作家不同的。

5

不满于巴金作品的批评家曾以为,巴金的文本过于浮在情感的层面,缺乏沉潜的美质。写实的小说家大多坚持这样的观点:小说应当冷静、自然,在不动声色中绘出人间百态。而自己的观点越是隐蔽越好。在小说里抒情、显露意图,在一些人看来是一种痼疾。巴金的写作有倾诉的特点,自然不会隐藏自己的世界观。他的写作透露了这样一个事实:深受卢梭影响的巴金,认为情感比教条更为重要,忠实于自己的情感的人,也是忠实于良心的人。卢梭的《忏悔录》是巴金十分钟情的作品,他的气质里就有卢梭的浪漫的精神。毛姆在描述歌德的写作时,曾经分析过《少年维特之烦恼》何以引起巨大轰动的原因,因为卢梭的浪漫的启蒙精神催开了自由的精神,歌德的作品深深染有这种诗人浪漫的思想:

> 那个时候,浪漫主义风起云涌,卢梭的著作已经被译成德文,人们争相传阅,其影响十分巨大。德国的青年人已经受够了启蒙时代刻板僵硬的条条框框,而正统宗教又沉闷枯燥,无法滋润渴望无限的心灵。卢梭的作品正好迎合了年轻人的企望。他们不假思索地接受了卢梭的观点:情感比理智更为可贵;扑腾跳动的心儿比变化无常的头脑更为高尚。他们珍视细腻的情感;视其为灵魂美丽的标志。他们鄙夷常识;视其为情感匮乏的表现。

我们现在联想民国期间巴金的《雾》《雨》《电》《家》走红的原因,与歌德创作《少年维特之烦恼》的情况接近,都是把禁锢在教条里的情感释放出来,于是有了巨大的精神反响。但是他不能够像歌德那样在多维的视角下审视存在,他的表达与作品里的青年人一样,显得幼稚、偏执,甚至简单。不过因了自己的文字的优美,有时候掩饰了内在的不足。他强弱得当的叙述语态,给了作品一个美丽的标签。

诗人气质决定了作品的极度抒情化与印象化的特点。无论是对故事的选择、安排,还是对于人物的评价,巴金主要是在情绪的奔流里进行的。巴金对于自然与都市客体以及人的行为的描述,显然没有对心灵的描述那么深入。在《灭亡》里,他一再写杜大心的心理活动,描述他的骚动的心灵过程。在《家》中,作者写觉慧的形象,主观的印记似乎更多。他格外注重对于人的心绪的描写,将人物命运置于风暴般的旋律里。在阅读那些美丽的章节的时候,我们不像在读故事,而是领略一首诗,一个长长的咏叹调。最典型的例子是小说《春天里的秋天》,这篇充满感伤色彩的作品,一直被忧郁的旋律包围着。无尽的幽思里的絮语,把作品的历史背景、故事结构通通化解了。诗一般的语言与奔腾的情感,使他深深陷入印象的幻境里,而未能摆脱印象式的表述,超然地审视自己的对象世界。《春天里的秋天》的序言说:

　　春天。枯黄的原野变绿了。新绿的叶子在枯枝上长出来。阳光温柔地对着每个人微笑,鸟儿在歌唱飞翔。花开放着,红的花,白的花,紫的花。星闪耀着,红的星,绿的星,白的星。蔚蓝的天,自由的风,梦一般美丽的爱情。

　　每个人都有春天。无论是你,或者是我,每个人在春天里都可以有欢笑,有爱情,有陶醉。

　　然而秋天在春天里哭泣了。

序言的韵律其实也就组成了整部作品的基调。在这里,对旧存在的抗议所持的理性法则并不显得浑厚,倒是情绪把作品的内蕴扩大了。小说采取第一人称的方法,叙述时带有忘我的意味。由于作品有日记体的特点,所讲的故事都是通过"我"来完成的。有意思的是,整部小说分段很细,每段的句子亦短,长句子都被拆开了。这让人想起屠格涅夫与鲁迅的散文诗。请看下面的描述,在体例上多么像抒情诗:

> 我伴着她出来,时候还早。
>
> 淡漠色的天空中张着星的网。那些星,有恒的星。
>
> 夜静寂,空气柔和而凉爽。是一个值得人留恋的美丽的夜。
>
> "我们去海上看星星,你看夜是这么美!"她提议说。
>
> "好,"我感动的回答,我只能够说出这一个字。
>
> "那么快点走罢。"
>
> 我们走到渡头,跳上了一只划子。
>
> 船夫动了几下桨,我们就在海上了。
>
> 她的身子偎着我,她的头放在我的胸前。我嗅着她的发香,我扶着她的身子。
>
> 桨在海水里动,搅得水响。我们只听水的声音。
>
> 我把头仰着向天,天上有那么多的星,白的,红的,绿的。星在霎眼。
>
> 岸上有些灯光。我们被夜的网,星的网包围着。

类似的句子在小说中俯拾皆是。选词都很简单，不像废名那样，辞章在六朝的语境浸泡过。也非沈从文带有地域文脉的气息。巴金的表述是儿童式的，未经沧桑的语汇。有时像梦境的流水，时而似宁静、神秘的废园。这里没有文言句式的多层寓意，也没有民间方言的韵致。他使用的完全是书面语。显然的是，翻译的惯性影响了他，不是靠语义的迂回和分寸感取胜，而是以句与句，词与词柔和的黏合组成意义。晚清以来，翻译外国作品催生了一种翻译体的文学，最初是古文体的变形，后来日趋接近口语，以节奏与气韵连缀对应，介于书面语与俗语之间，雅化的倾向日趋浓烈。巴金的翻译实践里，是脱离了林纾、苏曼殊的痕迹的，与周氏兄弟的表达亦不相同。他更为彻底地使用书面语，拒绝士大夫语言，也与杂交体的白话文有别。他发现，以书面语翻译作品有诸多好处，意义明了，晓畅有趣。屠格涅夫优雅的笔触，高尔基潇洒的句子，卢梭的直觉里的独白，雨果透明的词韵，都可以用这种平淡的话语翻译过来。用这样欧化的句子，更能真切表达未被污染的思想与爱欲。这些新式语言的特点在于，它热情，直抒胸臆，没有文言文传统中的做作的文士之风。巴金在《谈〈灭亡〉》一文中说过，由于接触了大量的西方小说，他对于那些新颖的语言风格发生了兴趣。"读了这许多人的充满热情的文字，我开始懂得怎样表达自己的情感。"而表达情感的重要不亚于表达哲思的重要，因为只有对美的存在具备诗意的理解，人才可能从凡俗里超脱出来。

　　同这样优美的欧化句子一样，巴金小说的境界大多具有异域风情。有些作品的情感表达方式，与译文没有区别，差不多都欧化了。像《雾》《雨》《电》，其中的人物大多带有俄国小说风味。《第四病室》《憩园》则令人想起契诃夫笔下的世界。散文集《生之忏悔》《点滴》很少能看到传统散文的流脉，而处处流动着汉语世界之外的审美音符。巴金从不追求谜语类的写作风格和含蓄的士大夫文风，而是坦率、自然流露自己的情愫。把人的价值、人的情感看成作品的灵魂，那些域外思想者的文字，许多也是他神往之所。内容的真实是重要的，但情感的真实更为重要。在他的作品里，常常出现这样的情况：故事本身是虚构的，而地点不限于一国，人物形象有时甚至凭空想象，没有现实原型。倘存在原型，除了自己与亲朋以外，有时是外国小说里的人物。但这虚幻的故事本身并没有影响作品的动人之处，超时代、超时空的表述里，阴郁被灿烂的光泽代替了。

这个代替过程产生的美，也就是诗之美。这就是他的许多失败的作品还能够吸引人的原因。本雅明在讨论克尔凯郭尔的写作时曾发现，在克尔凯郭尔那里，存在着克服表象的内力，意象里存在着"通过想象获得安慰"的美学。以文学的方式进行精神的抒情，达到道德上的自新，并非巴金的独创。近代以来的某些知识人的精神活动，普遍具有类似的特点。倘若我们这样对比起来分析，则会发现许多真正的诗人和作家，心目中一直有着超文学的寄托。他们的文本的潜在性语义，才是不断被人们看重的部分。理解巴金，此一点似乎显得更为重要。

新旧之变

1

欧洲的学说进入中国，在民国初已成不可抗拒之势。留过洋的与未出过国的读书人，以谈洋为趣，留学渐渐成了资本。新的东西进来，旧的就要受到冲击，那是没办法的。你看二十世纪二十年代的北大、厦大、浙大，新派学者往往占了上风。文学也是这样。胡适之、徐志摩、林语堂，都有除旧布新的气象，或写新诗，或译西方经典，是新文化的推动之人。不过这里的情况十分复杂，那一代人未脱士大夫的长衫，还沾着古老的旧习。新中有旧，旧而夹新，也正是许多文人的写生。

"五四"前后，欧洲的话剧传来，一时让青年人兴奋不已。《新青年》中的人，有许多就提出废除京剧，将其送入博物馆中。周作人在一篇文章中就说，中国的京剧让人想起抽大烟者，悠悠然让人进入幻境，意思是有鸦片之嫌。他和哥哥鲁迅在北京待了那么多年，很少进剧院里，对这古老的形式有本能的敌意。周作人和钱玄同专门讨论过旧戏应废的道理，其中的意见是：一、旧戏是野蛮的，它带有原始宗教的影子；二、这些遗存充满了"淫、杀、皇帝、鬼神"，与现代人的精神不符。至于钱玄同就更为决然，干脆将帝王之戏打翻在地，不能翻身云云。诋毁旧戏，一时成为风气。

看"五四"那代人的文章，痛快的地方很多，今人亦不妨由此猜测彼时的风气。以我的看法，"五四"新学人的观点，被后人大大地夸大了。其实那时的社会,百姓喜看旧戏乃是一种自愿的选择。知识界钟情戏楼者,为数甚广。姜德明先生在一篇文章里记有徐志摩迷于旦角演出的场面。这位"诗哲"向来以欧化的文风诱世,然而又满腹旧戏文的雅好,扭扭的身姿,甜甜的嗓音,快意于曲文中的情趣,也让人看出他的两面性格。

不独徐志摩这样小布尔乔亚的诗人关注戏曲,像阿英这样的左得可爱的左翼文人,对民间文艺也含有敬意。你看他二十世纪二十年代末思想偏激得何等厉害,似乎要扫荡一切旧物,但到了三十年代中期,文章里也露出了旧文人的眼光,对昆曲、大鼓等艺术,别有一番爱意了。阿英在战争的行军中写下的日记,每每涉及传统书画、戏曲,便有兴奋之态,全不像正襟危坐的革命者了。在上海的时候,他曾迷恋于"大鼓书"艺术,有一段时间差不多天天去听,内心为一种风俗的美所打动。他的友人郑振铎也是关心戏曲的人,曾刊行过《白雪遗音》《挂枝儿》,兴奋点大概是在民俗学的意义上吧。

谈到对戏曲的喜好,白话诗人俞平伯则留下了诸多故事。1935年他曾和浦江清、唐佩金、汪健君等在清华园寓所召开俗音社成立会,提倡昆曲。那时他既和朱光潜等人聚会朗诵新诗,又与友人在家中吟哦昆曲,新旧之间,儒雅的个性就那样流动出来了。俞平伯到晚年仍对昆曲投入热情,没有他的老师周作人那么决然的态度。不过周作人后来也改变了对旧戏的看法,以为在文化史上别有意义。俞平伯是周作人家的常客,不能不涉及到戏曲的研究,至于他们都怎样议论对旧戏的看法,以及周氏如何转变了立场,后来不得而知,也只能猜猜而已。

俞平伯是个清淡、平和之人,旧文人的气质要高于新文学的仪表。他写新诗和白话文,都还未脱旧诗文的习性,后来干脆倒向国学研究,那是传统的力量使然的。1936 年,他在日记中多次写到友人唱昆曲之事,当可看到那些文人的业余时光的过法。那一年 10 月 4 日写道:

> 前晚之文始脱草。趁九时公车偕江清、延甫进城,在公园下车,在柏斯馨茶点。出时遇陶光。至景山东前街许潜庵宅,曲集于十一时始,唱《赐福》《拾画》《叫画》《玩笺》《借饷》《藏舟》。饭后唱《盘夫》《议亲》《茶叙》《琴挑》《痴梦》《佳期》《游园》《折柳》。五时半毕返舍。侍二亲讲《论语》。父讲"吾日三省吾身"章,旨云圣贤心迹在人我之间,忠恕之道与禅门止观不同,所谓一以贯之者是也。

5 日的日记又云:

> 十时出城遇刘叔雅。陈生昌年来,赠以《槐屋词》。下午陈来,环唱《痴梦》,余及江清唱《泼水》。偕应沈莼齐夫妇茶会。灯下作废名书,约其迟日随知堂师来也。

我们从两则日记就可看到俞氏生活的状况,绝不像流浪诗人与普罗作家愤世的样子。知道新文学价值的学人们,精神深处还是士大夫的韵致,他们从容老到的文章是从明清文人传统里过来的应属无疑。二十世纪三十年代正是战乱、恐怖之时,文人们要么走到十字街头喊出溅血的声音，要么退在书斋里苦苦沉思，走清议空谈之路。俞平伯这一类文人却有另一种选择，除了治学，还从旧戏曲里寻找慰藉，那是心灵的归路，似乎唯有舒缓的古曲可以解忧。我不知道学问之乐与唱曲之名孰大，但从他们那些安于自娱的生活看，戏曲的伟力实在是强盛的。在古旧文明日渐式微的年代，几个清苦之人，以内敛的热情，使古老的艺术又放出光泽，他们的生命也由灰色而渐渐变暖了。

2

文人厌于官场、功名的时候，一部分人便爱去讲风月、民俗、茶食。二十世纪三十年代《人间世》《论语》的问世，有一点这样的因素。几个作家造了不小的气势。谈乡情、烟酒、草虫者渐多了。徐本是小说家，但看他的杂感，对服饰、烟草、金钱无不喜谈，兴致很高。而林语堂、郁达夫等人，放松之余常常用心于性灵的抒发，讲讲古城旧梦、书林闲情等，借以寄托内心的思想。贺宝善女士在《思齐阁忆旧》一书里谈到外公齐如山在日据时期躲在北平著述的生活，在外族入侵，民不聊生的时候，文人们所写的不都是激烈的文字，其中多有闲适之风：

> 外祖父在抗战期间，为避日本人强邀他出来当汉奸，躲在家中八年，著述之余，喜欢研究烹饪，自己说是因为太馋。他曾把北京四城小食摊子上吃过的美食，写成《北京的小吃》一书。抗战胜利后，不少文字如《三百六十行》等均在

《北京日报》上连续刊载,很受读者欢迎。

齐如山是个学问很深之人,在戏剧上别有创意,为梅兰芳写过不少好的剧本。《洛神》《天女散花》《霸王别姬》《凤还巢》已成了经典之作。齐氏一生弄的都是士大夫不屑为之物。即便像谈吃的短章,也绝无儒生的道统气。在八股气与洋风四吹的时候,他却偏偏醉于游戏之作与趣味,那当说是一个另类。我们今天在北京城,已难以见到这种类型的人物,在学识与情调上,看似旧文人的余影,其实本质却是新式的,不过用旧代新而已。粗心的人是看不出来的。

像叶圣陶这样有现实感的作家,二十世纪二三十年代也颇为注意自己的经验。他并不反对写闲花野草,以为只要是自己经历的东西,一石一木均可入文,本不存在什么高低之分。中国文人看人写事,动不动是经验之外的大道理,反而与人的心性很远了。查叶圣陶的作品集,写月光、佛迹、戏曲、动物者很多,能在日常里发现与人性相关的东西。《没有秋虫的地方》《藕与莼菜》《看月》《牵牛花》《天井里的种植》,都非宏大深刻的题旨,如今阅读,不乏精到之处。这类作家,纤细、温和,没有黑暗与杂色,读者从中能看到那个时代的另一种操守。较之于左翼文人的喷血的文字,叶圣陶显得冲淡祥和,与血腥的文学有点隔膜了。

左翼文学出来后,谈风月就成了被诟病的现象。周作人当年的谈龙谈鬼,就被讥为落伍分子,能看出青年一代对书斋里的文人的不满。其观点是,在社会黑暗至极的时刻,躲在书斋里吟风弄月,实在是堕落了吧。不过林语堂等人并不这么看。在

《论玩物不能丧志》一文中,林语堂理直气壮地说:

> 然古人以玩为非,尚有系统的哲学在焉。理学家以为凡玩足使心性浮动,故如女子必以礼教防范之。盖以为小姐游后花园,情根一动,即为祸苗,禁之不使后花园,亦不失为防微杜渐之计。今日中国风俗已受西方影响而浪漫化,女子可游公园,青年可踢足球,要人可看电影,画家可画裸体,凡有西洋祖宗为护符者,皆不敢非议。独东方式游玩,必认为玩物丧志,此而言复兴民族,民族岂不殆哉!

这一篇文章的背后,有周作人思想的后盾,说其受到了周氏的暗示,也不为过。周作人在二十世纪三十年代,越来越注重自己的阅读经验,对流行色与社会主义思潮不以为然。林语堂对周氏的状态一往情深,以为那种重个人而轻道学的态度殊为可取。信仰各种主义的人,因沉于外部的玄学而迷失自我;倒是以个体经验为出发点的人,可以找到本我的存在。这样一个看法,在那时被许多人所认可,沈启无、刘半农、曹聚仁都有一点类似的倾向。玩物果真不能丧志?自我是有了,却束之高阁,有时从残酷的场景前滑落自己的笔锋,那也不能说是一种荣光吧?玩玩山水与古董,并非过错,但以此为正宗之路,且大谈闲适之美,就不免有点作态。倒是像叶圣陶、丰子恺这样不喊口号,忠实于自我的人,显得亲切一些。人之历史,有高峻之险,有沙滩之静,都是一种必然,未必固定在一个基点上。夸大自己的爱好,将其泛化于生活中,那总有点自恋色彩的。

3

自有了白话文与新风尚,旧式学者是大为不满的。章太炎就抱怨自己的弟子黄侃:"敢于侮同类,而不敢排异己。昔年与桐城派人争论骈散,然不骂新文化。"章太炎有几个学生都是新文化的领军人物。鲁迅、周作人、钱玄同、朱希祖都是新风尚的实践者。章太炎对于晚辈中的新潮,不以为然。他自己顶多玩玩古钱,看看字画,别的娱乐很少。所以劝自己的爱将吴承仕,不可贪玩,要有自立的本领。1919 年初在信中劝吴氏说:

> 博戏虽无伤,然习之既久,费日耗资,亦甚无谓。屡见新进吏人,亦无他种恶劣状态,但以此故,不得不有所取求,以故夺官听勘,甚可叹悼。足下长年有智,岂可随此波流?欲断此习,当以事类相近者移之,如围棋、蹴鞠之流是也。

这一段话是章氏对文人业余生活的态度,言外是劝告青年恪守旧的方式,不必为时髦的生活所扰。但是吴承仕这样的小学大家,虽深染古风,学的是音韵训诂,然而生活方式却是现代的。我在一篇文章里,看到友人对他的描述,吴承仕全没有章太炎的老朽与书生气,喜打网球,热衷社会活动,后来大谈马克思主义。这一变化,在二十世纪三十年代已经形成,如今想来,有很深的意味。民国间嗜古最深者,有时却有摩登的一面。古的与今的就那么巧妙地融和着。士人的风气,其实也系着文化的苦乐。

章太炎治学时,也留意过古人的服饰、饮食住所,对旧时风俗不无感慨。他未必料到,自己生活的时代,竟是积习迁移、洋风吹来的乱世,新文人玩古董,古董专家又带着洋人习气,这在过去是少见的。我们看逊帝溥仪在宫里的最后几年生活,就可感到域外文明的渗透。故宫里至今还有一座未完成的德国式的观鱼楼台。顽固不化的皇家尚且如此,读书人就更不用说了。

旧时的文人业余生活是简单的,没有什么刺激人的花样。中国人的娱乐止于庭院与庙廊之间,或是书画品玩,或是吟哦山水,如此而已。林语堂向外国人介绍中国人的日常娱乐时,写过这样一段话:

> 有了极度的闲暇,中国人还有什么事情未曾干过呢?他们会嚼蟹,啜茗,尝醇泉,哼京调,放风筝,踢毽子,斗鸡,斗草,斗竹织,搓麻将,猜谜语,浇花,种蔬菜,接果枝,下棋,养鸟,煨人参,沐浴,午睡,玩嬉小孩,饱餐,猜拳,变戏法,看戏,打锣鼓,吹笛,讲狐狸精,练书法,咀嚼鸭肫肝,捏胡桃,放鹰,喂鸽子,拈香,游庙,爬山,看赛船,斗牛,服春药,抽鸦片,街头闲荡,聚观飞机,评论政治,读佛经,练深呼吸,习静坐,相面,嗑西瓜子,赌月饼,赛灯,焚香,吃馄饨,射文虎,装盆景,送寿礼,磕头作揖,生儿子,睡觉。(《日常的娱乐》)

林语堂描绘的,是旧时的风俗,这风俗在民国间依然延续着。不过到了二十世纪二三十年代,由于洋学堂与西式医院的出现,加之公园、书铺、图书馆的增多,人们已不拘于旧的方式,而有了各式各样聚会的场所,业余生活的空间拓展了。邓云乡在《文化古城旧事》里提到了学生们在课后举办运动会,篮球、网球比赛,以及音乐会、滑冰等等,可见那时的城市已有了现代生活的影子了。至于像上海的酒吧、舞厅、影院更不必提,几乎是欧洲都市的缩影。洋人的风气如消融的冰雪,谁也抵挡不住它的流淌。以吴承仕这样深厚的古文字学家为例,在旧迹爬梳之余,却热衷于欧洲传来的学说与娱乐方式,对工业文明中的情调有着神往之情,可见旧式自娱方式的衰微是必然的了。章太炎那代人不会料到,世风会转变得那么快。连北平这样的地方都浸在西方文明的深谷里,看似很慢,范围亦小,而到了二十世纪四十年代,已蔚然成风了。

读书人受到洋人学说的引诱,在那时是一种趋势。丰子恺曾写到都市之音对乡下人的冲击,画了一幅美妙的图画,素朴的生活总算被什么打破了。梁实秋也谈过西式生活的妙处,比如球赛、舞蹈,都比中国士大夫的矜持的漫步更有趣味。“五四”之后,提倡新生活者,多讲洋人习俗的意义,士大夫的旧习自然被讥为落伍的遗存。所以新风尚的出现,与新文学的诞生一样,背后是一种新的理念:讲究个体的冲动与愉悦。不像过去的老夫子那么慢条斯理,仿佛被什么束缚了一般。梁实秋有一篇文章叫《运动》,开头写道:

> 大概是李鸿章罢,在出使的时候道出英国,大受招待。有一位英国的皇族特别讨好,亲自表演网球赛,以娱嘉宾,我们的特使翎顶袍褂的坐在那里参观,看的眼花缭乱,那

位皇族表演完毕,气咻咻然,汗涔涔然,跑过来问特使表演得如何,特使戚然曰:"好是好,只是太辛苦,为什么不雇两个人来打呢?"我觉得他答得很好,他充分的代表了我们国人多少年来对于运动的看法……我们自古以来就讲究雍容揖让,纵然为了身体的健康,作一点运动,也要有分寸,顶多不过像陶侃之"日远百甓",其用意也无非是习劳,并不曾想把身体锻炼得健如黄犊。

李鸿章那一代人受到梁实秋的讥笑,内含着对传统文化心理的冷视。难说不和陈独秀、胡适等人相似。但到了二十世纪三十年代,像网球运动这种项目,在中国大学里已经出现,我在王世襄当年编的《燕京大学学刊》上,就看到许多照片,学生们穿着讲究的运动服在操场上打网球,与洋人学堂的情形很有些相似了。中国的读书人不仅知道了天文地理、算术美学的价值,也知道了运动的妙处,联想新诗的出现,独吟者的放声之状,二者实在如出一辙。社会进化的脚步,就这样搅乱了都城里宁静的生活。或者可以这样说,随着白话文的出现,中国人的日常生活也渐渐从古老的形态中慢慢解脱出来,到了我们这个世纪,要想再找到晚清的余影,已难之又难了。

4

但新文学作家身上的洋气,其实是模仿来的,根底上还是染有旧风。你不能不承认古诗文的内力,许多人偶尔的谈吐,还是被"子曰诗云"所左右着。胡适是白话文理论的倡导者,而你看他对旧籍整理的兴趣,难说没有明清人的套路。至于郭沫若、陈梦家、林语堂、郑振铎等,就更不必说了。民国的新诗人和新小说家,在提倡新风气之余,也搜寻古董,喜谈文物者甚多,不同于旧文人的是,有了比较的眼光,知道洋人的学术与东方艺术的差异,故积习里多了挑战的目光。废名与冯至都是学外文出身的,在北大毕业后喜欢的却是古董一类的东西,对魏晋、唐宋的诗文别有兴趣。1931 年 4 月 10 日,冯至在给友人杨晦的信中写下了这样的一段文字:

> 废名常说,古人会做文章,我近来也时常这样想。《古文观止》现在恐怕只有三家店的先生提这部书了。不过里边许多文章,像《秋声赋》《赤壁赋》,我想就列入世界头等作家之林也没有什么愧色的。我常常奇怪,我们有一个时代,读中国书就不算读书,宁可读一本什么巴尔干半岛的小说(自然巴尔干半岛也有好的小说)。
>
> 中国如果复活,大半也需要中国的"文艺复兴"吧。这样的话头说起来有点使人讨厌——但我实在以为应该如此。

从新文学作家那里听到这样的话,自然让人想到新文学自身的欠缺。大家一面尝试着新路,一面又回望着先人的旧径。人们的矛盾可想而知。不知道为何,许多关于新文学史的著作,不太提及此类现象。后来的文学家和古文化断开,大概也是未能了解新文学诞生的复杂背景吧。第一、二代的白话文作家,未免有古人的嗜好。后来的渐渐变成新人,古老的幽魂,似乎和青年们没有关系了。据说日本与中东的一些国家,特别是原殖民地国度的当下文学,都有这样一个问题。新旧的断裂,导致了现代文明的普及。谁能阻止这样的趋势呢?

二十世纪三十年代,有许多文人看到了这一点,由新文艺的创作而转向对古董的研究。搜求旧物,整理国故,一时也荡起了微澜。这让人想起邓以蛰先生。邓以蛰1892年生于安徽,1917年入美国哥伦比亚大学研究哲学与美学。1923年到北大任教。二十年代的时候,他是新文学的鼓吹者,与胡适、鲁迅有过交往,对戏剧、诗有着新鲜的看法。小说家杨振声、诗人闻一多与其都有很不错的关系。但后来邓以蛰转而倾心于字画与文物领域,对"五四"式的激情反而疏离了。他越来越喜欢历史与遗存,对书画艺术每每有着妙论。其《国画鲁言》《画理探微》《书画同源》《辛巳病馀录》《书法之欣赏》等,成一家之言。日本汉学家藤冢邻在1933年的一篇文章中写到了邓氏家中文物收藏的情况,当可见其彼时的精神状况:

> 我在昭和八年夏,再游北京时,由旧知钱稻孙君介绍邓中纯、叔存两君,不期而遇完白之五世孙,且系日本留学生。余屡访其西城北沟沿寓居,得展赏完白之肖像、遗品,清代、李朝之手札等数十件。意外奇缘,惊喜不知所措。

翻看那个时期邓氏的文章,已没有了留学时期的洋化倾向,而是把西学知识用于对旧物的体察上,文风与情趣,多有士大夫气。然而又别于士林之风，常出高论，有不凡之象。我很喜欢他的那篇长文《辛巳病馀录》，其鉴赏文物的目光，在一般人之上。他谈"大般涅槃卷第九""无款西湖游艇图卷""无款十指钟馗图""倪瓒湖阴山色图立幅"等，见识深切，体会特别，幽情深深。刘纲纪先生讲到邓以蛰的沉浸书斋时分析道："他一天天从社会退回书斋，专心研究古代书画。这种情况，看来是令人惋惜的，但在当时的历史条件下，有其深刻的社会原因，是一种带普遍性的现象。"回到古代，神往于先人的艺术空间，说是一种逃逸也未尝不可。但看那时的文字，也非意趣盎然的走笔，其中的悲凉也是有的。《辛巳病馀录》开笔即云：

> 病馀录云者，盖余之身外之物，如文字及一部分书籍于丁丑初焚失已尽。书与画则于病中转入他人之手，尝以陆天游仿董北苑笔向友人乞米，寄之诗曰："荷锸聊为夜壑藏，蒹葭吹尽满头霜；即今沧海沉云黑，欲遣天孙乞片光。"四年之中，箧中诸物，或质或售，无不遭我遣之。今病后所馀，不过张爱宾所谓"唯书与画，犹未忘情"之未忘于情者而已！所见所遣，录而书之，以为不时温此情云。

读此文全无悠然清闲之音，透出的倒是几分苦涩。文章写于日本占领北京之时，国忧家愁系于一身，心境之苦是一看即知的。在时运晦暗、人生困顿之时，只能以旧时的书画聊遣时光，是文人的大不幸。邓以蛰的迷古，分明有愤世之状。要是细读其文章，大概是一目了然的。新学无以救国，旧学无能解身，从"五四"走过来的许多人,差不多都领略了此一苦痛。

5

嗜古是一种迷醉。那一代在沉迷书画与旧籍版本时,也常常有挥不去的哀凉。读过老北大魏建功先生的一篇文章,内容是讲传统书籍的好坏,在学术的自娱背后,竟是无边的惆怅。魏氏乃语言学家,对歌谣、野史、旧版本书含有情趣。他关于音韵、训诂都有不少的高论,《戴东原年谱》《朝鲜景教史料钞》都是颇有见解的。在《朝鲜景教史料钞》的后记里,魏建功写道:

> 来去匆匆在朝鲜一年零三月,要说有什么获得或有什么损失,都无从决定;不过那半岛上一切尽足以在我心胸中盘旋了。我最不得忘的是朝鲜人生活思想的宋学化;且是变本加厉的朱学化。她的新罗三国时代和高丽王朝时代文化的灿烂,到李朝朝鲜时代全给儒学势焰所毁弃;所以我们要了解朝鲜民族之所以没落,便当先明白是中国儒学的腐朽。偌大的东方,思想界的关塞是如何的牢固呀!虽然,日本是凭了她的敏慧已经离了冥顽的儒学思想笼绊;可是过去的时间里,她也曾经受过不可解的麻醉;或许现在以至于将来还有些迷恋(论起这点,我们且不谈)。在朝鲜日本中国三个民族间,儒学确是个严重的魔障!

魏建功也是搞过新文学的人,他后来在传统小学里打转,却有着清醒的头脑,不会沉醉不醒,一任滑到深谷之中。他也谈戏文,讲版本,境界却是有些高远。那一代人玩古董,是研究兴趣使然,在审美的快慰的背后,精神里有盘诘的气韵。闻一多的欣赏楚辞,固然有诗人的认同,而深层之中却是焦虑的东西。他们何尝不知道,在古老的典籍中,死魂的阴暗是多么可怕,四书五经里,不过为权力者谋想,好的不多。唯在民歌与诗人的叛逆里,有闪光的精神在。所以民国中的新文人玩古的时候,有时也带一点非正宗文人的匪气,故意与他人作对。以玩对抗伪道学的遗风,是许多人共有的兴致。

有趣味的是,民国间还涌现了一批文物的看守者。以考古、求书、保存文物为己任。这些人并非复古的遗民,亦非高墙院内的玩家。收藏、保存旧迹,无非为了研究之用。记得郑振铎在二十世纪三四十年代,四处求书,找到了许多国宝,足迹遍布四海,弥足珍贵的书画、器皿在他的影响下得到了保存。新文学作家中,郑振铎大概是最迷恋古迹文物的。他和别人不同的地方是,到过许多国家,知道文物与博物馆间的联系,所以浏览古书与字画时,每每流露出学问家的意识。1928 年,他在伦敦写出《近百年古城古墓发掘史》,介绍了埃及、巴比伦等地的考古情况,从所写的文字看,已非旧式读书人的迂钝,是有了严明的眼光的。他后来在国内倾其所有,购买了大量旧版图书,一些古抄本悉入其手。我在《跋脉望馆抄校本古今杂剧》一文中,读到他求购散失在民间典籍的故事,能看出其内心的原色:

在民国二十七年五月的一天晚上,陈乃乾先生打了一个电话给我，说，苏州书贾某君曾发现三十余册的元剧，其中有刻本，有抄本；刻本有刻写的，像《古名家杂剧选》，有宋体字的，不知为何人所刻。抄本则多半有清常道人跋。我心里怦怦的跳动着。难道这便是也是园旧藏之物么？我相信，一定是此物！他说：从丁氏散出。这更证实了必是旧山楼的旧物……

当时，我只是说着要购藏，其实是一贫如洗，绝对的无法筹措书款。但我相信，这"国宝"总有办法可以购下……这一夜，因为太兴奋了，几乎使永不曾失过眠的我，第一次失眠。这兴奋，几与克复一座名城无殊！

郑振铎的爱书是出了名的，其癖之深不亚于古人。不过看他的短文和学术自述，有一点却清醒得很，那就是并非主张青年钻入故纸堆中。他所坚持的看法是，先保存好旧时代的实物，组织人来整理研究，为后来人辟一路径。所以我们看他的著作，古风虽浓，却不见迂腐之气；玩意深深，而意在益己济世。书卷之中有忧患之语，生命躯体里，流淌的还是"五四"的血液。

旧中有新，新里含旧，乃那一代文人的特点，与明清文人毕竟有别了。只要留意周氏兄弟、胡适、刘半农、钱玄同、林语堂、曹聚仁、叶圣陶、丰子恺等人的遗墨，就不能不感动于东西方文明交错的魅力。在那些人中，外来的与固有的东西有时还处于碰撞的状态，间或还有错杂、零乱的排列，不过以我的看法，恰恰是别别扭扭之中，诞生了罕有的生气。古无此类新人，今无其继者，那也像六朝之人，后人只能爱之而不可即之了。

故都寒士

1

张中行辞世时 97 岁，算是高龄者。他晚年讲起过去的生活，难忘的竟是乡下的土炕和烤白薯。中国的乡村社会可留念的东西不多，对他而言，仅是某种生活方式而已。但那种生活方式给他带来的淳朴和智慧，又是书斋里的文人所没有的。土的和洋的，在他那里交织得很好。算起来，他是晚清的人，早期生活还在旧王朝的影子里。对于乡下人来说，时光和时代是没有什么关系的。

《流年碎影》讲起他的出身背景，有这样一段话：

> 我是清朝光绪三十四年戊申十二月十六日丑时（午夜后一时至三时）生人，折合公历就移后一年，成为 1909 年 1 月 7 日。其时光绪皇帝和那位狠毒糊涂的那拉氏老太太都已经见了上帝（他们都是戊申十月死的），所以坠地之后，名义是光绪皇帝载湉的子民，实际是宣统皇帝溥仪（戊申十一月即位）的子民。

由于他出生在乡下，早期记忆就多了一种乡土的气息。他一生没有摆脱这些乡土里质朴的东西。关于家乡的环境，他有很好的记录。在描绘那些岁时、人文的时候，他的心是很平静的。既非歌咏也非厌弃，而是透着哲人的冷峻。比如乡野间的人神杂居,关帝庙和土地庙的存在,都是乡土社会恒常的东西。旧时代的乡下,孩子记忆里的美丽都是那些东西,张先生涉猎这些时在那里也没有特别的贡献。只是他描述过往的生活时,那种态度是平和的。在回忆录里,像"五四"那代人一样,照例少不了对岁时、节气、民风的关照。他对婚丧、戏剧、节日、信仰的勾画,差不多是旧小说常见的。比如对杨柳青绘画的感受,完全是天然的,靠着直觉判断问题,与鲁迅当年的体味很是接近:

> 腊月十五小学放假之后,年前的准备只是集日到镇上买年画和鞭炮。逢五逢十是集日,年画市在镇中心路南关帝庙(通称老爷庙)的两层殿里,卖鞭炮的集中在镇东南角的牲口市。腊月三十俗称穷汉子市,只是近午之前的匆匆一会儿,所以赶集买物,主要在二十和二十五两个上午。家里给钱不多,要算计,买如意的,量不大而全面。年画都是杨柳青产的,大多是连生贵子、喜庆有余之类,我不喜欢。我喜欢看风景画和故事画,因为可以引起并容纳遐思。这类画张幅较大,有的还四条一组,价钱比较高,所以每年至多买一两件。

回忆旧时的生活,他丝毫没有夸大幼时记忆的地方。写童心时亦多奇异的幻想。在他的笔下,几乎没有八股和正宗的文化的遗痕,教化的语调是看不到的。我注意到他对神秘事物的瞭望,有许多含趣的地方。比如对鬼狐世界的遐想,对动物和花鸟世界的凝视,都带着诗意的成分。他那么喜欢《聊斋志异》,谈狐说鬼之间,才有大的快慰的。那神态呈现出自由的性灵,也是乡土社会与潦倒文人的笔墨间碰撞出的智慧的召唤。讲到农村的节令、族属、乡里,冷冷的笔法也含有脉脉的情愫。他不太耽于花鸟草虫的描写。虽然喜欢,却更愿意瞭望沉重的世界,那里才有本真吧。谈到乡下人的生活,主要强调了其中的苦难。中国的农民实在艰难,几乎没有多少平静的日子。天灾、人祸、连年的饥饿等等,都在他笔下闪动着。当他细致地再现那些不堪回首的往事时,我们几乎都能感受到他散发出的令人窒息的气息。《流年碎影》里的生活,苦多于乐,灾盛于福,是惨烈的。那些被诗人和画家们美化了的村寨,在他的视野里被悲凉之雾罩住了。

德国作家黑塞在小说里写过诸多苦难的袭扰,在残疾和病态里,人的挣扎和求索,带有悲凉的色彩。可在那悲凉的背后,却有亮亮的光泽在,那是不安的心在摇动,给人以大的欣慰。我看张中行的书时,也嗅出了苦而咸的味道,朦胧的渴望是夹杂其间的。但他没有德国人那么悠然,中国的乡间不会有温润的琴声和走向上帝的祥和。乡村社会的大苦,练就了人挣扎的毅力,谁不珍惜这样的毅力呢? 所以一面沉痛着,一面求索着,就那么苦楚地前行着。他常讲起叔本华的哲学。那个悲观主义的思想者的思绪,竟在空无的土地上和中国的沉寂里凝成了一首诗。

农民的劳作,在天底下是最不易的。但更让人伤感的是人的命运的无常。乡土社会的单纯里也有残酷的东西,他后来讲了很多。印象是《故园人影》里,勾勒了几个可怜的好人,在那样贫穷和封闭的环境里，一切美好的都不易生长。许多人就那么快地凋零了。于是感叹道：人生，长也罢，短也罢，幸也罢，不幸也罢，总的说，终归是太难了。这难的原因，是人的欲望，没有多少达成的出口。大家都在可怜的网里无奈地存活着。饥饿、灾荒、兵乱，没有谁能够阻止。村民的阿Q相多少还是有些。所以，张中行从乡下走出，其实也是寻梦，希望从外面的世界找到什么。但农民的朴素和真挚，还是浓浓地传染给了他。晚年讲到故土的时候，他还不断称赞道，乡下的简朴、无伪的生存方式，是合乎天意的。大可不必铺张浪费。要说故乡给他带来了什么，这算是一点吧。

我有时在他的文字里，就感受到了一股强烈的泥土和流水的气息。不论后来的学识怎样地增长着，林间小路的清香和青纱帐里的风声，还是深嵌在那流转不已的美文中。中国的读书人，大凡从乡野里走出的，都有一点泥土的气味。孙犁如此，赵树理如此，张中行亦如此。在讲着那么深的学问的时候，还能从他那里隐约地领略到剥啄声和野草的幽香，实在是太有意思了。

2

时间是1925年，他到了通县师范学校读书。这一改变命运的选择，在他日后的回忆里一直有非同寻常的分量。通县在北京东郊，离帝京只几里之遥。新的教育之风也恰是在此时传入过去。《流年碎影》详细地介绍了那时所学的课程和校内情况，史料的价值很大。我对北京现代教育的脉络的了解，是从他的自传那里才知晓一二的。

据刘德水考据，通县师范是一所老学校。"1905年，清顺天府在通州新城西门以里，原敦化堂和法华庵两个相邻的庙宇的基础上，创办东路厅中学，培养师资人才，设有师范班，这是通县师范的前身与摇篮。当时，校舍残破，学生不多。1909年改为东路厅师范学堂，设初师班和后师班，后师即完全师范，也称中师。1914年。改为京兆第三中学，名义为中学，实为师范编制。1920年，顺天西路厅师范由卢沟桥迁通州，与京兆三中合并，仍名京兆师范学校。"一个从乡下来的人，突然沐浴新风之中，知道了历史、科学、男女、都市等概念，思想的变化是可想而知的。除了学习文、史、地、数、理、化、生物、教育、法律、医学、图画、音乐、体育、英语外，还第一次与鲁迅、周作人、张资平、徐枕亚等人的文学作品相逢，而且也读了一些外国人的小说，眼界大开。那时说不上什么专业意识，业务的生活就是杂览。古典的，外国的，大凡好的都细细体味。人最初浏览的快乐，日后是常常思念的。他在几篇文章里，多次提及了这些。

师范学校的一些老师也给他留下了很深的印象。他接触了几个有趣的老师，比如孙楷第、于赓虞，都是有学问的人。孙氏是搞史料的大家，于氏则有文学的天赋。尤其是于赓虞，那些怪异的审美方式，对他日后的阅读经验是有一点作用的吧。老师有旧式的，也有新式的，我以为他是喜欢有趣的那一类的。师范学校的教育有新也有旧，如果他一开始读私塾，受旧式教育，情调大概会有遗老气也未可知的。他是因为新的不好，才向旧的文学求美，这于他是特别的。像于赓虞那样的新式人物，并未勾

起他对新文学的神往,原因是过于枯涩,不好理解。他这样回忆道:

> 他是文学革命后写长条豆腐干状的新诗的,词语离不开地狱、黄泉、死神、魔鬼等,所以有人称为魔鬼派诗人。可是名声不很小,连《中国新文学大系》也给他一席地,说他有《晨曦之前》《魔鬼的舞蹈》《落花梦》等著作。他教课如何,已经都不记得,只记得人偏于瘦,头发很长,我当时想,诗人大概就是这样,所谓披发长吟是也。而其所吟对我却有反面影响,是新诗过于晦涩,或说古怪,情动于中,想读,或进一步想表达,只好躲开它,去亲近旧诗。

于氏是他接触的第一个搞新文学的老师,却没有什么趣味留在自己的心里,这在他是一个刺激也许是对的。新文学最初给他的是这样的印象,真是奇怪的事情。我由此也理解了他到北大之后,没有为新文学的热潮所卷动的原因。在他思想深处,是有一种理性的力量的。他喜欢的是常识和平静的东西。不过那时候他对文学和学术还谈不上什么高的见地,不过有朦胧的感受罢了,而他难忘的感受却是男女之情。

张中行在17岁时由家里做主,和一位乡下的女孩子结婚。彼此是谈不上什么感情的。但到了师范学校,新女性的出现对他则是个大的诱惑,渐渐生出爱慕之情。他曾这样描述当时的情况:

因为其时是风气半开，女性可以上学，男女却不能合校，我们学校是男师范，当然没有女生；奇怪的是还延伸到教师和员工，也是清一色的男性……通县还有女师范，校址在鼓楼往东，我们间或走过门前，向里望望，想到闺房和粉黛，总感到有不少神秘。星期日，女师范同学三三五五，也到街头转转，于是我们就有了狭路相逢的机会。映入眼帘，怎么办？据我观察，我们是装做非故意看，她们是装做并未看。印象呢，她们的，不知道，我们的，觉得柔婉，美，尤其冬日，肩上披着红色大毛围巾，更好看。但我们有自知之明，其时上学的女性稀如星凤，我们生退想，可以，存奢望是万万不敢的。想不到政局的变化也带来这方面的变化，新出现所谓（国民）党员和党部，有些人，性别不同，可是同名为党员，同出入党部，就有了接近的机会。得此机会的自然是少数；有机会，男本位，看准目标进攻，攻而取得的更是少数。但少不等于零，到我毕业时候，只计已经明朗化的，我们男师范有两个。如果同学在这方面也可以攀比，这二位是离开通县，有文君载后车，我们绝大多数则是肩扛被卷，对影成二人，其凄惨不下于名落孙山了。

早期记忆的这种痕迹，能如此真切地写出，就看出他可爱的一面。如果说几年师范的生活让他遇到了新的内容的话，则诗文之美和异性之美是最主要的。在诗文方面，他读了古典和周氏兄弟的作品，养成了一种自娱自乐的习惯。在男女之情方面，他知道了自己的那种婚姻生活是有大问题的，没有爱和美的存在。也就是从那时开始,他有了向新生活挺进的渴望。知识的意义,在他那里怎么估量也不算大。求知和愉情,从此成了他一生离不开的话题。

六年的师范生活,可说的很多。其中北伐的胜利,对他也是个大的影响。革命胜利,群情激昂,大家都卷入精神的狂欢里。他在环境的热度里,思想也一度是热的,相信了三民主义。并和同学一起,集体加入了国民党。不过,他只是盲从,跟着别人走。待到意识到党派的东西与自己心性甚远时,就自动地退将出来。那一次的精神的热,在他后来的描述里,是有悔意的。他甚至自嘲那是一种无知,他同代的人中,是很少有过类似的反省的。

新的,并不一定是好的。许多年后忆及此事,他这样叹道。

3

1931 年 7 月 21 日的《北京大学日刊》刊载了录取的新生名单,在那里我发现了他的名字。那是他与这所学校发生联系的开始。在阅读当年的《北京大学日刊》的时候,我有趣地感受到了那时学校的氛围。北大的特点和人际状况从那些短篇的文字里都流散出一些。这是极为难得的资料。对比先生后来写下的回忆录,似乎还是太简单了。

他入学的时间是 8 月底或 9 月初。学校的布告(三)明确规定,新生于 9 月 10 日前报到,过期取消入学资格。那一年北京地区录取 74 人,上海 25 人,南昌 10 人。这个数量不多。

原因是宿舍紧张,或是校力不足。在另一个布告里,明确规定,新生住处紧张,自己解决宿舍。待新宿舍竣工后,再考虑入学居住。张中行在《沙滩的住》里,写到了租房的情形。他不久与杨沫同居,也是彼时的环境所致。所以在他入学的时候,北大的情形与"五四"前后还是大为有别了。

那时候学校呈现出两种趋势。一是学生抗日的激情浓浓,救国的空气弥散在四周。教室里的人为窗外的事变所吸引。国政腐败,导致青年骚动,这是自然的了。校园里各类抗敌协会和组织十分活跃,这些对他的影响如何,我们已无所知晓了。另一个是学员气味的浓厚。所学的知识几乎和当下的流行文化没有关系。他所在的国文系,必修课有:"中国文字声韵概要",教员是沈兼士和马裕藻;"中国诗名著选",教员是俞平伯;"中国文名著选",教员是林损;"中国文学史概要",教员是冯淑兰。课时如下:党义 2 小时,国语 4 小时,外国语 6 小时,普通心理学或逻辑 2 小时,科学概论或哲学概论 2 小时。应当说,课程不多,学生的自学空间是大的。次年之后,所学渐多,刘半农讲"语音学"和"语音学试验";沈兼士授"中国文字及训诂";商承祚开设"甲骨钟鼎文字研究";钱玄同则是"说文研究"和"中国声韵沿革";马裕藻为"清儒韵学书研究";魏建功乃"古音系研究"等。中日韩音韵及蒙古、"满洲"语的研究也在课堂上出现,都是些很专业的学问。此外,周作人的近代散文的解析,胡适的文学写作的辅导,废名的小说写作研究,都是开阔视野的课。对张中行这样才 23 岁的青年来说,是有吸引力的。周作人和胡适的课虽然新,但也带有旧学的痕迹,可谓古风劲吹。请看他入学时那一期的《北大学生月刊》的目录,就能知道彼时的学术风气了。那一期的创作诗作者 11 人,只有一人写新诗,其余均为五古、七律、词之类。24 篇文章里,涉及现实问题的只有 6 篇,其余则是宋词研究、音韵研究、民俗研究、哲学研究等。应当说,校园里浓烈的学究气,一下子就把年轻的他俘虏了。

新的、摩登的有没有呢? 那是自然的了。比如音乐赏析、美术写生、体育比赛、文学创作,在校园的一角也是占有位置的。《北京大学日刊》的广告里就写有各类文体活动的动态。这些想必对许多青年是有吸引力的,但对张中行的诱惑是有限的。因为那时他的年龄毕竟比中学考生要大几岁, 成熟的地方多些,是能够坐稳板凳,潜心于学术的。杨沫后来的回忆录似乎能证明他的特点。

几年的课下来,他收获自然很大,对老师的印象也是深的。众人的差异和高低也看出来了。胡适清澈,周作人驳杂,钱玄同高古,刘半农有趣,沈兼士平淡。学人的存在也是个风景,看和欣赏都有收获。张中行一下子就被那些有学问的人吸引住了。学人的世界也是人世间的一个投影,高明的与平凡的都有,自然也让人想起许多空幻和无奈。人在精神的殿堂里也会有失落和痛楚,他后来也是一点点明白的。在讲到马裕藻的时候,他写道:

> 马先生早年东渡日本, 听过章太炎讲语言文字的课。在北大,我听过他讲"文字学音篇",记得还有薄薄的一本讲义,其内容想来就是由其业师那里来的。马先生口才不怎么样,讲,学生感到既不生动流利,又不条理清楚。比如也是章氏弟子的钱玄同,讲课就正好相反,生动而条理清

楚。他身为一系之主,在授业解惑方面并没有什么建树。有的人,如顾颉刚,口才也不行,可是能写。马先生应该有能力写,更有机会写,可是没见过他写过什么。我有时感到奇怪,比如说,他同绍兴周氏兄弟过从甚密,何以就没有受到一点感染?与周氏兄弟比,钱玄同也属于多述而少作的一群,可是究竟还有一些零零碎碎的传世,马先生是连这一点也没有。当然,办学,多集些有知有识之士来为人师,也是一种事业。

他在文章里,高度评价了周作人和钱玄同,描绘了许多有趣的老师。对那些水平一般的人也并不贬斥。学界的门槛虽高,一旦进去,也能感到高山与平原、小溪和湖泊。人的多样与学识的高远,在那里是能够体察到的。张中行是个识人的人,对学识与为人的看法都很独到,评价也算忠厚。许多年后,当那一代人渐渐远去的时候,他才感到,自己当年经历了一个神异的时代。北大的当年,精神的深和思想的大,后来竟没有得到延续,对他是一种无奈和痛苦。晚年的时候,能和他一同分享这些的人,已经不多了。

4

二十世纪三十年代的北平,政治忽冷忽热,学术气依旧浓,只是和主流意识形态的距离已很远了。以北大为核心的几所大学沉浸在纯粹的学问的环境里。左翼的文化,在北平没有大的势力，一些逍遥派的旁观者的学人成了校园里的核心人物。张中行进北大时，读书救国的主张在校园里也时可看到，但为学术而学术的思潮也是暗中涌动的。那时京派学人的思想开始引起他的注意。不仅一些学术著述他渐有涉猎，那些雍容华贵的美文也给他诸多的启示。从京派文人那里，他知道了学识与人生境界的关系。这奠定了他一生的精神基础。谈张中行的一生，是不能不讲他与京派文化的渊源的。

京派里的许多人物，和他的关系都不浅。废名、俞平伯、江绍原、魏建功都是他的老师也是朋友。那时京派文人讲纯粹的学识，注重性灵的表达和趣味的书写。张中行由此懂得了言志的文学比载道的艺术更为重要。左翼文学的血气和激烈之音，在他看来是速朽的存在，不必于此多用力气。人不能离开根本的问题而求救于玄学和乌托邦的冲动。他甚至对鲁迅那样的作家的表现亦有怀疑，以为过于跟着风气走，于生命是个大的损失。倒是周作人的冲淡，废名的神异，俞平伯的平实，让他颇为快慰，自己呢，也暗自觉得那是一条光明的路。

你看他《负暄琐话》里描写的人物，大多是京派的要员，有的后来很少被文学史所提及。但那些人的音容笑貌，学识和文采，被写得楚楚动人。几乎没有八股的痕迹，喧嚣的成分亦少。这些人曾是青年张中行的精神眷恋者，他在那些人与事里，得到的慰藉一定不少的。不过这个圈子也有很大的毛病，就是搞小说创作的人不多，飞扬的创造气较稀，人也殊乏幽默，青春的气息有限。张中行后来在审美上的古典化倾向，以及对现代主义和非理性艺术的排斥，都能从这里找到根据的。

寻路者

京派学人是都有一些独立性的，又低调地生存。不过他们也有两个特点，一是有闲，二是有钱。相对富裕，是可以不顾及生存问题，专心于学问的。而那些学问也可以超出利害的关系，身上还有诸多的情调在。在学问上大家各有所长，文字也风格不同。张中行在北大得到最多的启示，是这种京派的氛围和不温不火的人生状态。北大的好处是还有一点远离功利的天地，能够去想时代之外的事情。不必急于做社会问题的解析，去指导现实社会。他的老师多是在一方面有所专长，纯然的学者。俗世的那些东西在他们那里是看不到的。自然，在对世风的看法上，他们可能迂腐，弄出笑话的也不是没有，可在自己专业领域里的精神，以及心不外骛的纯净感，是感动了青年张中行的。

最让他佩服的是京派教员的文章。那些散淡清幽的文字和幽深的学问，对他都是一个洗礼。原来学术文章还可以成为美文，能散出艺术的力量，这在他是一个惊喜。他的文章生涯也就是从这里开始的。作文上取周作人的杂学与平淡，得废名的深奥与古朴；气象上袭胡适的博雅与开阔，顾随的儒风与清醇；还有熊十力的幽玄，钱玄同的明快：这些对他都有所熏陶，使他渐得要义。不过那些也是文风上的东西，在生活上他就没有这些人那么悠闲和高贵气。其实京派学人是有洋派和中土派之分的，即西洋气与东方气之分。像朱光潜、林徽因、金岳霖那个圈子，他就没有机会接触，或说在审美的方式上是有距离的。在哲学的层面上，他倾向西哲的东西；而美感的表达，却是中土的。就像周作人在知识上是个世界人，而意象的呈现则是东方的一样。他所欣赏的胡适、刘半农等都有一点这样的特点。你看徐志摩、郁达夫、巴金这样的人,他之所以不太喜欢,或有所隔膜,乃是审美上非西方化的心理在起作用。由此向上推论,他对激进主义文学和浪漫诗学的怠慢,以及不喜欢革命的文学作品,都是从此延伸出的意识所决定的。

京派学人的领袖人物是周作人,对于其思想,张中行颇有兴趣。后来他就是在老师周作人的影子里亦步亦趋的。周氏反对革命的冲动,张中行也心以为然。周氏怀疑流行的文化,从边缘的视角看事睹人,张中行也学会了类似的办法。还有一个思路,彼此也很像,就是不相信社会运动能解决灵魂的问题。要靠科学和理性的沉思来辨别是非,而且从人类的发展史看今天的变化,头脑不为热的东西所刺激。张中行后来常到周氏那里请教,谈的多是这类的话题。我们在彼此的文章里,就能看见相近的题旨。所以,周作人身边的朋友,大多也成了张中行后来的朋友。文章呢,也是一种流派的样子,在血脉上是有继承的关系的。其一是任意而谈,无拘无束;其二是学问里带着诗意,文字温润有趣;其三是疑多于信,求知的灵动感四处闪烁,是有绵绵的情思的。几十年后,当革命席卷一切的时候,我们几乎已看不到这类文章了,新的八股代替了心性自由的表达,文化一片苍凉。在极度荒芜的环境里,张中行偶和友人谈及文学与学术的现状,连连摇头,在心里觉得,京派故人的文章好,现在的名流的文章差,那是没有异议的。

到了二十世纪九十年代,当他以不老的笔写那些动人的小品时,其实是激活了旧京派的文学传统的。我曾说他的出现是新京派的诞生标志,现在依然坚持这个观点。在左翼文化极端

寻路者

化之后，看着文坛疲惫的样子，我们就会觉得，他晚年在文坛的出现，的确复活了旧时京派文学的灵魂，是一个很美的存在。像一颗亮亮的星，把沉寂的夜变得有些色泽，我们总不能不说不平凡吧。

5

有一段时间，因为在写《鲁迅与周作人》一书，我经常向他询问周作人的旧事，知道了不少鲜知的资料。记得有一次他把周作人给他写的扇面的照片资料给我看，我至今还记得其间的情节。周作人死后，弟子亦散，废名逝于"文革"初，江绍原和俞平伯沉寂了。一些受苦雨斋影响的文人，也不敢谈周氏的文章。其实，周作人的热，和张中行这样的老人的出现有关。无数模仿周作人的文字的作家出现后，人们才广泛认可存在一个苦雨斋的传统，而张中行在这里起到了推波助澜的作用。

苦雨斋的弟子里，就文采和智慧而言，废名第一，张中行当数第二。废名是周作人早期的学生，张中行则属后来的弟子。废名喜欢周作人，乃学问和智慧的非同寻常，从那清谈的路里，摸索出奇、险、怪谲的新途。而张中行把苦雨斋的高雅化变成布衣学者的东西，就和百姓的情感接近了。

张中行认识周作人是在二十世纪三十年代初，我相信起初周氏和他并无什么深的关系。日本人占领北平时，张中行听到老师要出任伪职的消息，还写信劝阻过，可见那时他们的交往已很多了。那时苦雨斋的友人，差不多也是张氏的心仪之人。钱玄同、刘半农、俞平伯、钱稻孙都在张氏那里留下了美好的印象。闲暇之时，偶尔到八道湾看望老师，成了张中行的乐事。到了五十年代，弟子皆散，只有张氏还经常光顾周舍，周作人是有一定感慨的吧，所以，赠送扇面与张氏，也是自然的了。

在苦雨斋众多学生里，深入揣摩到老师的精神底蕴者，不是很多。有的只学到了形，毫无神采，沈启无是这样。有的只附庸风雅，连基本的要领也没有掌握，这样的例子可以找到许多。张中行得到的精神是什么呢？在我看来一是怀疑的眼光，不轻信别人的思想；二是博学的视野，杂取诸种神色，形成一个独立的精神境界；三是拒绝一切八股和程式化的东西，本于心性，缘于慧能，自由地行走在精神的天地。他在周氏那里找到了汉语的表达方式，这方式既有旧学的一套，也有西学的因素。不同于古人的老朽，也和西人有别。这两方面恰恰符合了张氏的美学追求，他后来的写作就是由此而出发的。了解张中行，是不能不看到这个关键点的。

在张中行看来，周作人的精神大，能包容下什么，而且写文章举重若轻，神乎技艺，渺乎云烟，妙乎学理，是大的哲人才有的气象。比如在对古希腊的认识上，周作人就高于常人，知道非功利哲学的意义。思想上呢，也有路基亚诺斯的怀疑意识，像尼采般能从世俗的言语里走出，看清人间的混沌。不过张中行在后来的选择上也有周氏没有的新东西，那就是不满足于知识的积累，要向哲学的高地挺进。于是就多了苦雨斋里没有的东西，和形而上的存在纠葛在一起了。这是他超出老师的地方。而这超出的部分，正是他对文化的一个大贡献。也因为这个贡献，他的世界就与同代人区别开来,远远地走在了世人的前面。

苦雨斋主人在文体上给张中行的影响是巨大的。《负暄琐话》的风格明显是从《知堂回想录》那里流出来的。那组红楼的回忆文章分明有周氏的谈天说地的影子,话语的方式有连带的地方。差别是前者是亲历的漫语,无关乎历史评价;后者则多了往昔的追忆,是感伤的文本,有大的无奈在里面。在周作人一笔带过的平静里,张中行往往荡出波澜,似乎更有精神的冲击力。苦雨斋的文本是绝望后的冷观,而张中行的笔触却是冷中的热的喷发,不安的悲悯和伤感的低语更强烈吧。周作人看历史和人物,不动神色的地方多。张中行却情动于中,有诗人的忧郁。所以,我更倾向于把张中行的书看成是忧郁的独语,较之于自己的老师,肉身的体味更浓些罢了。

关于苦雨斋的主人,张中行写过许多文章,看法都是独到的。在我看来他是真正懂得自己的老师的人。在鲁迅和周作人之间,他似乎更喜欢周作人。因为那种平和与学识是自己不及的。鲁迅难学,许多模仿鲁迅的人不幸成了流氓式的人物,而追随周作人的读书人,大多是本分的边缘化者。在那个历史年代,革命风云变幻,激进队伍成分复杂,鲁迅不幸也被复杂的烟云包围着。在张中行看来,只有苦雨斋主人在相当长的岁月里保持了读书人的本色,是大不易的。周作人虽然最终落水,附逆于日本政权,可在精神的维度上,那种坚守思想的独思和寂静,确实难能可贵。至少周作人在文章的写法与精神的表达上,没有趋于泛道德化的思路,在他看来是极为稀少的清醒剂。作为一种遗产的继承者,他知道要理解苦雨斋的主人仍需时间。

如果不是张中行在二十世纪九十年代坚持的这条写作与思考的路向，我们对"五四"的理解也许将少了些什么。他的文字仿佛"五四"文化的活化石，展示了艺术表达的另一种可能，而且重要的是，他把这样的一种路向扩大化了。

6

还有几个人影响了他终身。胡适的宽容、科学理性，马一浮的学识与趣味，都内化在他的世界里。我们读他晚年写下的文字，是可以看到这一点的。但在精神的层面，即哲学的境界上，他是罗素的学生是无疑的。是罗素的思想，在根本上奠定了他认知世界的基础，其一切关于人生和社会的解释，都含有罗素的影子。一部《顺生论》可以说是罗素哲学的中国版。

当张中行来到北大时，罗素已离开中国十年了。但这个英国人的思想，还久久地回荡在北大的校园里。当年罗素来北京时，知识界的欢呼声震动着校园。许多中国学者在文字里表示了对这位思想者的敬意。因为他所带来的正是知识界急需的东西。许多年后北大人回忆当年的情形，还激动不已。到了二十世纪三十年代，校风依旧，那时北大的思想多元，古典的与外来的东西都并存着，非理性的与理性的，科学的与玄学的东西都在，对青年学子都有不小的吸引力。罗素的书籍在那时已译了许多，张中行是从老师的授课中了解的还是在自学中接触的，我们就不知道了。北大的学术流派虽千差万别，可是罗素的基本哲学意识在那时是被接受的。胡适虽是杜威的弟子，而在不迷信任何思想的层面上与罗素并不冲突。钱玄同的疑古,周作人的个人主义,都有罗素精神的因素也是对的。学生可以质疑老师,在那时是允许的现象,在爱师与爱真理面前,真理的价值自然是更大的。所以即便是罗素早已离开中国,北大红楼内外的气息,也还能嗅出这类思想者的气息。

现代以来,介绍罗素哲学最多的学人之一有张申府先生。他是中共的元老之一,在《新青年》上多次推出罗素的文章。那些关于人生哲学、自然科学、伦理道德的讲演和论述,在当时的反响是巨大的。周作人的关于国家的概念的突破,无疑就受到了罗素的影响。张申府后来远离政治,大概和他对罗素哲学的吸收有关。主张怀疑,不去轻信,在知识界是普遍被欢迎的理念。现代以来有几个罗素的追随者是很有意思的,一是曹聚仁,自由报人,一生不盲从于什么派别,独立地从事自己喜欢的事业;二是张中行,我们读他的书自然可以感受到此点;三是王小波,近几年的英雄般的人物,让人看到了自由理念的力量。大凡喜欢罗素的人,在他的世界里都找不到依附外在理念的孱弱的意识。独立思考,深入盘诘,冷静多于狂热,百年间这样的思想传统,一直没有被广泛注意,实在是件遗憾的事情。

罗素能引起张申府的注意,在我看来有几点。一是罗素的学说涉及到宇宙本体的存在,讲到上苍和人,有限和无限,帝力之大与人力之微。直面着有神论与无神论的问题。还有一点,就是自主的选择,即人性的问题。不是从伦理的角度看事物,而是以人本的观点对待大千世界。张申府在 1919 年的《每周评论》上连载译过罗素的《我们所能作的》,其中有言:

但要拿思想征服世界，现在就须甘心不再依旁他。大多数的人，一辈子没有多少疑问。他们看着流行的信仰和实际，就随声附和，自觉着若不反对世界，世界总要是他们的伴侣。这种舒舒贴贴的默许甘从，新的世界思想实与他不能相容。新思想必须的，是一种知识的超脱，一种孤独的精力，一种能在内里主宰世界的力量。不乐于孤寂，新思想是不能得到的，但是若孤寂至于与世隔绝，全灭亡了愿与人结合的志愿，或若知识的超脱弄成骄傲轻蔑，也必不会切当如意的得到他。对于人事的有效果的思想所以不普通，大多数的理论家所以不是趋俗合习，便是无成效，都因为所需的心境细微而烦难，都因为既得知识的超脱又不与世隔绝，这件事大不容易。

我想张中行是看过这样的文章的。至少从他的随笔里，我们能对照出这些思想。罗素的意识是融化到他血液里的。读罗素的最大收获，一是觉出先前人们唯道德的话语方式是有问题的，不能发现人的本然的存在。二是能在一个空旷的世界里注视问题，什么是实有，什么是虚无，都可以自行判断。三呢，是懂得人的有限性，对万能的理论持怀疑的态度。怀疑主义，乃治学的必备意识之一，所谓"大胆地怀疑，小心地求证"，就是这个意思。在这个层面上，他和胡适的思想又交叉到了一起，有了中国的意味。罗素从学理上教导他大胆地怀疑，胡适则让他体味到行动选择的意义。北大教授在此领域有贡献者，实在是太多了。

我想罗素的人生过程,比他的学术更能吸引张中行,比如多次的婚姻选择,对教会的态度。罗素的生平传奇的色彩对青年张中行而言更为有趣。张氏后来精神上的浪漫和不为俗物所累的洒脱,都和罗素的暗示有关。我多次听他在男女爱情选择上的看法,完全是西式的,老朽的东西甚少。人是自己的主人,大可不必为外在虚幻的理念所扰。生命承受的应是自己所创造的快乐,没有自选的快乐,别人是不会赐给另一类的幸福的。

只有在这个基础上,我们才能懂得他后来对政治疏远的原因。在动荡的年代,能以较为冷静的心判断事物,实在是大难的。他沦落到社会的边缘里,冷眼看着世界,成了流行色的拒绝者,都和早期北大的知识训练有关。罗素的思想被真正人生化,且流在中国人的血液里,张氏是个典型的代表吧。

在《负暄续话·彗星》一文,张中行写道:

> 我喜欢读英国哲学家罗素(1872—1970)的著作,因为就是讲哲学范围内的事物,也总是深入浅出,既有见识,又有风趣,只有板起面孔讲数理逻辑的两种(其中一种三卷本的与白头博士合著)例外。这位先生兴趣广泛,除了坐在屋里冥想"道可道""境由心造"一类问题之外,还喜欢走出家门闲看看,看到他认为其中藏有什么问题,就写。这就难免惹是生非。举例说,一次大的,是因为反对第一次世界大战之战,英政府让步,说思想自由,难得勉强,只要不吵嚷就可以各行其是,他说想法不同就要吵嚷,于是捉进监狱,住了整整半年。就我所知,还有一次小的,是租了一所房

子，很合心意，就要往里搬了，房主提出补充条件，是住他的房，要不在那里宣扬某种政治主张，于是以互不迁就而决裂。

上述的描述，写出了罗素的纲要，一是有自由的理念，一是有科学的意识，都是中国人难做到的。张中行其实更看重的是罗素的人性化的趣味，这在他看来，更为重要，也是大不易的。所以他又说：

> 且说罗素这篇怪文，开篇第一句是"如果我是个彗星，我要说现代人是退化了"（意译，下同）。现代的人比古人退化，这是怎么想的？他的理由是，由天人关系方面看，古人近，现代人远了。证据有泛泛的，是：住在城市，已经看不见充满星辰的夜空；就是行于村野，也因为车灯太亮，把天空隔在视野之外了……他慨叹说："与过去任何时代相比，我们日常生活的世界都太人工化了。这有所得也有所失。人呢，以为这就可以坐稳宝座，而其实这是平庸，是狂妄自大，是有点精神失常。"

罗素身上的反现代的一面，对张中行的影响是不可小视的。进化的不一定就是好的。新的可能是反人性的。罗素至少使他明白了智慧的意义，也明白了趣味的价值。人创造的东西，如果不能益智，让人快乐，反而使人变傻，那就要警惕的。许多年间，他在生活里遇到难题的时候，罗素的东西就会出来，成为一个向导。他的思想的许多侧面,和这位英国人的色彩是接近的。

7

季羡林说,张中行乃至人、逸人、超人。在当下是最高的评语了。季羡林这样说,不是没有根据,因为张氏的思想是有哲学的因素的,即他是哲人。说他是哲人,有以下的几点可以证明:一是通读过古典的各家的理论,经史子集的重要篇章是过目过的,对儒道释的经典是熟悉的。二是能读西方的原典,了解千百年西洋的思想史脉络,思想是多元的。三是有细节里穿透本质的反诘的力量,常常在日常里体悟出人生的玄机,又无故作高明的架子。在文字里流露出天人之际的游想,在破毁信念里建立了自己的信念,卷动了精神的狂潮。我认为他能很快被读者所接受,乃是因为他指痛了今人苦楚的神经,给人以自省的机会,而且那语调里传达了通明的智慧的火。

二十世纪四十年代,他曾办过《世间解》杂志。专门讨论佛学。佛学吸引他是因为其意识到了内心的苦,要想解决这些久久缠绕自己的难题。士大夫的文本似乎没有办法,那些文字离当下的困惑太远了,只好从印度的遗产中寻找着什么。那时候基督教、伊斯兰教都有自己的市场,但他却找到了佛学这条路。对他而言,这种选择似乎是有种情结的因素的。印度的古人在思想上有高于中国文人的地方。从生命出发去探讨人生的意义,有切身的感觉。不是虚无缥缈的思绪。佛讲生命的大苦,要超度这些。在苦闷的人里,谁不想超脱这些呢?张中行到了青年时期,有各种苦楚的东西袭来,惶惑不知所以。后来才知道是欲望不得转化的缘故,不知如何是好。看到生老病死,美丽的凋落,生命的逝去,自己也落泪。乡间人没有办法,只好求救在佛的面前,中国百姓突然找到了倾诉的出口,内心是有解脱的感受的。不过佛是讲逆着人生来解决问题的,要消灭人的欲望。这给他带来了惶惑。看到了佛说的苦的根源,自然有大的欣喜。但人的生命源于欲,竟然以消灭欲望的办法来解决问题,也是有自身的问题吧。他晚年写《顺生论》,要解决的就是这个难意。在涉及佛家学说时,他讲到了这样一个观点:

> 从人生哲学的角度看,有三点很值得注意。一,佛家轻视私爱之情,可是不舍"大悲",修菩萨行,要普度众生,这即使应该算作空想吧,如果所想多多少少可以影响所行,我们就不得不承认,想总比不想为好。二,逆常人之道以灭苦的办法,如果真能够信守奉行,精进不息,禅悟而心理安得,这种可能是有的;修持而确有所得,这条路一定不如常人么?似乎也不容易这样说。三,定名的网罗,疏而不漏,跳出去,大难,不幸有疑而问其所以然,又常常感到迷蒙而冷酷。对这样冷酷的现实,道家的办法近于玩世不恭,只是不闻不问地混下去。佛家则不然,他们认真,想人定胜天,沙上筑塔,其精神是"抗"。胜利自然很难,不过,正如叔本华所推崇的,逆自然盲目之命而行之,可以当作人对自然的一种挑战。这用佛家的话说是"大雄",结果是螳臂当车也

好,这种坚忍的愿力,就是我们常人,想到人生、自然这类大问题的时候,也不能淡漠置之吧?

上述的思想能看出他的关于信念与否的核心。从早期过于痴迷佛学到后来告别佛学,在他是经历了大的转折的。倒是中国古人的思想给了他一些启示。那就是知其无可奈何而安之若命,顺着人生而行,而不是逆人生而动。信念这东西,是要和人的基本逻辑起点相关的。由于他不久后意识到了宗教的虚妄,思路就发生了巨变,不再为任何幻象所房,坦然地面对着世间的一切。后来能不为世俗层面的成功与否所扰,独行于世,也是和他这一人生的信念的建立有关的。

我们的前人在面对死灭和困顿的时候,造出了种种的逃路,各类的学说也盛行于世。张中行的选择是各取点点,不从一而终。人是多么奇怪的存在,我们不知为何来到世间,被抛到一个陌生的世界。大家一开始就被一种精神的网前定了,于是按照着前定的网滑动着。张中行看到了这一问题,自己是不安于此的。于是诘问、反驳、内省。我觉得他的文字在今天之所以还不同凡响,就是内中不重蹈覆辙,哲理的东西很多吧?在没有信念的地方建立起自己的信念,是他高于常人的地方。"五四"前后我们还能看见类似的人物,而在今天,他却横空出世,让我们刮目起来。

不信佛的他,却偏偏在文字里喜好引用佛学的意象。那些概念和意绪,在他那里获得了精神飞动的内涵。我们读它,既没有宗教的痕迹,也没有俗谛的特色。加之西洋现代哲学的片影,文字是从古老的远方流来,也带着西哲的智慧。从试图信仰佛学到怀疑它,又从己身的体会里建立自己的人生哲学,他的文字经历了苍凉的时光的过滤,又沐浴着神异的思想的光。死去的与活着的,远逝的与新生的,都生长在那文字的躯体里。我每读他的作品,都感到了深的意味。今天的文人,有几个能写出类似的文章呢?

8

废名算是张中行的老师辈的人,文章漂亮得很。他们有两个地方是相近的:一是都是周作人的学生,苦雨斋的味道浓浓。二是都喜欢谈禅。周作人弟子里,对老师精神要义把握得最好的是他们两个。但讲禅的味道,两人都比老师高明。不过他们有一点差别,虽都讲禅,可是一个只在学理的层面,一个却在文章的灵魂里。废名的高于别人的地方,是文字里都是五祖、六祖的东西,神乎其技,为"五四"以来禅风最深的人。后来的文章家对他大多是喜欢的。张中行呢,似乎对禅的兴趣在禅外,没有进入内部,但解其奥义,是对彻悟的彻悟,在一定的意义上,也迥别流俗,所以只能"禅外说禅"了。

我在读现代人的文章时,常常想起这两个人来。他们对文章的贡献,一般人是不能及的。张中行上学时没有听过废名的课,失之交臂,但看过他的许多文章,心里是喜欢的。废名的特别点是,自己进入到佛的境界里,远离了尘世。欲的东西被智的东西占据了。而张氏的写作还能读出欲的不可解脱的痛楚,离佛的门口是有距离的。于是便出现了两个不同的路向：一个清寂得如同山林精舍，一个似旷野的风。苦雨斋之后，有这两个路向的存在，汉语表达的多样性被实践了。《负暄琐话·废名》写道：

　　四十年代后期，北京大学回到沙滩老窝，废名和熊十力先生都住在红楼后面的平房里，我因为经常到熊十力先生那里去，渐渐同废名熟了。他身材高大，确如苦雨斋所形容，"貌奇古，其额如螳螂，声音苍哑"，"眉棱骨奇高，是最特别处"——这是外貌，其实最特别处还是心理状态。他最认真，最自信。因为认真，所以想彻悟，就是任何事物都想明其究竟。又因为自信，所以总认为自己已明其究竟，凡是与自己所思不合者必是错误。

　　可是我们读废名的文章却没有这样的感觉，不知是为什么。我去过废名的老家，在湖北黄梅县，四祖、五祖的寺庙至今还保留着。连同他教书的地方，原貌依在。看过后的感觉是，废名的文字不是装出来的，乃精神深处自由的流淌。用他的话说，是不要有"庄严"相。比如他的那篇《五祖寺》，就很精妙，随意而无所用心处，却处处是禅的味道。废名不信外道，而是守住内心，以孩子的态度讲大人的话，又没有故作高明的地方。禅的妙处是反常态的心语，他就是个天然地反常态的人。世故的思维几乎都消失了。那些文章几乎都没有情欲流露，似乎是孩子的快乐，老人的智慧。五祖和六祖当年在此默对的时候，是不是也这样呢？如果真的如此,那么废名是得到天机的人,他在思维里流着禅的智慧,一般人不知这些,苦雨斋里的许多人也没有类似的体验的。

废名的家乡禅风屡屡。苦竹镇,古角山,都是好名字。乡俗亦好,民间的节奏里没有污染的尘粒。我疑心周作人的《苦竹杂记》的名字就受了废名的暗示。张中行的老家是北方的乡镇,自然没有湖北的清秀和幽玄。所以你看他的文字就浑厚、荒凉,缺乏水的温润。不过两人一致的地方是,都会在文字里延宕。一个在哲思上转,一个在感性的流水里淌,都打破常规。且看废名的《五祖寺》的结尾,何等高妙:

> 那么儿时的五祖寺其实乃与五祖寺毫不相干,然而我喜欢写五祖寺这个题目。我喜欢这个题目的原故,恐怕还因为五祖寺的归途。到现在我也总是记得五祖寺的归途,其实并没有记住什么,仿佛记得天气,记得路上有许多桥,记得沙子的路。一个小孩子,坐在车上,我记得他与大人们没有说话,他那么沉默着,喜欢过着木桥,这个木桥后来乃像一个影子的桥,它那么的没有缺点,永远的在一个路上。稍大读《西厢记》,喜欢"四周山色中,一鞭残照里"两句,也便是唤起了五祖寺归途的记忆,不过小孩子的"残照"乃是朝阳的憧憬罢了。

张中行也谈五祖和六祖,是远远地谈,淡淡地谈。他从佛教的理念讲到禅的内蕴,体悟到了理性不能解决的神秘的存在,而且也学会了对问题的多样性打量。从一看到二,二又分四或六,婉转起伏,绝没有线性因果的呆板。废名的文章是感性的九曲十折,张中行的作品乃理性的缠绕和盘诘。禅的存在被他借用成思想的容器。空与有,信与疑,生与灭,在他那里不是一个信仰上的问题,而是学问上的问题。看山不是山,看水不是水,"寂智指体,无念为宗"在他看来不是唯一的,世间还有另外的路可走。不过禅的意向对他也有很大的感召力,那就是不处于物扰的自由状态,以逆为顺。在无路的地方摆脱无路之苦。在更大的层面上说,张中行得到了非禅之禅,非乐之乐。有他的文章在,细读是能感受到的。与废名比,两人实在是殊途同归的。

9

现代中国的狂人,大多是把己身的信仰夸大到极限的。只要认准了道路,就有排他的现象,真理在握,别人的存在是无所谓的。人有欲,欲也可升为精神现象,在思想上就表现为一种信仰的出现。思想者往往始于怀疑,而终于信仰。可是在张中行这样的人那里,欲望下的信仰,大多是可疑的,怀疑乃思想之母,而能否归于信仰,那是另一回事。从他自己的经历看,许多归于了信仰的人,未必找到己身的快乐,时间老人对人类的嘲弄,有时就是这样无情。

由于罗素的影响,张中行成了怀疑主义者。促使这种怀疑意识演进的,还有康德的哲学。他年轻时也苦读过康德的书籍,后来集中的印象是,康德意识到了主体的有限性,人不能穷极无限的世界，用先验的主观的形式不可能把握无限变化的世界，于是进入悖论。这对他是终生的影响。《负暄续话·难得糊涂》云：

> 记得北欧哲学家斯宾诺莎有这么个想法，人的最高享受是知天（他多用上帝，这里以意会）。他写了一些很值得钦仰的书，推想他会自信，他知了，所以已经获得最高的享受。许多人，国产的，如汉人的阴阳五行，宋人的太极图，等等，进口的，如旧约的上帝创造一切，柏拉图的概念世界，等等，都是斯宾诺莎一路，幻想自己已经独得天地之奥秘。对比之下，康德就退让一些，他知道以我们的理性为武器，还有攻不下的堡垒。根据越无知越武断，越有知越谦虚的什么规律，现代人有了看远大的种种镜子，看近小的种种镜子，以及各种学和各种论，几乎是欲不谦虚而不能了。

知识是有限还是无限的呢？这在他看来是个相对性的问题，而在更高的层面上，我们不会知道这些，人是多么渺小的存在！在这个层面上，就可以理解，他为什么对大学教授和乡里之人，有同样的态度，并不分高低贵贱。因为在他眼里，从广大的宇宙的角度看，大家都在可怜的世间。人在生命的路上，都有困苦的相伴，谁也不能占据了所有的真理。

既然理性是有限的，那么就不去求知了吗？也不是的。张中行认为，在人生的路上，要克服困难，走出愚昧，就不能不仰仗知识，从理性的光泽下找到合理的路。怀疑主义者，其实是有自己坚定的信念的，那就是在肯定知识的有用的同时，不把知识无限地夸大化。伟大的科学家和作家，当越发知道知识的重要性时，也警惕对知识万能的膜拜心理。爱因斯坦面对无限变化的世界时，常常慨叹自己的有限，在茫茫的宇宙间，我们知道的也只是那么一点点，和广延无边的世界比，人的力量是不足为道的。张中行多次讲到爱因斯坦，但从不说他的学问怎样高深，而强调这位科学家自己如何面对困惑。困惑对读书人而言，是必须正视的话题，智慧越高，困惑可能越高，在思想的路上，人都是没有终点的。

知识也来源于人欲的表达。但欲望有时附加在知识与学说上，也会产生反知识的变态性。这是个大问题，不好解决。知识一旦和情欲的问题纠缠到一起，就会出现某种麻烦，一些常规也会被打乱。比如婚外恋，在道德的知识谱系上看是不好的。可是一旦来到，在欲望的层面上抗不了，那就顺其而行，知识道德就成了空头的存在，只能从另一种层面来理解了。张中行喜欢引用古人的话，说嗜欲深者而天机浅。这是个悖论的话，其实勾勒出欲望与知识间的对应关系。不是所有的人，都能解决好这样的关系。在论述类似的问题时，他也流露出无奈的慨叹。

看一个思想家的深度，是不能不注意他日常生活的选择眼光的。张中行的深就表现在日常行为判断里。记得有一年我有了调动工作的冲动，征求他的意见。他平静地说，其实天下的事差不多，要以不变应万变，以静制动。后来我没有听他的话，终于换岗了。在遇到种种磨难后，想起他的话，是对的。欲望是无边的，而困顿是永久的。不论怎样选择，都可能成为对象的奴隶。鲁迅这样看,张中行也这样看,我们俗人就不是一下子认清于此的。

认不清环境,许多时候是缘于对选择的事物和行为的信,即相信某种选择可以抵达彼岸。现代以来的文化思潮,信的力量总是大于疑的力量。在青年那里一直是个难解的话题。信仰有社会性的,有己身的、个人的。后者永远伴随着个体的选择,前者有时受时代风气的影响,是个文化环境的问题。二十世纪初叶,中国知识界被各种信仰所笼罩着,围绕此还展开了持久的论战。只是到了七十年代后,怀疑的意识在知识界出现,对理想主义频频出击,空想的东西受挫,罗素和康德的理论才广被注意,这个理念总算被一些人接受了。张中行在三十年代就坚信于此,意识到欲望是存在着陷阱的。要避免掉进陷阱里,也只能靠科学的理性,一边怀疑着,一边进取着,靠知识的力量行事。掌握好这个辩证的关系,是大难之事。他在这个难里,没有陷下去,而是绕了出来,从苍茫的夜色里看到了精神的曙光。那一代人,有许多是未能得到这样的机会的。

我有时见到他不动声色地在街巷闲步,从容地在书房谈天说地的样子,就被那种超然的神色打动。他是经历了尘世的风风雨雨后,真切地意识到某些欲望的可笑的。可以行通的,便放它前行,不可的就限定起来,不让其在身边泛滥。虽然曾主张顺生,不逆行于世。可是在一些真的问题上,他是有自己的戒律的。我们了解他的思想,不能都看那些随顺自然的近于消极的意识,还要浏览到克己的超我的精神的闪光。我自己就是被他身上的这一闪光所打动的。

10

算起来,张中行在北京生活了七十余年,对北京的感受是特别的。北京在二十世纪五十年代后大变,城里的基本格局被破坏了。加之文化的置换,与当年他记忆里的世界不同了。近代以来对北京的叙述一直罩在两个语境里,一是士大夫的,一是市井的。后来新学出现,文人的笔法由士的层面渐渐演化成京派的流彩。自周作人、废名步入文坛,京派叙述方式涌动,北京的被看与被描写,就有了新的姿态。老舍与周作人的写作方式是不同的,一个是市井的,一个是书斋里的,彼此没有什么交叉。看来是水火不同。这样的格局一直保持到八十年代末,几乎没有谁能超越这两种模式的。

但是当张中行出现在文坛的时候,上述两种叙述模式竟合流了,成了一体的存在。胡同里的烟火味与书斋里的学究气,掺杂在一起。古老文明的地气与黎民的声色,加之思想者的韵致都交织着,并无对峙的痕迹。他的特别性是,不是以老舍那种北京人自居叙述北京,把自己看成城里的过客,又没有苦雨斋群落的那种经院气息。他的经历是由乡村而古城,由学院到乡土,又由乡土至市井。常常是以布衣看客的角度浏览都市,于是就出现了上述所说的京味与京派的交织,在底层生活里发现精神的高地,从古老的遗存中审视己身。北京在他的笔下,比学院派和京味作家的景象是要更为驳杂有趣的。

大概是 1994 年,北京日报社的副刊举办"京都神韵"的征文。我和友人向他约稿，文章很快就寄来了。题目为《北京的痴梦》，读者看了很喜欢，文字的背后是多维的生命的闪动。他写道：

> 我自一九三一年暑后到北京住，减去离开的三四年，时间也转完了干支纪年的一周。有什么可以称为爱或恶的感触吗？再思三思，就觉得可留恋的事物不少。此情是昔年早已有之。二十年代后半期，我在通县念师范，曾来北京，走的是林黛玉进京那条路，入朝阳门一直往西。更前行，穿过东四牌楼和朱市大街，进翠花胡同。出西口，往西北看，北京大学红楼的宏伟使我一惊。另一次的一惊是由银锭桥南往西走，远望，水无边，想不到城市里竟有这样近于山水画的地方。念师范，常规是毕业后到外县甚至乡镇去当孩子王，所以其时看北京就如在天上，出入北大红楼，定居后海沿岸，是梦中也不敢想的。

北京的好处在哪里呢？他的感受是内在的。表面上和别人很像，实质却是另一个样子。他的文章说，北京吸引自己的，一是文化空气浓，二是历史旧迹多，三是富有人情味，四是衣食住的可心。文章的口吻是历史老人的苍凉，语气是从时光的洞穴里流淌出来的。帝京的景物，在士大夫眼里是一种样子，在平民眼里又是一种样子。张中行自然属于后者。他厌恶皇宫里的什物，对贵族的存在也无恋意。他的描述带有身体的体味，是心里的烙印的集合，剔去了一切外在观念的暗示。北京的好处是平民能够自己找乐,在繁复的街巷里觅一块静地。街市是吵嚷的,他不喜欢吵嚷。市民里也有暗区,那对他而言是一个空白,并无什么记忆。他是个在文章里惦记好事情的人,坏的记忆不太愿讲。所以北京的美丽的一面在他眼里一直多于丑陋的一面,尽管不快的记忆是那么的多。

好像是张承志说的,自己不喜欢过度地沉浸在京腔里,自己生在北京,却远离京味里的油滑,所以他竭力克制京腔的运用,警惕成为帝京里无特操的人。北京的诱惑之地太多,保持了人性本色的自然在平民世界里。这个看法和张中行是一致的。低姿态而语境阔达,平民化而不失诗文意味,是北京有个性的文人特有的东西。看张中行谈北京的文字,趣味介于士大夫与机敏哲人之间,旧的一面和新的一面都夹在其中。说旧的一面是有红袖添香的渴望,喜欢回味文人爱情的逸闻旧事,发古之幽情。阅微草堂的意绪,《浮生六记》里陈芸那样秀丽的姑娘,对他都可以深深感怀。在帝王与游民世界之外,是存在一个心性化的世界的。像张承志这样的独异者选择了离开北京从边塞寻求新梦的路,而张中行这样的老人却留在这里,从杂芜里静捞珍贵的遗存,在寂寞里的北京不也能寻找到美丽吗?

活得越久,遇到的不适也越多,于是只剩下了回忆。历史里有意思的文人是他探寻的领域,关于此,所写的文章是多的。另一方面,那些民俗的存在也吸引着他。在诸多古迹与陈物里,里面的故事折射的恩怨爱恨,对他都是一个视点,似乎是梦的射影。《府院留痕》写今昔之感,非逝者如斯的怜惜,还有梦灭的凄冷吧?《一溜河沿》《名迹掠影》是读史的漫步,可细品的往事怎能说尽呢?《香冢》《大酱缸》《鬼市》,流动的是北京特有的味,民风习习里,是尘世里的哀荣,你能于此觉出沉淀在历史深处的人情的晶石,俗调与名士流韵,记载着另一个历史,那是与紫禁城里的风向大为有别的。而这,在张中行眼里,乃是人的可以温存的世界。在前人留下的余温里,也有我们不曾闪动的光泽,在这个光泽里,我们终于知道怎样的人生是值得打量的。一对比,就知道了当下的生活缺少了什么。

日本学者鹤见佑府谈北京给他的印象是大而深。这是不错的。张中行不是不知道那深里的惊险。但他却不去写深的世界,渴望的是浅的生活。顺随自然,又得天地朴素之气,才是真的人生。所以对北京,他的梦还是平民色调,不过境界却是别样的。你看《北京的痴梦》的结尾,就一目了然了:

> 桑榆之年最想望而不能得的,是一个称心如意的息影之地。可取的地方不止一处,老北京就是其中之一,比如偏僻地方的小胡同内,一个由墙外可以望见枣树的小院就好。说起来,这愿望也是藏于心久矣,有诗为证:
>
> 露蝉声渐细,容易又秋风。
>
> 曲巷深深院,墙头枣实红。
>
> 这样的小院,近些年都是住在楼里想象的。能实现吗?显然,除非是在梦里。
>
> 梦,非人力所能左右,于是我转而投身于白日梦。又于是我就真有了一个小院,离城根不远,因而可以听到城外丛林的鸟叫。院内房不是四合,为的实地多,可以容纳两三

棵枣树。不能种丁香和海棠吗？老北京，小门小户，要是枣树，深秋树上变红，才对。当然，不能少个女主人，《浮生六记》陈芸那样的，秀丽、多情，而且更多有慧。这之后，我的拙句"丁香小院共黄昏"改为"枣树小院共黄昏"，幻想就可以成为现实。说到此，有人不免要窃笑，说书呆子的"呆"竟发展为"疯"，可怜可叹。但我亦有说焉，是有言在先，乃白日梦，自己也知道必不能实现；不能实现而仍想说，也只是因为，对于昔年的北京生活，实在舍不得而已。

一个是不断演进的古城，一个是七十余年不变的故都寒士。在这个不可预知的世界里，他的存在几乎被人们漠视了。有时读着他的文章，见到还有这样一个远离世俗的思考者，便惊奇地想：社会的进化，固然需要剧烈的冲突和变革，但如果没有那些精神的静观者的存在，忽略了物我之际的追思，为灵魂的有无的纠葛，我们的生活竟变得粗糙是一定的了。历史像是开了个玩笑，当年激越的精神群落，后来的存在不幸进入了历史看者的预言里。多余的人在我们这个世界上其实是最不多余的。那个曾经被荒漠化了的存在，因为有了未被搅扰的精神湿地的留存，使我们终于可以呼吸到爽快的自由。

旧屋檐下

1

民国的女性，有些在艺术领域达到的成就，不比男子们差。茅盾就曾惊叹于冰心、庐隐的作品，以为写出了国人的真魂。这些在文学史里都很重要，研究她们的人渐渐多了。女性作家的特点是，游离在一些沙龙之外，许多是单兵写作，不太热衷于党派文学。即如丁玲、萧红，也是在政治中出出进进，不是她们寻找政治，而是政治在寻找她们。

但，文学史家在选择她们时，是有政治的考虑的。

张爱玲的存在，就曾使左翼的文学史家感到为难。许多年间，没有什么教材谈及她。后来夏志清的小说史的观点陆续传来，人们才开始意识到其存在的特别。

二十世纪八十年代的时候，我的老师高擎州在辽宁大学讲张爱玲，我却因故没有去听。许多年间对张氏的作品毫无所知，对她与她所在的海派文人，多有隔膜。后来在鲁迅博物馆的藏书库看到中国台湾的出版物，上有张爱玲的照片和手迹，便有了好奇之心。她原来还能绘画，笔下的线条灵动起来，那么传神的样子，想来文章一定不错。二十世纪九十年代中期的一个夏日，我去北戴河，白天在一家书铺里看到张爱玲的散文集，便买下来一气读过，竟有未料的惊异。这是我第一次系统读她的文字。待到接触她的小说，每每有快意所在。文学史的另一种味道出来，以致感到无从点评。心想，张爱玲的存在，让我们后来的许多文人感到文字的尴尬。虽然对其价值走向亦有不适的感觉，但她却使我们看到了民国女性的另一种风范。

关于张爱玲，已成了文学史必谈的人物，她死后在内地持续走红，连她自己生前也未必料到。批评她的文章说其老朽与刻薄，欣赏者则捧之如星月。我看过许多关于她的描述，印象深的还是她的前夫胡兰成的文字，胡氏曾这样描述张爱玲的样子：

> 我一见张爱玲的人，只觉与我所想的全不对。她进来客厅里，似乎她的人太大，坐在那里，又幼稚可怜相，待说她是个女学生，又连女学生的成熟亦没有。我甚至怕她生活贫寒，心里想战时文化人原来苦，但她又不能使我当她是个作家。
>
> 张爱玲的顶天立地，世界都要起六种震动，是我的客厅今天变得不合适了。她原极讲究衣裳，但她是个新来到世上的人，世人各种身份各有各种价钱的衣料，而对于她则世上的东西都还未有品级。她又像十七八岁正在成长中，身体与衣裳彼此叛逆。她的神情，是小女孩放学回家，路上一人独行，肚里在想什么心事，遇见小同学叫她，她亦不理，她脸上的那种正经样子。(《今生今世》)

许多熟悉她的人，对其行踪有一种类似的感觉，那其实也是把她本人和小说的气味一体化的看法，由于胡兰成在日伪时期的不良表现，也波及到人们对张爱玲的看法，这也增加了其另类的色彩。加之她个性里的冷色过多,同代对其有兴趣的批评家,一直甚少。而后来大学的女生对其文本的痴迷,则让老一代的学人有些不知所措。

在新小说家中,她是一个意外的存在。当知识界泾渭分明地述说自己的梦想的时候,张爱玲却把灰色与无望展示给了我们。不那么革命,不那么遗老气,是另类的姿态。我们用俄苏的理论似乎不好去描述她,而以旧式文学的模式套她的思想,也难得其趣的。

她的家族显赫,祖父张伯伦、外曾祖父李鸿章都是近代史的大人物。到了她的父母这一辈,灰色的东西多了,先前的显赫也与其无关,倒是有了另外的沉重。她的父母关系不和,加之曾受过父亲的虐待,她早期的精神就缠上了忧戚之调。她后来的写作,与其说是为人,还不如说为己更为合适。印象里是,她一个人把其家族的几代不幸都承受了。

从她的自述里,能够感受到她与政治的隔膜。她的前辈的政治选择,于她不过记忆里的影子,自己并无兴趣。至于胡兰成的为人之道,也并非没有被省察到。她的孤独感和丰富的内觉,造成一种远离社会政治话语的语序。那些敏感的文字,比冰心、庐隐丝毫不差。“五四”的女性,当写到己身的不幸和环境的险恶时,笔锋的背后有启蒙的或个性解放的呼唤,在悲哀之后有一种出走的希望,这是一代女子的梦想。但是我们在张爱玲的世界,感受到的是无望之苦。精神缠绕在无爱的寒夜,而趣味又非象牙塔里的,市井的气味也流动其间。也就是说,她绕过了政治,直接进入市井的世界,而气质里残留着贵族的东西。

民国时期的小说家，有一部分是为了消遣才到文坛上的。鸳鸯蝴蝶派的作品就有大众的意味，是民众审美的代言，读者之众，已从发行量里可以看到。张爱玲走进文坛，就在这个舞台上，她在《紫罗兰》上发表的第一篇小说，就有一点旧小说气，口味是市民的，但那是大户人家的闭锁的门内的恩恩怨怨，乃没落的家族的一丝残照，夹着苍凉的意味。高贵的叙述口吻里的不高贵的故事，读者在此生出好奇，扑面的是华贵之影，吸进的是丝丝凉气。

周瘦鹃第一次看到她的小说，忽觉眼亮，那是久违的感觉，似乎只有曹雪芹的小说才有几分这样的味道，那作品的底色好像从曹氏那里飘来，又多了几许现代的洋味。光是这洋味，就有古人不及的地方，自然成了现代大众的宠儿。周氏写道：

> 我们长谈了一点多钟，方始作别。当夜我就在灯下读起她的《沉香屑》来，一边读，一边击节，觉得它的风格很像英国名作家 Somerset Maugham 的作品，又受一些《红楼梦》的影响，不管别人读了以为如何，而我却是"深喜之"了。

张爱玲的小说，多是上海、香港两地凡人的琐事，没有什么大的叙事，家常的记录，生死之迹，且写得阴风习习，彻骨的凄凉。她的文字极为敏感，刻刀般切入我们的肌体里，不免有被割痛的感觉。较之上海滩上的小报里的作品，张氏之作有着不可接近的孤傲，以及那远离凡俗的美丽。

这一点，翻译家傅雷很快就发现了。他对张氏文本的精到的读解,代表了相当的读者的看法。海派的文学,不都是小报里的趣味,也有人生哲学的另一类书写。人不都是上帝的使者,我们内在的不可理喻性与残忍性,可能更含有人的本质。张爱玲是这样的残酷生活的考问者,在天才的闪光之后,也把阴郁、刻毒的残影刻在了词语之间。她身后的毁誉不同的评价,已证明了其生命体悟里所隐含的挑战性。

2

至今在中国大陆还没有出全她的文集,那原因是她涉及到敏感的话题,无意间也有了政治性。张爱玲的小说不多,却足以和同代人抗衡。这个天赋颇好的女子,所写的文字多是家长里短的存在,无聊的生活里的无聊人与事,而主旨却是正经的。她的许多作品唤出了神秘的家族内可怖的魔影,告诉我们社会空气里的元素。读她的书,才知道老中国的不可救药,人性的不可救药,一面也留下值得珍视的遗存。那些与人相关的色彩、旋律,还有飘忽不定的气味,才可以看到没有利害的存在的好玩之处。割舍不了的人间,仿佛就在此处。她犹如一个社会的诊脉者,只冷冷地告诉我们躯体里的病灶,却没有写出药方,于是我们感到她的残忍。但细细一看,她对自己的疾苦,也从未有过出离的办法。这时候方为之释然,在路消失的地方,睁着眼睛看出盲点的人,比筑路者的价值不差。

她的早期作品幽暗而寂寞,也差不多成了其一生的艺术实践的高峰。《第一炉香》到《倾城之恋》,映现的都是爱情的悲剧。

这些悲剧，不是左翼作家式的抱怨，似乎都是社会之恶。张爱玲看到的多是人性的弱点，道德判断与价值判断是稀少的。作者对人性的描摹，十分耐心，很有东方的意蕴，但却渲染出东方文明中可怕的一幕。美诞生于斯，恶也流溢其间，我们由此感受到所置身的复杂的历史与现实。

《第一炉香》写一个上海的女孩葛薇龙到香港读书，春假时借住在姑母家。姑母早年嫁给比自己大几十岁的阔人，家境颇好。薇龙在其处参加了大量晚会、茶会、音乐会、牌局。姑母梁太太喜欢弄人，在香港富人中寻求虚荣心的满足。薇龙在梁家认识了混血青年乔琪，这青年有些花花公子气，劣态多多，但还是与其结为百年之好。小说写青年的爱情，一波三折，对香港殖民地气的生活有入木三分的把握，人的空幻之感与精神的无趣，都木刻般印在纸上。主人公很敏感、自私，且颇有个性。当遇到醋意的时候，天性里的怨恨流露无余，显得异常真实。在这里，家庭生活为一种豪华下的阴险所罩，人的无聊和无趣的一面触目可叹。我们阅读这个故事，感受到了作者冷意眼光下的审美态度。

张爱玲写爱情，多是悲剧，她对女性内心的理解是在一般人的感觉之外的天意的投影。《第二炉香》一开篇，就是出奇的情节，新婚的愫细和丈夫罗杰一开始就在一种情感的错位里。愫细一家人不幸的婚姻与她自己的脆弱的感情，导致了生活的畸形之状。《茉莉香片》的丹朱与传庆的感情的错位，也给人一种荒诞的感受。人要理解他人，真的不易，生命中可如意者，也十分有限。在香港这个奇怪的地方，生命的天地实在太狭窄了。

张爱玲作品对男女之情的把握,是本然的剖示,绝不停留在幻象之中,在《琉璃瓦》《连环套》诸作品里,都市人的婚恋,可笑而可怕,小说所涉猎的人情世故,把老中国儿女的魂魄,活生生点染出来。

殖民地式社会的豪华、典雅之后,是无量的悲苦的人生,张爱玲觉出这个人生的可怜。而上海这个地方,照例是死气沉沉的王国,在现代的繁华里,孤寂、无聊的人生又何其之多。她在面对上海的人与事时所显示的美学精神,与"五四"文人的热情不同,和海派的喧嚷不同,另一种镜头下的生生死死,同样有认知王国里的隐秘。

在早期的写作里,《倾城之恋》与《金锁记》可谓代表之作。这里可以看出她的读人之深,以及视角的独特。这两篇作品都在写婚姻大事,却没有任何光亮,气氛是压抑的,即使有诸多豪华的现代生活的点缀,却无法让人兴奋起来,好像被抛入黑暗之所,只能于苦海里聊度残日。无光的世界,要求得一丝暖意,也是不容易的事情。

《倾城之恋》里的白流苏本是有过失意的婚姻的人,在上海的家里过着一种压抑的生活。后来去香港认识了从英国归来的范柳原,两人便相爱起来。白流苏的父亲是个赌徒,搞得倾家荡产,她小时候就在一种不快的环境中长大,自然有许多创伤。范柳原是个花花公子式的人物,见到白流苏时已经颇有沧桑之感了。这个在外浪荡多年的青年,在女人面前是一个老手,说话里暗含着余音。流苏对他也是复杂的感受,爱的背后,还有自己的私利。张爱玲描绘男女间的情感,多以对话为之,彼此的心绪都在语调与词组中流出来。比如挑逗,比如吃醋,比如暗算,都栩栩如生,连彼此的脉息都被传递出来。情感一旦有了世俗意识进来,就有游戏的地方,甚至彼此的博弈。他们知道对方的心意,也知道各自的背景,就有惺惺相惜的味道。范柳原与白流苏有一段对话:

> 柳原静了半晌,叹了口气。流苏道:"你有什么不称心的事?"柳原道:"多着呢。"流苏叹道:"若是像你这样自由自在的人,也要怨命,像我这样,早就该上吊了。"柳原道:"我知道你是不快乐的。我们四周的那些坏事、坏人,你一定是看够了。可是,如果你这是第一次看见他们,你一定更看不惯,更难受。我就是这样,我回中国来的时候,已经二十四了。关于我的家乡,我做了好些梦。你可以想象到我是多么的失望。我受不了这个打击,不由自主的就往下溜。你……你如果认识从前的我,也许你会原谅现在的我。"

灰色体验多了的人,对人情世故不免敏感。张爱玲写人的爱情,不是童话式的,早就经历了沧海桑田,故一切都不过演戏,只是演的真与假不同而已。《倾城之恋》的好处是写了两个俗人的真心的博弈和感情发展的逻辑。作者写道:

> 流苏勾搭上了范柳原,无非图他的钱。真弄到了钱,也不会无声无息的回家来了,显然是没有得到他什么好处。本来,一个女人上了男人的当,就该死;女人给当给男人

上,那更是淫妇;如果一个女人想给当给男人上而失败了,反而上了人家的当,那是双料的淫恶,杀了她也还污了刀。

流苏选择了范柳原,有感情的因素,自然也有家庭矛盾的压力,不过是找一个避风港口。如果不是战乱,范柳原要是远走高飞到外国,他们的爱情还真的不知如何是好。恰因为路已堵死,便有了婚姻的可能。"香港的陷落成全了她。"张爱玲对命运的偶然性的安排,倒出了内心的苦水。人的可怜与可笑,世间发生的太多,而记录的少而又少。这是巨变时代的小人物的爱情故事,没有什么值得夸赞的内容。作者写它,略抒己意,在人间的地图上多了一幅暗淡的图卷,其中的情趣,也可聊博一笑的。

3

可以说,张爱玲看人看事,眼光冷冷的,绝不施舍光明,廉价的情感是不谈的。她熟悉都市大家族的生活,知道他们怎样内斗,怎样弄权,怎样害人,人性阴暗处无所不在。她在文字里构建的人生图景,没有神异的灵光,人像是传染了疾病,都在悲剧里出出进进。最有代表性的,是《金锁记》,全篇的人物都是畸形的,可怕的人心,缠绕身体的疾苦,都在命运里交织,苦楚之气,遍布公馆,连一点活人的快慰也没有的。小说的主人公七巧嫁给患骨痨的二少爷,过着死人般的生活,她因此成了公馆里的有功之人。因为性情暴躁,爱情的空白,性情与常人大异,刻薄、多疑、刚愎自用都有。在公馆里,七巧爱上了丈夫的三弟姜季泽,可三弟的为人与做事,都不堪入目,也是不争气的男人,他们的爱除了收获罪过,结果是一无所有。

民国人写家庭生活的不幸,对母亲是有所疼爱的,觉得女性是家族制的牺牲品,很少鞭笞她们的自私与贪婪。张爱玲写《金锁记》,完全颠覆了一般作家的感受,把人性最不可思议的一面暴露给世人。七巧可以说是在恶的环境里滋生出的怪人,她对两个子女的态度,已非母爱可以解释,完全是阴狠的长者。她的儿子长白的婚姻,被其搅得不得安宁,而女儿长安的爱情,也被其破坏。因为自己生活的变态,她无法忍受子女的正常的生活,以奴役的方式无情地折磨自己的孩子,使他们不得以喘息。七巧在魔窟般的姜公馆染了自私、自大、敌视他人的习惯,也把这些推及至世人。她怀疑别人,总以最坏的心推算他人的选择,结果与周围格格不入,不仅自己毫无友情,也无情地摧残了自己的下一代。

夏志清评张爱玲的作品时说:"她深深知道人总是人,一切虚张声势的姿态总归无用。她所记录下来的小人物,不可避免地做些有失高贵的事情。这些小故事读来叫人悲哀,不由得使人对于道德问题加以思索。张爱玲是一个彻底的悲观主义者,可是同时又是一个活泼的讽刺作家,记录近代中国都市生活的一个忠实而又宽厚的历史家。她同珍·奥斯汀(简·奥斯汀)一样,态度诚恳,可是又能冷眼旁观;随意嘲弄,都成妙文。这种成就恐怕得归功于她们严肃而悲剧式的人生观。"(《中国现代小说史》)夏氏这个观点,能够看出与左翼文化不同的思路,张爱玲在左翼之外,另辟蹊径,对现代小说的贡献不可小视。在她那里,古典小说的传统与西洋的技巧很自然地汇于一处,没有丝毫的做作。因为对人生的绝望,故以超俗之笔寻一自己的园地,又能于空幻之处得以以自制的彩笔,绘各类人生,赋予无趣生活之趣事,那就多了大作家的气象。她的超时空的漫笔,直通人类的宿命之域,千百年风水轮转,不变的是人性的有限性。张爱玲对此的体悟,与晚清的思想家比,也不逊色。

许多人说,张爱玲的悲剧意识来自对自己家庭的记忆。她早期的不快的生活,都影响了后来的创作。在她眼里,父辈的不幸婚姻,大约要影响到后代,人总要背负着前人的罪过走在颠簸的路上。上辈的鬼气,也要传染到青年那里,如此反复,轮回不已。《金锁记》如此,《茉莉香片》也这样。在《茉莉香片》那里,好像有曹禺剧本的影子,人在家庭的宿命里苟活而无价值。小说写了一个失败感很强的青年学子传庆,他父辈的婚姻不幸,导致他与继母及父亲的不和。而自己的老师曾是生母当年的恋人,现在他又和老师的女儿丹朱同班,且爱上了丹朱。传庆是个没有男子汉气的弱男子,女性化的倾向和内倾的性格,使其与环境难以适应。喜爱的女孩原来并不爱自己,那打击是沉重的。家庭环境的失调,读书的失败,爱情的受挫,使传庆陷于绝境。这苦楚的命运,有作者的生命观的影子,比郁达夫的压抑的爱情小说更为忧郁和沉重。她说"香港是一个华美的但是悲哀的城",其实就是看到了那无所不在的宿命。

也许,在面对这些悲剧的时候,她更带几分自己记忆的投影。这也限制了她的作品的格局。总在公馆与校园里往返回旋,在狭窄之中逼得人难以喘息。但是如果我们在此能够耐心咀嚼

旧屋檐下

词语的片断，又觉得那文字之好，乃是因为作者的文本外的功夫。她在不幸里还拥有无数深切的幽思，那是使作品不再僵气的原因。

《张看》里的诸多小说，远远地看着世人的生活，写他们的曲曲折折、起起落落的经历，真是一幅人间风俗图。但那图多是畸形的存在，看了令人气闷，这有作者的毒眼，把凡俗里的污浊写尽。《连环套》写一个嫁过三次的女子霓喜的人生，毫无诗意的婚恋与日子，和无数可怜时光纠葛在一起。霓喜14岁被养母送到印度人雅赫雅的绸缎店里，不久为老板生了两个孩子。她起初在家中没有地位，却争得了身份。因为性情刚烈，又蛮不讲理，劣态渐渐生出。后来与雅赫雅大打出手，离家而去。不久嫁给同春堂老板窦尧芳，又生了两个孩子。此间与同春堂的伙计崔玉茗关系暧昧，可却未得到真的感情。窦尧芳死后，她又嫁给了汤姆生。三次婚姻，伴随的都是暗斗、争爱、利益之争。霓喜脾气暴烈，善与人斗，且心狠手辣。她觉得这个世界一片黑暗，"老头子骗了她，年轻的骗了她，她没有钱，也没有爱"。在香港这个五味杂陈的地方，人间之道险恶，她也成了这险恶的连环中的一环。

我们的作家写人间的那些闲事、琐事，竟吝啬自己的爱怜的笔墨，却以无温度的笔把玩他们的存在，显得老到从容，远远地看着那些生死之间的人生，同情与悲悯是淡淡的，多的是大的暗影。人间的恐惧四伏，几无爱意，写那些小人物的烦琐的人生，倒觉得世间没有什么希望。人在黑夜里，只能以黑色包围他人，也包围自己。太阳的热度是无的。

4

但张爱玲在绝望的边上，也点化了诸多诗趣；惊恐的镜头里，也有美丽的影子飘来，给我们诸多的惊喜。虽然厌恶人性的阴暗之所，但却对日常性的存在颇感兴趣，色彩、音响、民风、习俗，都被其收入笔下，有着自己的趣味。那些悲剧的故事所以值得久久咀嚼，乃是因为作者对人性相关的器物、服饰、饮食、乐曲的描绘有滋有味。她对那些物的存在的趣味，含有爱意，不像对人那样挑剔和失望。作者写上海的繁华之景，香港的山与海，都有画家的笔意，刹那间的美，为惊艳之笔所录，给人刻骨的感受。即使描写那些自己不喜欢的人与事，每每涉及现代意味的存在，不免多几许闲笔，去留意那些刺眼的什物。这大约可以带来感官的享受，刺激自己从乏味之处解脱片刻。她自己介绍说："我学写文章，爱用色彩浓厚、音韵铿锵的字眼，如'珠灰''黄昏''婉妙''splendour''melancholy'，因此常犯了堆砌的毛病。直到现在，我仍然爱看《聊斋志异》与俗气的巴黎时装报告，便是为了这种有吸引力的字眼。"

张爱玲是个出色的文体家。她写小说，还在曹雪芹的影子里，散文则完全放开来了。我们看她写的《谈女人》《诗与胡说》《谈画》《谈音乐》《忆胡适之》，乃文章中的极品，完全可以和周作人、废名媲美。她的文章，有画家的感觉，素描的本领高于别人，仅仅几笔，人物便跃然纸上。涉猎人间往事的时候，历史学家的冷峻和小说家的聪慧都有。那些不温不火的表达，背后有幽深的东西,轻描淡写之间,意外的哲思飘然到来,悟道的玄机均在,是有深意的。张爱玲的文章不是作文的那类,而像是谈天,一切仿佛在不经意之间。但古典的静谧和现代的忧伤都含在词语之中,我们读出一种解世的悟性,仿佛庙宇里飘出的香烟,缭绕着一个旧梦。她的叙述,有点无所谓的样子,却还原了我们周围的空气,好像把我们人间的本然的一面拖出,我们因此念之、怀之,略带一丝哀矜。她不是怨怼什么,而是可怜我们大家,当然也有她自己。我们就在这个世上,在转瞬即逝的时光里,人类能做到的还有什么呢?

白话文到了二十世纪四十年代,大多是讲究一点套路的,后来产生了各种"腔"。张爱玲没有这些,她没有什么派别,亦未加入什么团体,自己写的,就是心灵深处的东西。我看她的书,觉得这个人是宁静的、傲视天下的独行者。她也有悲悯,但没有底层人的寒碜感,那就有几分顾影自怜的样子了。她读人的时候,很是刻毒,连灵魂后的影子也不放过,将阴暗的东西一并钩出,也够得上是灵魂的审判者了。让人难忘的是,作者写身边的人物,就那么从容,不冷不热,而深意在焉。看作者笔下的世界,都平静得很,没有感情的燃烧。张爱玲将己身之苦,都隐到了人物与霓虹灯的后面,以至于我们抓不到她的思绪。作家做到此点,便羚羊挂角,无迹可求了。

在张爱玲的诸多文章里,也偶能见到其内心柔和、暖意的文字,比如《我看苏青》《姑姑语录》《忆胡适之》是不可多得的佳作。她对苏青的理解里,是温情的,而谈及姑姑的思想,暗中佩服的时候又多了亲情。这些和她的小说里的凄凉、绝望全不相

　　寻路者

同,能够窥出体贴他人的爱意。在众多谈人的文章里,《忆胡适之》写得颇为感人。张爱玲对人的温和的素描的文章不多,独对胡适有一种特别的感受,也许都是漂泊者的原因。她的文章的冷气在这里隐去,趣味在此再次显示出魅力来。我们知道,她的作品遇到人性上的问题,讽刺的地方居多,轻松的文字却在日常生活的一些细节上。谈吃,讲风俗,就颇多味道。这个笔法,也用到此文中。作者对文人批评的时候居多,尤其对新文人,有不少微词。比如对京派文人的谈吃的文字,就有不满,以为有点冷饭炒多了,未免乏味。对京派的追随者,亦多讽刺之语,言外是有自恋之处吧。但作者对胡适的勾勒,近乎圣人,笔法多了神圣的感觉。这在张爱玲那里是罕见的现象。她内心柔和的部分,亦在此间。

胡适晚年在美国的日子,可以用凄苦来形容。张爱玲的文字记录了这一页。她写胡适,都是不关紧要的闲笔,似乎都是枝枝叶叶。但这些碎片,都是他们彼时内心最为重要的一隅。坦率地说,胡适的文字很难唤起她的审美的美感,但其学术牵涉的精神逻辑,以及人格的力量还是打动她的。这让人想起萧红对鲁迅的回忆文字,都传神有趣,苍凉的人生背后的苦味,以及那苦味背后的美,真切地流动着。

5

胡兰成写张爱玲,多有精彩之处,一些看法,至今为人所认。他说:"张爱玲是民国世界的临水照花人。看她的文章,只觉得她什么都晓得，其实她却世事经历得少，但是这个时代的一切自会来与她有交涉，好像'花来衫里，影落池中'。"那是深解其味的感叹，至今依然被人引用。但他们熟悉之后的陌生感，也不是没有。就境界而言，张爱玲高于前者，她在审美思考与日常生活里的表现不同，真切的地方很多，有文坛少见的妙意。胡兰成对自己有点欣赏，那是自恋的可笑。张爱玲不是这样，她一直存在着失败感，与这个世界有些格格不入。"生活的艺术，有一部分我不是不能领略。我懂得怎么看'七月巧云'，听苏格兰兵吹 bagpipe，享受微风中的藤椅，吃盐水花生，欣赏夜雨的霓虹灯，从双层公共汽车上伸出手摘树巅的绿叶。在没有人与人交接的场合，我充满了生命的欢悦。可是我一天不能克服这种咬啮性的小烦恼，生命是一袭华美的袍，爬满了蚤子。"她的一切感受，尽在此言之中。张爱玲死后被人念之又念，与其现代人的复杂体验有关，也与其自省的坦诚有关。

除了小说外，张爱玲还写过电影剧本《不了情》《太太万岁》。中华人民共和国成立后不久，她即赴香港，后去美国。出版过《秧歌》《赤地之恋》等。不过她最有名的作品集是《倾城之恋》《第一炉香》《流言》《半生缘》《张看》《红楼梦魇》《海上花落》《惘然集》《对照集》等。质量不一，而精神的力度是不差的。

细看她的一生，留下的文字都有可念之处，争论也时有发生。张迷很多，也已经成了一种可驻足细究的现象。有许多作家受到了她的影响，比如王安忆，比如贾平凹，都能借鉴其过去的笔力。我们对比王安忆和张爱玲的文字，会发现某种血脉的贯通，只是前者对世俗还有些眷恋，不像后者那么决绝。现代以来的作家,面对不幸的生活时,写尽了苦楚之后,对现实还隐隐地有所依恋。但张爱玲似乎没有,这一点,比前人还要冷酷。中华人民共和国成立后的作家,许多欣赏其笔致,却学不来其气质,那是天然的区别吧。贾平凹说:

> 张的天才是发展得最好者之一,洛水上的神女回眸一望,再看则是水波浩淼,鹤在云中就是鹤在云中,沈三白如何在烟雾里看蚊飞,那神气毕竟不同。我往往读她的一部书,读完了如逛大的园子,弄不清从哪儿进门的,又如何穿径过桥走到这里?又像是醒来回忆梦,一部分清楚,一部分无法理会,恍恍惚惚。她明显地有曹霑的才情,又有现今人的思考,就和曹氏有了距离,她没有曹氏的气势,浑淳也不及沈从文,但她的作品切入角度,行文的诡谲以及弥漫的一层神气,又是旁人无以类比。(《读张爱玲》)

贾平凹是真懂张爱玲的人,故所说切中要害。中国好的作家,对张爱玲各有心得,贾平凹所云,乃透彻者的内心独白。民国时期的小说家没有今天的套路,可以自行于生命之途。我们于中可知得失,能鉴古今,会悟曲直。中华人民共和国的前三十年,民国的文学的基本精神丧失殆尽,几无生气。只是到了二十世纪八十年代,旧的精神才得以焕发。重返鲁迅,发现沈从文与张爱玲,都打破了文坛的平衡,真的文学家,渐渐有了自己的位置。

大凡好的作家,是没有思想界限的。他们常常突破惯性表达的底线。劳伦斯、卡尔维诺、大江健三郎都是如此,而争议也就来了。张爱玲《色·戒》,就是道德上的尴尬,但一面也显示了人性的丰富。《秧歌》《赤地之恋》乃意识形态的文本,至今也有批评的声音,可以看出作者的不合时宜。张爱玲谈政治的文字都不高明,她后来不去台湾定居,也证明了其内心的复杂的考虑。在党争的时代,她不过一叶脆弱的芦苇,摇曳的身姿很美,但断折也是随时可能的。

民国是个战乱的年代,兵匪互动,党派恶斗,民不聊生。但唯有文人,在独立思考里,自抒胸臆,写了无数感人的文章。张爱玲的作品乃民国文人生活的另一种表达。我们看了那些文字,知道一些新旧之间的文人,并不都买革命文学的账,他们于冷色里看到的人生,总要比那些狂热者要多几许深思。他们不是改革社会的先进分子,却以看客的眼光,说出人间的冷暖。文学有时候是个体的自言自语,那声音里,自然有民众的合唱所没有的真切的调子。而我们扪心自问的时候,谁没有类似的感受呢?只是这些自我的内觉,渐渐为户外嘈杂之声所掩,没有细细审视罢了。